KB252746

한국
사랑 명단편
걸작선

한국 사랑 명단편 걸작선

초판 인쇄 | 2004년 11월 10일
초판 발행 | 2004년 11월 15일
지은이 | 강신재 외
펴낸이 | 김형호
펴낸곳 | 아름다운날
편집 | 디자인때깔
주소 | (121-885) 서울시 마포구 서교동 351-10 동보빌딩 108호
대표전화 | (02)3142-8420
팩시밀리 | (02)3143-4154
출판등록 | 1999년 11월 22일
전자우편 | arumbook@hanmail.net
ISBN 89-89354-37-4 03810

잘못된 책은 구입하신 서점에서 바꾸어 드립니다.

한국
사랑 명단편
걸작선

아름다운 날

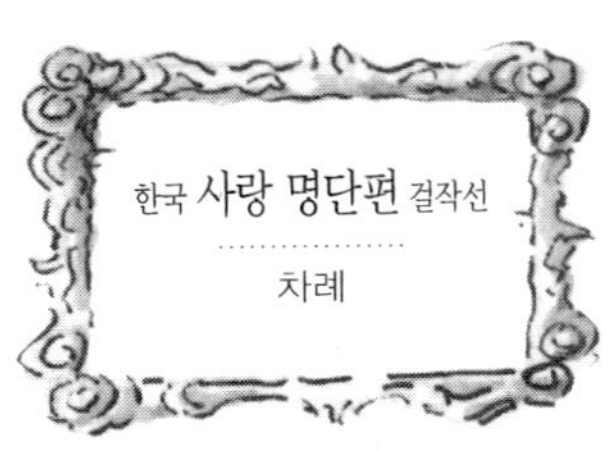

한국 사랑 명단편 걸작선
차례

강신재(姜信哉, 1924~2001)

서울 출생.
이화여자전문학교 2학년 재학 중 결혼함으로써 학칙에 따라 중퇴했다.
1949년 김동리의 추천을 받아 단편소설 《얼굴》과 《정순이》를
《문예》지에 발표하면서 등단했다. 이어 1960년 파격적인 불륜을 그린
《젊은 느티나무》를 발표함으로써 대표적인 여성 작가로서의 위치를 굳혔다.
그는 1950년대의 6·25전쟁과 1960년대 산업화 과정에서 나타나는
애정 풍속도를 세련되게 묘사했다. 특히 감각적이고 신선한 문체는
대중소설의 위상을 한 단계 올려놓았다는 평가를 받았다.
1983년부터 대한민국예술원 정회원을 지냈으며,
한국문인협회, 국제펜클럽한국본부 이사를 역임했다.
3·1문화대상·예술원상·중앙문화대상·여류문학상·한국문인협회상
등을 수상했다. 주요 작품으로는
《임진강 민들레》·《파도》·《명성황후》 등 80여 편이 있다.

젊은 느티나무

젊은 느티나무

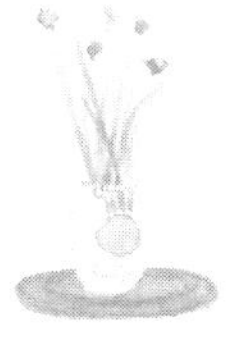

1

그에게서는 언제나 비누 냄새가 난다.

아니, 그렇지는 않다. 언제라고는 할 수 없다.

그가 학교에서 돌아와 욕실로 뛰어가서 물을 뒤집어쓰고 나오는 때면 비누 냄새가 난다. 나는 책상 앞에 돌아앉아서 꼼짝도 하지 않고 있더라도 그가 가까이 오는 것을—그의 표정이나 기분까지라도 넉넉히 미리 알아차릴 수 있다.

티셔츠로 갈아입은 그는 성큼성큼 내 방으로 걸어 들어와 아무렇게나 안락의자에 주저앉던가, 창가에 팔꿈치를 짚고 서면서 나에게 빙긋 웃어 보인다.

"무얼 해?"

대개 이런 소리를 던진다.

그런 때에 그에게서 비누 냄새가 난다. 그리고 나는 나에게 가장 슬프고 괴로운 시간이 다가온 것을 깨닫는다. 엷은 비누의 향료와 함께 가슴속으로 저릿한 것이 퍼져 나간다―이런 말을 하고 싶었던 것이다.

"뭘 해?"

하고, 한 마디를 던져 놓고는 그는 으레 눈을 좀더 커다랗게 뜨면서 내 얼굴을 건너다본다.

그 눈동자는 내 표정을 살피려는 것 같기도 하고 어쩌면 그보다도, 나에게 쾌활하게 웃고 떠들라고 권하고 있는 것 같기도 하다. 또 어쩌면 단순히 그 자신의 명랑한 기분을 나타내고 있는 것에 불과한지도 모른다.

어느 편일까?

나는 나의 슬픔과 괴롬과 있는 대로의 지혜를 일점에 응집시켜 이 순간 그의 눈 속을 응시하지 않을 수 없다.

나는 알고 싶은 것이다.

그의 눈 속에 과연 내가 무엇으로 비치는가?

하루해와, 하룻밤 사이, 바위를 씻는 파도 소리같이, 가슴에 와 부딪고 또 부딪고 하던 이 한 가지 상념에 나는 일순 전신을 불살라 본다.

그러나 매일 되풀이하며 애를 쓰지만 나는 역시 알 수가 없다. 그의 눈의 의미를 헤아릴 수가 없다. 그래서 나의 괴롬과 슬픔은 좀더 무거운 것으로 변하면서 가슴속으로 가라앉아 버리는 것이다.

그리고 다음 찰나에는 나는 그만 나의 자연스러운 위치─그의 누이동생이라는, 표면으로 보아 아무 시스러움도 불안정함도 없는 나의 위치로 돌아가 있지 않으면 안 될 것을 깨닫는다.

"인제 오우?"

나는 이렇게 묻는다. 그가 원한 듯이 아주 쾌활한 어투로. 이 경우에 어색하게 군다는 것이 얼마만한 추태인가를 나는 알고 있다.

내 목소리를 듣고는 그도 무언지 마음 놓였다는 듯이,

"응, 고단해 죽겠어. 뭐 먹을 거 좀 안 줄래?"

두 다리를 쭈욱 뻗고 기지개를 켜면서 대답을 한다.

"에에, 성화라니깐. 영작 숙제가 막 멋지게 씌어져 나가는 판인데……."

나는 그렇게 두덜거려 보이면서 책상 앞에서 물러난다.

"어디 구경 좀 해. 여류 작가가 될 가망이 있는가 없는가 보아줄게."

그는 손을 내밀며 몸까지 앞으로 썩하니 기울인다.

"어머나, 싫어!"

나는 노트를 다른 책들 밑에다 잘 감추어 놓고 아래층으로 내려가서 냉장고 문을 연다.

뽀얗게 얼음이 내뿜은 코카콜라와 크래커, 치즈 따위를 쟁반에 집어 얹으면서 내 가슴은 비밀스런 즐거움으로 높다랗게 고동치기 시작한다.

그는 왜 늘 내 방에 와서 먹을 것을 달라고 할까? 언제나 냉장고 앞을 그냥 지나 버리고는 나에게 와서 달라고 조른다.

어떤 게으름뱅이라도 냉장고 문을 못 열 까닭은 없고, 또 누구를 시키는 것이 좋겠다면 부엌 사람들께 한마디 하는 편이 나을 것이다.

군소리를 지껄대거나 오래 기다리게 하거나 그렇지 않더라도 줄곧 먹을 것을 엎지르거나 내려뜨리거나 하는 나를 움직이기보다는 쉬울 것이 확실하다.

'어쩐 셈인지 나는 이런 따위 일이 참말 서툴다. 좀 얌전하고 재빠르게 보이려고 하여도 도무지 그렇게 되질 않는다.'

쟁반을 들고 돌아와 보면 그는 창 밖의 덩굴장미께로 시선을 던지고 옆얼굴을 보이며 앉아 있다.

무엇을 생각하는지, 내가 곁에 있을 때는 보이지 않는 조용히 가라앉은 눈초리를 하고 있다. 까무레한 피부와 꽤 센 윤곽을 가진 그의 얼굴을 이런 각도에서 볼 때 나는 참 좋아진다. 나에게는 보이려 하지 않는 혼자만의 표정도 무언지 가슴에 와 부딪는다.

그의 머리통은 아폴로 아폴론을 말함. 그리스 신화에 나오는 태양·예언·궁술·의술·음악·시의 신으로 제우스와 레토 사이에서 태어남.

의 그것처럼 모양이 좋다. 아주 조금 곱슬거리는 머리카락이 몇 올 앞이마에 드리워 있다.

"고수머리는 사납다던데."

언젠가 그렇게 말하였더니,

"아니, 그렇지 않아. 숙희, 정말 그렇지 않아."

하고 그는 진심으로 변명을 하려 드는 것이었다. 나는 그저 농담을 하였을 뿐이었는데…….

오늘도 그는 내 방에서 쉬고 나더니,

"정구 칠까?"

하며, 자리에서 일어섰다.

"응."

"아니 참, 내일부터 중간 시험이라구 하잖었던가?"

"괜찮아, 그까짓 거……."

사실 시험이고 무엇이고 없었다. 나는 옷 서랍을 덜컹거리며 흰 반바지와 곤색 셔츠를 끄집어내었다.

"괜히 낙제하려구."

하면서도 그는 이내 라켓을 가지러 방을 나갔다.

햇볕은 따가웠으나 나뭇잎들의 싱싱한 초록 사이로 서늘한 바람이 지나가곤 한다. 우리는 뒷산 밑 담장께로 걸어갔다. 낡

은 돌담의 좀 허수룩한 귀퉁이를 타고 넘어서 옆집 코트로 미끄러져 들어간다.

옆집이라고 하는 것은 구왕가에 속한다는 토지의 일부인데 기실 집이라고는 까마득히 떨어져서 기와집이 두어 채 늘어서 있고 이쪽은 휘엉 하니 비어 있는 공터였다. 그 낡은 기와집에 사는 사람들은 이 공터를 무슨 뜻에선지 매일 쓸고 닦고 하여서 장판처럼 깨끗이 거두어 오고 있었다.

"아깝게끔…… 테니스 코트나 만들면 좋겠는데. 응 그러면 어떨까?"

어느 날 돌담에 가 걸터앉아서 내려다보던 끝에 그런 제의를 했다.

처음에는 그는 움직이려 들지 않았으나 결국 건물께로 걸어가서 이야기를 해 보았다.

이튿날 우리는 석회를 들고 가 금을 그었다. 또 며칠 후에는 네트를 치고 땅을 깎아 내어서 아주 정식으로 코트를 만들어 버렸다.

그렇게까지 할 줄은 몰랐을 주인이 야단을 치면 걷어 버리자고 주춤거리며 일을 했는데 호호백발의 할아버지인 그 집 주인은 호령을 하지 않을뿐더러 가끔 지팡이를 끌고 나와 플레이를 구경하는 것이었다.

이렇게 나이 많은 노인네의 표정은 언제나 나에게는 판정하

기 어려운 것이지만 특히 이 할아버지의 경우는 그러하였다. 구태여 말한다면 웃고 있는 것 같기도 하고 신기해하고 있는 것 같기도 했지만 또 동시에 하늘 밖의 일을 생각하는 듯 아득해 보이기도 하였으니 기묘했다.

한두 번은 담을 넘는 나의 기술을 적이 바라보고 분명히 무슨 말을 할 듯이 하더니 그만 입을 봉하고 말았다. 말을 했자 들을 법하지도 않다고 짐작을 대었는지 알 수 없었다. 어쨌든 그곳은 아주 좋은 우리의 놀이터인 것이었다.

물리학 전공의 그는 상당히 공부에도 몰리고 있는 눈치였으나 운동을 싫어하는 샌님도 아니었다.

테니스를 나는 여기 오기 전에도 하고 있었지만 기술이 부쩍 는 것은 대부분 그의 덕분이다. 그가 내 시골 학교의 코치보다도 훌륭한 솜씨를 갖고 있음을 알았을 때의 나의 만족이란 이루 말할 수도 없는 것이었다.

머리가 둔한 사람을 나는 도저히 좋아할 수 없지만 또 운동을 전연 모른다는 사람도 매력적이라고 생각할 수 없다. 스포츠는 삶의 기쁨을 단적으로 맛보여 준다. 공을 따라 이리저리 뛰면서 들이마시는 공기의 감미함이란 아무것에도 비할 수 없다.

나는 오늘 도무지 컨디션이 좋지가 못하였다. 이렇게 엉망진창인 때는 엉망진창인 대로, 또 턱없이 좋으면 좋은 그대로 적당히 이끌고 나가 주는 그의 솜씨가 적이 믿음직해질 따름

이었다.

"와아, 참 안 된다. 퇴보 일로인가 봐."

"괜찮아. 아주 더워지기 전에 지수랑 불러서 한번 시합을 할까?"

하늘이 리라빛으로 물들 무렵 우리는 볼들을 주워 들고 약수터께로 갔다.

바위 틈으로 뿜어 나는 물은 이가 시리도록 차갑고 광물질적으로 쌉쓰름하다.

두 손으로 표주박을 만들어 떠내 가지고는 코를 틀어박고 마신다. 바위 위로 연두색 버들잎이 적이 우아하게 늘어지고, 빨간 꽃을 다닥다닥 붙인 이름 모를 나무도 한 그루 가지를 펼친 것으로 보아, 이런 마심새를 하라는 샘터는 아닌 모양 같지만 우리는 늘 그렇게 하여 왔다.

"약수라니까 많이 마셔. 약의 효험이나 좀 볼지 아나?"

"멋 땜에?"

"멋 땜에는. 정구 좀 잘 치게 되나 보려구 그러지."

이렇게 시끌덤벙 떠들던 샘가였다.

그런데 오늘 바위 언저리에는 조그만 표주박이 하나 놓여 있었다. 필시 그 할아버지가 갖다 놓아 준 것이 분명하였다.

"오늘부터 얌전히 마셔야 해."

"산신령님이 내다보신다."

정말 한동안 음전하게 앉아서 쉬었다. 그리고 그는 허리를 굽혀 표주박으로 물을 떴다. 그는 그것을 내 입가에 대어 주었다. 조용한, 낯선 표정을 하고 있었다. 나에게는 보이는 일이 없는 자기 혼자만의 얼굴의 하나인 것 같았다.

나는 아주 조금만 마셨다. 그리고 얼굴을 들어 그를 바라다보고 있었다. 그는 나머지를 천천히 자기가 마셨다.

그리고 표주박을 있던 자리에 도로 놓았으나 아주 짧은 사이 어떤 강한 감정의 움직임이 그 얼굴을 휘덮은 것 같았다. 그는 내 쪽을 보지 않았다.

나는 돌연 형언하기 어려운 혼란 속에 빠져 들어갔으나 한 가지의 뚜렷한 감각을 놓쳐 버리지는 않았다. 그것은 기쁨이었다.

나는 라켓을 둘러메고 담장께로 걸어갔다.

'오빠.'

그는 나에게는 그런 명칭을 가진 사람이었다.

'오빠.'

그것은 나에게 있어 무리와 부조리의 상징 같은 어휘이다.

그 무리와 부조리에 얽힌 존재가 나다.

나는 키보다 높은 담장 위에서 뛰어내렸다. 그리고 뒤도 안 돌아보고 정원 안을 걸어갔다.

운동화를 벗어 들고 맨발로 걷는다. 까실까실하면서도 부드러운 잔디의 촉감이 신이나 양말을 신고 디딜 생각은 나지 않게 한다.

"발바닥에 징을 박아 줄까? 어디든지
구두 안 신고 다니게 말야."

그는 옆에 있는 때면 이런 소리를 한다.

"맨발로 풀 위를 걸으면 고향에 온 것 같아.
아니 내가 나 자신에게 돌아온 것 같은 그런 맘이 드는
걸……."

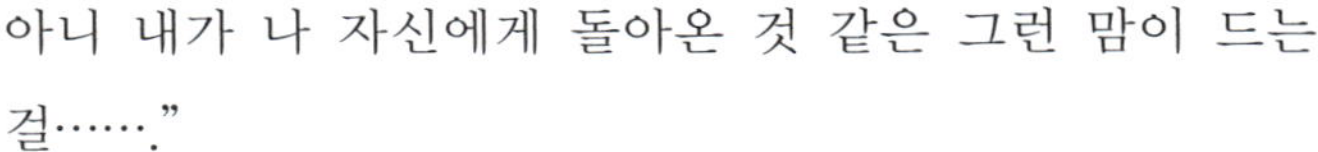

나는 중얼중얼 그런 소리를 지껄이는 것이나 저녁 이맘때가
되면 별안간 거의 수습할 수 없을 만큼 감정이 엉클리곤 하므
로 그 뒤로는 완고 덩어리 할멈처럼 입을 봉하고 아무런 대꾸
도 하질 않는다.

시무룩해 가지고 테라스 앞에 오면—그 안 넓은 방에 깔린
자색 양탄자, 여기저기에 놓인 육중한 가구, 그 속에 깃들인
신비한 정적, 이런 것들을 넘겨다보면—그리고 주위에 만발한
작약, 라일락의 향기, 짙어진 풀내가 한데 엉켜 뭉긋한 이곳에
와서 서면—나는 내 존재의 의미가 별안간 아프도록 뚜렷이
보랏빛 공기 속에 떠 있는 것을 보는 것이다.

내가 잠시 지녔던 유쾌함과 행복은 끝내 나의 것일 수는 없
고, 그것은 그대로 실은 나의 슬픔과 괴로움이었다는 기묘한
도착(倒錯)을, 나는 어떻게도 처리할 길이 없다.

오누이…….

동생…….

이런 말은 내 맘속에서 혐오와 공포를 자아낸다.

싫다.

확실히 내가 느껴 온 기쁨과 즐거움은 이런 범주 내에서 허용될 수 있는 것이 아니었다.

날마다 경험하는 이 보랏빛 공기 속에서의 도착은 참 서글픈 감촉을 갖고 있었다. 나는 그의 곁에 더 오래 머무를 용기조차 없어진다.

검은 눈을 껌벅이면서 그는 또 농담이라도 할 것이다. 내게 더 웃고 더 쾌활해지라고 무언중에 명령할 것이다.

그가 내게 해줄 수 있는 일은 그것뿐이다.

오늘 나는 가슴속에 강렬한 기쁨을 안았던 까닭에 비참함도 더 한층 큰 것만 같았다.

나는 그곳에 한동안 서 있었다. 그리고 볼을 불룩하니 해가 지고 마루로 올라갔다.

번들거리는 마룻바닥에 부연 발자국이 남아난다. 그렇게 마루가 더럽혀지는 것이 어쩐지 약간 기분 좋다. 몸을 씻고는 옷을 갈아입으면서 창으로 힐끗 내다보았더니 그는 등나무 밑 걸상에 앉아 있었다. 무릎 위에 팔꿈을 짚고 월계 숲께로 시선을 던진 모양이 무언지 고독한 자세 같아 보였다. 그도 조금은 괴로운 것일까? 흠, 그러나 무슨 도리가 있담? 까닭없이 그에 대해 잔인해지면서 나는 그렇게 혼잣말을 하였다.

나는 방에 불도 켜지 않고 밖에서 보이지 않을 구석에 가만

히 앉아 내다보고 있었다. 주위가 훨씬 어두워진 뒤에 그는 벤
치에서 일어났다. 그리고 사라지기 전에 한참 내 창문께를 보
며 서 있었다.

나는 어느 때까지나 불을 켜지 않았다.

저녁을 먹으러 내려가지도 않았다.

그 대신에 그가 마시다 둔 코크의 잔을 집어 들었다. 그리고
가만히 입술을 대었다. 아까 그가 내가 마신 표주박에 입술을
대었듯이…….

2

그를 무어라고 부르면 마땅할까.

오빠라고 불러야 한다는 것이 나의 운명이다.

재작년 늦겨울 새하얀 눈과 얼음에 뒤덮여서 서울의 집들
이 마치 얼음 사탕처럼 반짝이던 날 무슈 리에게 손목을 끌리
다시피 하며 이곳에 도착한 나에게 엄마는 그를 이렇게 소개
했다.

"숙희의 오빠예요. 인사를 해. 이름은 현규라고 하고."

저 진보랏빛 양탄자 위에 서서 나는 그의 얼굴을 바라보았다.

"이과 대학의 수재란다. 우리 숙희두 시골서는 꽤 재원이라
고들 하지만 서울 왔으니까 좀 어리벙벙할 테지. 사이좋게 지

내줘요.”

엄마의 목소리는 가벼웠으나 눈에는 두려움이 어려 있는 것 같았다. 엄마는 열심히 청년의 두 눈을 주시하고 있었다.

V네크의 다갈색 스웨터를 입고 그보다 엷은 빛깔의 셔츠 깃을 내보인 그는, 짙은 눈썹과 미간 언저리에 약간 위압적인 느낌을 갖고 있었으나 큰 두 눈은 서늘해 보였고, 날카로움과 동시에 자신(自信)에서 오는 너그러움, 침착함 같은 것을 갖고 있는 듯해 보였다. 전체의 윤곽이 단정하면서도 억세고, 강렬한 성격의 사람일 것 같았다. 다만 턱과 목 언저리의 선이 부드럽고 델리킷하여 보였다.

‘키도 어깨 폭도 표준형인 듯하고……. 흐응, 우선 수재 비슷해 보이기는 하는걸…….’

하고 나는 마음속으로 채점을 하였다. 물론 겉보매만으로 사람을 평가할 만큼 나는 어리석은 계집애는 아니었지만.

내가 그의 눈을 쏘아보자, 그는 눈이 부신 사람 같은 표정을 하면서 입술 한쪽으로 조금 웃었다. 그것은 약간 겸연쩍은 것 같기도 하였지만, 혼자 고소하고 있는 것같이도 보였다. 자기를 재어 보고 있는 내 맘속을 환히 들여다보는 때문일까? 그러자 나는 반대로 날카로운 관찰을 당하고 있는 듯한 긴장을 느꼈다.

그러나 그는 지극히 단순한 태도로,

"참 잘 왔어요. 집이 이렇게 너무 쓸쓸해서 아주 좋지 못했는데……."

하고 한 손을 내밀어서 내 손을 잡았다.

나를 도무지 어린애로만 보았다는 증거일 게고 또 아마 엄마의 감정을 존중한 결과였을 것이다.

아닌게 아니라 엄마의 얼굴에는 일순 안도와 만족의 표정이 물결처럼 퍼져 갔다. 나는 이 청년이 엄마에게 어떤 존재인지를 짐작하였다. 말하자면 그들 인공적(?)인 모자 관계에 있어서는 항상 세심한 배려가 상호간에 베풀어져야 하는 것이다.

무슈 리는 매우 대범한 성질이어서 만사를 복잡하게 받아들이지는 않는 것 같았다. 그는 그저 미소를 띠고 우리를 바라다볼 뿐이고, 내가 고단할 거라는 소리를 몇 번이나 하였다.

어쨌든 그는 그로부터 나를 숙희라고, 쉽고도 간단하게 불러오고 있다.

"헤이, 숙!"

하기도 한다. 그리고 나에게 무조건 관대하였다.
지나칠 만큼. 그래서 때로는 섭섭할
만큼.

그러므로 그가 이즈음 내 방
에 와서 배가 고프다고 한다거나
손 같은 데에 약을 발라 달라고 하게

된 것은 나에게는 대단히 귀중한 변화인 것이다.

그것은 어쨌든 내 편에서는 그를 오빠라고는 도저히 부를 수 없었다. 처음에는 너무 생소하여서, 그리고 나중에는 또 다른 이유들로.

이것은 무슈 리를 아버지라고 부르기 어렵기보다는 몇 갑절이나 힘든 일이었다. 나는 자기가 대단한 고집쟁이인지, 또는 부끄럼쟁이인지 분간할 수 없다. 나의 이런 곤란을 그도 엄마도 어느 정도 알고 있는 모양으로 요즈음은 내가 그 말을 피하려고 이리저리 애를 쓰지 않고도 적당한 대답을 할 수 있도록 저편에서 고려하여 말을 걸어 준다. 이런 의미에서 사양 없이 나를 곤경에 몰아넣곤 하는 것은 그러니까 무슈 리 한 사람뿐이다.

서울 와서 일년 남짓 지내는 새에 나는 여러 모로 조금씩 달라진 것 같다. 멋을 내는 방법도 배웠고 키가 커지고 살결도 희어졌다. 지난 사월에는 '미스 E여고'에 당선되어서 하룻동안 학교의 퀸 노릇을 하였다. 바스트가 약간 모자랄 거라고 나는 생각하고 있었는데 압도적으로 표가 많이 나와서 내가 오히려 놀랐다. 엄마는 좋아서 어쩔 줄을 몰랐고 무슈 리는 기막히게 비싼 손목시계를 사 주었다.

그는 별 말을 하지 않았다. 농담조차 하지 않았다. 축하한다고 한 번 그것도 아주 거북살스런 투로 말하고는 무언지 수줍은 것 같은 얼굴을 하고 있었다. 그런 것을 보니까 나는 썩 기분이 좋았다.

나는 성질도 조금 달라져 온 것 같다. 동무도 많았고 노래도 잘 부르던 시골 시절보다 조용한 이곳에서 더 감정이 격렬해진 것 같다.

삶의 기쁨이란 말을 나는 이제 이해한다.

이 집의 공기는 안락하고 쾌적하고, 엄마와 무슈 리와의 관계로 하여 약간 로맨틱한 색채가 감돌고 있기도 하다. 서울의 중심에서 떨어진 S촌의 숲속의 환경도 내 마음에 들고 무슈 리가 오래 전부터 혼자 살아왔다는 담쟁이덩굴로 온통 뒤덮인 낡은 벽돌집도 기분에 맞는다.

그는 엄마에게 예절 바르고 친절하고, 무슈 리는 내가 건강하고 행복스런 얼굴만 하고 있으면 어느 때고 지극히 만족해하고 있다. 그는 어느 사립대학의 경제학 교수인데 약간 뚱뚱하고 약간 호인다워 보인다. 불란서와 아무 관계도 없는 그를 무슈라고 내가 속으로 부르고 있는 까닭은 어느 불란서 영화에서 본 한 불쌍한 아버지의 모습과 그가 닮아 있기 때문이다. 무슈 리는 불쌍하지는 않다. 오히려 지금은 참 행복하다. 그러나 이렇게 호의 덩어리 같은 사람은 자칫하면—주위가 나쁘면—엉망으로 불행해질 것같이 보이는 것이다.

괴테의 베르테르 (괴테의 작품 《젊은 베르테르의 슬픔》에 등장하는 남자 주인공.) 같은 청년의 비극에는 날카로운 아름다움이 있다. 그러나 우리 무슈 리 같은 타입의 슬픔에는 오직 비참만이

있을 듯하다……. 우리 엄마가 그의 곁에 와준 것은 하니까 얼마나 다행한 일이었을까!

엄마는 줄곧 집에만 들어앉아 있으나 행복해 보였고 예부터의 특징이던 부드러운 목소리가 한층 더 부드러워진 것 같다. 다만 엄마는 엄마의 행복에 대해서 한편으로 죄스러움 같은 것을 느끼고 있는 듯한 눈치로서 그래서 바깥으로 나다니지도 않고 큰 소리로 웃는 일도 없는 것 같았다. 그러나 그녀는 늘 고운 옷을 입고 있었고 엷게 화장을 하고 있었다. 이 일도 내 마음에 흡족하였다.

그러나 이곳에는 뜻하지 않은 괴로움이 또한 있었다. 현규에 대한 감정은 언제나 내 맘을 무겁게 하고 있다. 너무나 고통스럽게 여겨질 때에는 여기 오지를 말았더라면 하고 혼자 중얼대는 일도 있다. 그러나 그 생각은 오래 가지 않는다. 나는 만약 내 생애에서 한 번도 그를 만나는 일이 없이 죽고 말 경우라는 것을 생각해 보면 가슴이 서늘해지기까지 한다. 아무 일도 이루어지지 않아도 좋았다. 나는 그를 만났다는 일만으로 세상의 어느 여자보다도 행복한 것이다. 그의 곁에서 호흡하고 있는 기쁨을 무엇으로 바꿀 수 있을까?

그러나 나는 여전히 슬프고 초조한 것도 사실이다. 정직히 말한다면 내 기분은 일 분마다 달라진다.

무슈 리가 요즘 외국을 여행중인 것은 내게는 하나의 구원
과도 같다.

아침마다 행복 그것 같은 얼굴로 인사를 하지 않아도 좋고
저녁마다 시간에 식당에 내려가지 않아도 좋기 때문이다.

"돌아오실 때까지 눈감아 줘, 응 엄마. 시간 지키는 거 나 질
색인 줄 알잖우? 먹고 싶은 때 먹고 안 먹고 싶은 때 안 먹고
그럴게, 응?"

무슈 리가 떠나는 즉시로 나는 엄마에게 이렇게 교섭을 하
였다. 사실 현규의 얼굴을 보는 일이 두려운 때가 점점 잦아
오는 것만 같다.

그는 대개 엄마와 함께 저녁을 드는 모양이었다.

3

예절 바른 그가 식당에서 엄마의 상대를 하고 있
을 동안 나는 멍하니 창가에 앉아서 저물어 가는 하늘을 바라
다보고 있다.

군데군데 작은 집들이 몰려 있는 촌락과, 풀숲과 번득이는
연못 같은 것들이 있는 넓은 들판 너머에, 무디게 빛나며 강이
흐르고 있다. 강은 날씨와 시간에 따라 플래티나같이 반짝이
기도 하고 안개처럼 온통 보얗게 흐려 버리기도 한다. 하늘이

보랏빛으로부터 연한 잿빛으로 변하여 가는 무렵이면 그 강도 부드러운 회색 구름과 한 덩이가 되었다.

나는 여러 가지 감정이 뒤범벅이 된 혼란 상태에서 자기를 건져내야 한다고 어두운 강물을 바라보며 늘 생각하는 것이었다. 마음 가는 대로 몸을 내맡길 수 없는 것이 나의 입장이고 또 그 마음 가는 일 자체에 대해서도 분열된 생각을 수습할 수가 없었다.

현규를 사랑한다는 일 가운데에 죄의식은 없다. 그런 것은 있을 수 없었다. 그러나 엄마와 무슈 리를 그런 의미에서 배반하는 것은 곧 네 사람 전부의 파멸을 의미하는 것이었다. 파멸이라는 말의 캄캄하고 무서운 음양 앞에 나는 떨었다.

이곳에 오기 전에 나는 시골 외할아버지의 집에 있었다. 삼사 년 전까지는 엄마와도 함께, 그리고 그 후로는 할머니 할아버지와 단 셋이서. 일하는 사람들은 여럿 있었고 과수원을 지키는 개도 여러 마리, 그 중에는 내가 특별히 귀여워한 진돗개 복동이도 있었지만 나는 언제나 못 견딜 만큼 적적하였다. 엄마가 서울로 떠난 후에는 마음이 막 쓰라린 것을 참아야 했지만 그 엄마가 같이 있었을 때에라도 나는 우리의 생활에서 마음 든든하다거나 정말로 유쾌하다거나 하는 느낌을 가져 본 일은 없다.

젊고 아름다운 엄마가 언제나 조용히 집 안에서 세월을 보내고 있는 일은 내게 어떤 고통을 주었다. 그 무릎 위에는 늘

내게 지어 입힐 고운 헝겊 조각이나 털실 같은 것이 얹혀 있었지만, 그리고 그 입에서는 늘 나에 관한 이야기가 흘러나왔지만 나는 그것이 불만이고 불안하기조차 하였다.

그런 걸 만들어 주지 않아도 좋으니 다른 애들 엄마처럼 집안 살림에 볶이어서 때로는 악도 쓰고 나더러 야단도 치고 어린애도 둘러업고 다니고—말하자면 그녀 자신의 생활을 하고 있으면 나도 흐뭇할 것 같았다. 할머니도 할아버지도 나에게와 마찬가지로 엄마에게도 그저 유하고 부드럽기만 하였다.

엄마의 그림자 같은 생활은 언제부터 시작되었는지 기억할 수 없다. 사변과 함께 우리가 시골 할아버지댁으로 내려가던 때 그러니까 지금부터 십 년쯤 전에도 이미 그랬었고, 또 그보다 전 서울 국민학교에 입학하던 즈음에도 역시 그런 느낌이던 것을 잊지 않고 있다.

'아버지' 에 관하여 나는 아무것도 모른다. '돌아가셨다' 는 설명을 언젠가 들은 적이 있었으나 어쩐지 정말 같지 않다는 인상으로 남아 있었다. 사변 후에,

"너의 아버지는 돌아가셨다."

하고 할머니가 일러 주셨는데 이때의 말투에는 특별한 것이 깃들여 있어서 그 후로는 그것이 진실이거니 여기고 있다. 아

마 나의 엄마와 아버지는 내가 아주 어릴 때부터 별거하고 있었고 그러는 사이 그들은 다시 만나는 일도 없이 사별하고 만 모양이었다. 어쨌든 나는 내 부친에 관해서 아무런 지식도 관심도 감정도 갖고 있지 않다. '윤'이라는 내 성이 그로부터 물려받은 유일의 것이지만 흔한 성이라고 느낄 뿐이다.

무슈 리가 피난지에서 할아버지의 과수원을 찾아온 것은 어떤 경위를 거친 뒤였는지 나는 알 수 없다. 그날 나뭇가지에 걸터앉아서 사과를 베어먹고 있노라니까 좀 뚱뚱한 낯선 신사가 걸어왔다. 대문 앞에서 망설이듯이 멈추었다가 모자를 벗어 들고 걸어 들어왔다. 나무 밑을 지나갈 적에 사과씨를 떨구었더니 발을 멈추고 쳐다보았으나 웃지도 않고 그냥 가 버렸다. 도무지 어수선하기만 하다는 얼굴이었다. 나중에 방 안에서 정식으로 인사를 하였는데 그때의 판단으로는 나무 위로부터 환영받은 일을 까맣게 기억하지 못하는 것 같았다.

그는 하룻밤 체류하지도 않고 되돌아갔다. 그리고 할아버지와 할머니에게는 대단히 중요한 의논거리가 생긴 모양이었다. 밤에 가끔 사과밭 사이를 혼자 걷는 엄마를 보게 되었다.

무슈 리는 한 번 더 다녀갔다. 그리고 얼마 후에 엄마는 상경하였다.

“애초에 그렇게 혼인을 정했더면 애 고생을 안 시키는 걸…….”

어느 날 옆방에서 할머니가 우시며 수군수군 그런 소리를 하시는 걸 듣고 놀랐다.

“그럼 우리 숙희는 안 태어났을 것 아뇨? 공연한 소릴…….”

“그저 팔자 소관이죠. 경애가 생각을 잘못 먹었었다느니보다도…….”

애어멈이라고 하지 않고 그렇게 엄마의 이름을 대는 것을 듣고 나는 엄마의 젊은 시절을 생각하여 미소지었다.

그림자처럼 앉아서 내 블라우스 같은 것을 매만지는 엄마를 보는 서글픔은 이제는 없어졌다. 엄마가 그럭저럭 행복해진 듯한 것은 기뻤으나 뼈저리게 쓸쓸한 것도 사실이었다. 나는 밤낮 커다란 소리로 노래를 부르고 있었다. 산모퉁이 길을 학교에서 돌아오는 때에도 사과나무의 흰 꽃 밑에서도 또 빨간 봉선화가 핀 마당에서도.

“이애야, 그렇게 큰 소릴 내면 남들이 웃는다.”

할머니는 가끔 진정으로 그런 소리를 하셨다. 재작년 늦은 겨울 무슈 리가 내려와서 나를 데려가겠다고 우겨댔을 때에 제일 놀란 사람은 나 자신이었다. 두 분 노인네도 더러 망설였다. 그러나 무슈 리의 끈기 있는 태도에 양보를 하는 수밖에 없는 눈치여서, 노인네들은 그만 풀이 없었다. 나는 무슈 리가 할머니 할아버지에게,

"무엇보다 엄마가 그걸 원하고 있으니까요. 말은 안 하지만 절실히 바라고 있는 걸 내가 아니까요."

하고 열심히 이야기하는 것을 보다가 그만 싱그레 웃고 말았다. 나 보기에 할아버지 할머니는 이미 설복되어서, 무슈 리가 만약 그 연설을 잠시 끊기만 한다면 이내 대답을 할 것 같은데 그는 마치 그들이 결단코 나를 놓지는 않으리라고 굳이 믿는 사람처럼 애걸복걸을 하는 것이었다. 그가 말을 하면서 나를 흘낏 보았을 때 나는 조그맣게 끄덕여 보였다. 그랬더니 그는 말을 뚝 끊고 벙글 웃더니 손수건을 꺼내서 이마를 닦았다.

이래서 나는 서울 E여고로 전학을 하였다.

나는 생각한다.

무슈 리와 엄마는 부부이다. 내가 그를 아버지라고 부르기 어려운 것은 거의 그런 말을 발음해 본 적이 없는 습관의 탓이 크다.

나는 그를 좋아할 뿐더러 할아버지 같은 이로부터 느끼던 것의 몇 갑절이나 강한 보호 감정—부친다움 같은 것도 느끼고 있다.

그러나 나는 그의 혈족은 아니다.

현규와도 마찬가지다. 그와 나는 그런 의미에서는 순전한 타인이다. 스물두 살의 남성이고 열여덟 살의 계집아이라는 것이 진실의 전부이다. 왜 나는 이 일을 그대로 알아서는 안

되는가?

나는 그를 영원히 아무에게도 주기 싫다. 그리곤 나 자신을 다른 누구에게 바치고 싶지도 않다. 그리고 우리를 비끄러매는 형식이 결코 '오누이'라는 것이어서는 안 될 것을 알고 있다.

나는 또 물론 그도 나와 마찬가지로 같은 일을 생각하고 있기를 바란다. 같은 일을—같은 즐거움일 수는 없으나 같은 이 괴로움을.

이 괴로움과 상관이 있을 듯한 어떤 조그만 기억, 어떤 조그만 표정, 어떤 조그만 암시도 내 뇌리에서 사라지는 일은 없다. 아아, 나는 행복해질 수는 없는 걸까? 행복이란, 사람이 그것을 위하여 태어나는 그 일을 말함이 아닌가?

초저녁의 불투명한 검은 장막에 싸여 짙은 꽃향기가 흘러든다. 침대 위에 엎드려서 나는 마침내 느껴 울고 만다.

4

　"숙희야, 나 이런 것 주웠는데⋯⋯."

일요일 아침 아래층으로 내려가니까 소파에 앉아 있던 엄마가 손에 쥐었던 봉투 같은 것을 들어 보였다.

"뭔데?"

나는 가까이 갔다.

그리고 좀 겸연쩍어졌지만 하는 수 없이,

"어디서 주웠수, 이걸?"

하면서, 손을 내밀어 그것을 잡으려고 하였다.

"잠깐⋯⋯ 거기 좀 앉아 보아."

엄마는 짐짓 긴장한 낯빛을 감추려고 하면서 앞의 의자를 가리켰다.

나는 속으로 픽 하고 웃음이 나왔으나 잠자코 거기에 가 걸터앉았다.

지수는 K장관의 아들이다. 언덕 아래 만리장성 같은 우스꽝한 담을 둘러친 저택에 살고 있다. 현규랑 함께 정구를 치는 동무이고 어느 의과 대학의 학생인데 큼직큼직하고 단순하게 생겨 있었다. 지프차에다 유치원으로부터 고등학교까지의 동생들을 그득 싣고 자기가 운전을 하여 가곤 한다.

나도 두어 번 그 차를 얻어 탄 일이 있다. 한번은 현규와 함께였으니까 사양할 것도 없었고, 다른 한번은 시내에서 돌아오는 길목이라 굳이 싫다는 것도 이상할 것 같아서 탔다.

"작은 학생들이 오늘은 하나도 없군요."

"나 있는 데까지 시간 안에 오는 놈은 태워 가지고 오고 그 밖엔 뿔뿔이 재주대로 돌아오깁니다. 기차나 마찬가지죠."

그러한 그가 걸맞지 않게 적이 섬세한 표현으로 러브레터를 써 보냈다고 해서 나는 우습게 생각하는 것은 아니다. 그러나 엄마의 엄숙한 표정은 역시 약간 난센스가 아닐 수 없었다.

"글쎄, 이게 어디서 났을까?"

"등나무 밑 걸상에서."

"오오라, 참 게다 났었군."

"오오라 참이 아니야. 숙희는 만사에 좀더 조심성이 있어야 해요. 운동을 하구 난 담에두 그게 뭐야? 라켓은 밤낮 오빠가 치워놓던데."

흐흥 하고 나는 웃었다.

"편지 보낸 사람에게 첫째 미안한 일이 아니야?"

"참 그래. 엄마 말이 옳아."

그리고 나는 편지를 잡아채었다.

"귀중한 물건인가? 엄마 좀 읽어 봄 안 되나?"

"읽어 봐두 괜찮아. 안 되는 거라면 게다 놔둘까? 감추지."

나는 조금 성가셔졌다.

"그럼 안심이군. 사실은 벌써 읽어 봤어."

"아이, 엄마두."

"그런데 엄마가 얘기하고 싶은 건 숙희가 자기 주위에 일어나는 일들을—이런 편지에 관한 거라든지 또 그 밖의 일들을, 혼자 처리하지 말고 그 요점만이라도 엄마한테 의논해 주었으면 좋겠어. 그건 그렇게 해야만 하는 거야."

듣고 있는 사이에 나는 점점 우울해져서 잠시라도 속히 이 자리에서 떠나고 싶은 생각밖에는 없어졌다.

"엄마가 언제나 숙희 편에 서서 생각하리라는 건 알고 있겠지?"

"응."

나는 선대답을 해놓고 천천히 밖으로 걸어나갔다.

'엄마의 아들을 사랑하고 있어요.'

이렇게 말한다면 엄마는 어떤 모양으로 내 편에 서 줄까?

엄마 힘에는 미치지 않는 일이었다. 무슈 리의 힘에도 미치지 않는 일이었다.

나는 편지를 주머니에 구겨 넣고 아침 이슬로 무릎까지 폭삭 적시면서 경사진 풀밭을 걸어 내려갔다. 되도록 사람을 만나지 않을 방향으로—멀리 늪이 바라다보이는 쪽으로 천천히 걸음을 옮겨갔다. 아카시아의 숲이니 보리밭이니 잡목 옆을 지나갔다.

　현규와의 사이는 요즘 어느 때보다도 비관적인 상태에 놓여 있는 것 같았다. 나는 그와 마주치기를 피하고 있었다. 웃고 농담을 하고 아무것도 아닌 체 헤어지는 고통이 참기 어려운 것이다. 그가 예사 얘기를 하여도 나는 공연히 화를 냈다. 그러면 그는 상대를 안 해 주었다.

　머리 위에서 새들이 우짖었다. 하늘은 깊은 바닷물 속같이 짙푸르고 나무 잎새들은 빛났다. 여름이 무르익어 가고 있었다. 상수리 숲이 늪의 방향을 가려 버렸으므로 나는 풀 위에 앉아 턱을 괴고 생각에 잠겼다.

　세계적인 발레리나가 되어 보석처럼 번쩍이면서 무대 위에서 그를 노려보아 줄까? 한 번도 귀담아들은 적은 없지만 내 발레 선생은 늘 나에게 야심을 가지라고 충동을 한다. 그러면 그

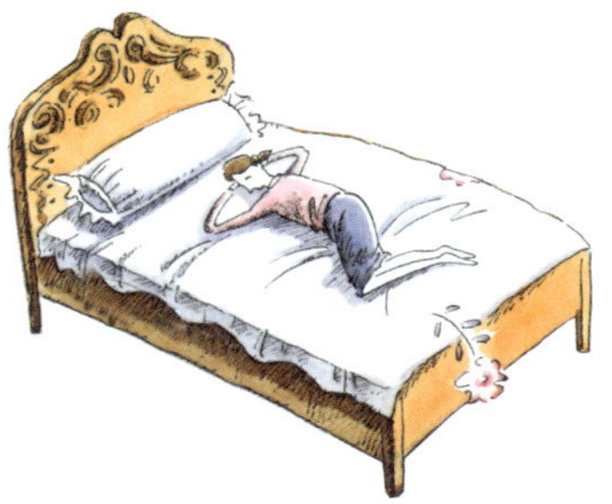

는 평범한 못생긴 와이프를 데리고 보러 왔다가 가슴이 아파질 터이지. 아주 짧은 동안 그것은 썩 좋은 생각인 듯 내 맘속에 머물렀다. 그리고는 물거품처럼 사라져 없어졌다. 이어 그에게 아무것도 바라지를 말고 식모처럼 그저 봉사만 하는 일에 감사를 느끼자는 생각이 떠올랐다. 그러자 슬픈 마음이 들기도 전에 발등 위로 눈물이 한

방울 굴러 떨어졌다.

나는 일어나서 돌아가려고 하였다. 그때 와삭거리고 풀 헤
치는 소리가 등뒤에서 나며 늘씬하게 생긴 세터가 한 마리 나
타났다. 그 줄을 쥐고 지수가 걸어왔다. 건강한 체구에 연회색
스포츠웨어가 잘 어울린다. 그의 뒤에서 열 살 전후의 사내애
와 계집아이가 둘 장난을 치면서 달려 나왔다. 지수는 나를 보
고 좀 당황한 듯하였으나 이내 흰 이를 보이고 웃으면서 다가
왔다.

"안녕하셨어요? 산봅니까?"

"네, 돌아가는 길이에요."

아이들은 우리를 새에 두고 떠들어대면서 잡기 내기를 한
다. 지수는 한 아이를 붙들어 세터를 맨 줄을 들려주고는 어서
앞으로들 가라고 손짓하였다.

우리는 잠자코 한동안 함께 걸었다. 아카시아의 숲새 길에
서 그는 앞을 향한 채 불쑥,

"편지 보아 주셨죠?"

하고 겸연쩍은 듯한 소리를 내었다.

"네."

"회답은 안 주세요?"

나는,

"네, 어떻게 써야 할지 모르겠어요."

했다.

그는 성급하게 고개를 끄덕거렸다. 귀가 좀 빨개진 것 같
았다.

"그러나 여하간 제 의사를 알아주시긴 했겠죠?"

나는 그렇다고 하였다. 그리고 이야기를 끝맺기 위해서 현
규가 가까이 또 정구를 치자고 하더라는 말을 했다.

"네, 가죠."

그도 단번에 기운을 회복하며 대답하였다.

그는 휘파람을 불기 시작했다. 그의 휘파람을 들으며 집 가
까이까지 왔다.

"오늘 대단히 기뻤습니다. 감사합니다."

그는 조금 슬픈 어조로 인사를 하였다. 그리고 내 어깨로 기
어오르는 풀벌레를 떨구어 주었다.

"안녕히 가세요. 그리구 연습 많이 하세요. 저희들 팀은 아
주 세졌으니깐요."

그는 다른 일을 생각하고 있는 듯 입술을 문 채 끄덕끄덕하
였다.

잡석을 접은 좁단 층계를 뛰어오르자, 나는 곧장 내 방으로
올라갔다. 지수가 하듯이 휘파람을 불고 있었다. 어쨌건 기운
을 잃어서는 안 된다는 생각이었다. 내 팔뚝이나 스커트에는
아직도 풀과 이슬의 냄새가 묻어 있는 듯했다. 나는 기운차게
반쯤 열린 도어를 밀치고 들어섰다.

뜻밖에도 거기에는 현규가 이쪽을 보며 서 있었다. 내가 없

을 때에 그렇게 들어오는 일이 없는 그라 해서 놀란 것은 아니었다. 그는 몹시 화를 낸 얼굴을 하고 있었다. 너무도 맹렬한 기세에 나는 주춤한 채 어떻게 할지를 모르고 있었다.

"어딜 갔다 왔어?"

낮은 목소리에 힘을 주고 말한다.

"……."

"편지를 거기 둔 건 나 읽으라는 친절인가?"

그는 한발 한발 다가와서, 내 얼굴이 그 가슴에 닿을 만큼 가까이 섰다.

"……."

"어디 갔다 왔어?"

나는 입을 꼭 다물었다.

죽어도 말을 할까 보냐고 생각했다.

별안간 그의 팔이 쳐들리더니 내 뺨에서 찰싹 소리가 났다.

화끈하고 불이 일었다. 대번에 눈물이 빙글 돌았으나 그는 거들떠보지도 않고 방을 나가 버렸다.

나는 멍청하니 창 밖으로 시선을 던졌다.

연회색 셔츠를 입은 지수가 숲새 길을 걸어가고 있는 것이 보였다. 그리고 조금 전에 지수가 풀벌레를 털어 주던 자리도

손에 잡힐 듯이 내려다보였다.

전류 같은 것이 내 몸 속을 달렸다. 나는 깨달았다. 현규가 그처럼 자기를 잃은 까닭을. 부풀어오르는 기쁨으로 내 가슴은 금방 터질 것 같았다. 나는 침대 위에 몸을 내던졌다. 그리고 새우처럼 팔다리를 꼬부려 붙였다. 소리내며 흐르는 환희의 분류가 내 몸 속에서 조금도 새어나가지 못하도록.

5

나는 어떻게 하면 좋을까?
밤에 우리는 어두운 숲속을 산보하였다.
어두운 숲속에서 우리는 손을 잡고 걸었다
그리고 나는 그에게 안겨 버렸다.
나는 어떻게 하면 좋을까?

어떻게 해야 할지 점점 더 알 수 없어진다.
여하간 나는 숲속에 가는 일을 그만두어야 한다.
지금 확실히 말할 수 있는 일은 그것뿐이다.

학교에서 돌아오니까 엄마가 기다린다고 안방으로 가라고 했다.

요즈음 인사도 않고 나가고 들어오던 나는 우선 가슴이 철썩 내려앉았다.

"인제 오니? 그런데 얼굴이 파랗구나. 어디 나쁜 것 아닌가?"

엄마는 내 이마에 손을 얹어 보았다.

"오빠는 밤늦어야 돌아오고 숙희도 이렇게 부르지 않음 보기 어렵고……."

엄마는 조금 웃었다. 아무것도 알지 못하는 웃음 같았다.

"……편지가 왔는데 어쩌면 엄마가 미국엘 가야 할지 모르겠어. 그렇게 되면 일년이나 아마 그쯤은 못 돌아올 것 같은데 숙희하고 오빠를 버리고 가기도 어렵고……. 그래 싫다고 몇 번이나 회답을 냈지만……."

엄마는 조금 외면을 하였다.

"어떨까? 오라는 찬성을 해 주었는데."

그러면서 내 눈 속을 들여다보았다.

"나도 좋아요."

우리는 그러면 어떻게 되는 걸까 하고 멍하니 생각하면서 나는 대답하였다.

"고맙다. 그럼 구체적으로 어떻게 할지는 내일이라도 또 의논하지. 큰댁 할머니더러 와 계셔 달랄까? 그래도 미덥잖긴 마찬가지고……."

큰댁의 꼬부랑 할머니는 사실 오나마나 마찬가지였다. 엄마

가 없는 이 집에서 어떤 일이 일어나려고 하는 걸까?

현규와 단둘이 있어야 할 일을 생각하니 얼굴에서 핏기가 가시었다. 아무도 막아 낼 수 없는 운명적인 사건이, 이미 숲속에 가지 않는 것쯤으로는 어찌할 수도 없는 벅찬 일이 생기고야 말 것이다.

잠을 잘 수 없었다. 내 온 신경은 가엾은 상처처럼 어디를 조금만 건드려도 피를 흘렸다.

며칠이 지나니까 나는 더 견딜 수 없어졌다. 할머니한테 갔다 온다고 우겨대어서 서울을 떠났다.

다시는 그곳에 돌아가지 않으리라고 결심하였다. 다시는 학교에 다니지도 않으리라고 마음먹었다. 내 삶은 일단 여기서 끝막았다고 그렇게 생각을 가져야만 이 모든 일이 수습될 것 같이 여겨졌다. 그것은 칼로 살을 도려내는 듯한 아픔이었다. 그러나 다른 무슨 일을 내 머리로 생각해 낼 수 있었을까?

날이면 날마다 나는 뒷산에 올라갔다. 한 시간 남짓한 거리에 여승들의 절이 있다. 나는 절이라는 곳이 싫었으나 거기를 좀더 지나가면 맘에 드는 장소가 나타났다. 들장미의 덤불과 젊은 나무들의 초록이 바람을 바로 맞는 등성이였다.

바람을 받으면서 앉아 있곤 하였다. 젊은 느티나무의 그루

사이로 들장미의 엷은 훈향이 흩어지곤 하였다.

터키즈 블루의 원피스 자락 위에 흰 꽃잎을 뜯어서 올려놓았다. 수없이 뜯어서 올려놓았다. 꽃잎은 찬란한 하늘 밑에서 이내 색이 바래고 초라하게 말려들었다.

그리고 있다가 시선을 들었다. 다음 찰나에 나는 나도 모르게 일어서 있었다.

현규였다.

그는 급한 비탈을 올라오고 있었다. 입을 일자로 다물고 언젠가처럼 화를 낸 것 같은 얼굴이었다. 아니 일자로 다문 입은 좀 슬퍼 보여서 화를 낸 것 같은 얼굴은 아니었다.

그가 이삼 미터의 거리까지 와서 멈추었을 때 나는 내 몸이 저절로 그 편으로 내달은 것 같은 착각을 느꼈다. 사실은 그와 반대로 젊은 느티나무 둥치를 붙든 것이었다.

"그래, 숙희, 그 나무를 놓지 말어. 놓지 말고 내 말을 들어."

그는 자기도 한두 걸음 뒤로 물러서면서 말하였다. 그 얼굴에는 무언지 참담한 것이 있었다.

"숙희는 돌아와서 학교에 가야 해. 무엇이고 다 잊고 공부를 해야 해. 나도 그렇게 할 작정이니까. 우리는 헤어져 있어야

해. 헤어져서 공부해야 해. 어머니가 떠나시려면 비용도 들 테
니까 집은 남 빌려주자고 말씀드렸어. 내가 갈 곳도 생각해 놓
고. 숙희도 어머니 친구 댁에 가 있으면 될 거야. 그렇게 헤어
져 있어야 하지만, 숙희, 우리에겐 길이 없는 것은 아니야. 내
말을 알아들어 줄까?"

그는 두 발로 땅을 꾹 딛고 서서 말하였다. 나는 느티나무를
붙들고 가늘게 떨고 있었다.

"그때 숲속에서의 일은 우리에게는 어찌할 수도 없는 진실
이었다. 우리는 이 일을 잊을 수도 없고 이제 이 일을 부정하
고는 살아가지도 못할 게다. 우리는 만나기 위해서 헤어지는
것이야. 우리에겐 길이 없지 않아. 외국엘 가든지……."

그는 부르쥔 손등으로 얼굴을 닦았다.

"내 말 알아주겠어, 숙희?"

나는 눈물을 그득 담고 끄덕여 보였다. 내 삶은 끝나 버린
것이 아니었다. 나는 그를 더 사랑하여도 되는 것이었다.

"이제는 집에 돌아오겠다고 약속해 주겠지? 내일이건 모레
건 되도록 속히……."

나는 또 끄덕여 보였다.

"고마워, 그럼."

그는 억지로처럼 조금 미소하였다.

그리고 빙글 몸을 돌려 산비탈을 달려 내려갔다.

바람이 마주 불었다.

나는 젊은 느티나무를 안고 웃고 있었다. 펑펑 울면서 온 하늘로 퍼져 가는 웃음을 웃고 있었다. 아아, 나는 그를 더 사랑하여도 되는 것이다…….

김동인(金東仁, 1900~1951)

호는 금동(琴童)·춘사(春士). 평양 출생.
일본 도쿄 메이지학원 중학부 졸업, 가와바타 미술학교를 중퇴했다.
1919년 주요한·전영택 등과 함께 최초 문학동인지 《창조(創造)》를 발간하는
한편, 처녀작 《약한 자의 슬픔》을 발표하고 귀국했으나,
출판법 위반 혐의로 일제에 체포·구금되어 4개월 간 투옥되었다.
그는 사실주의적 수법을 사용했으며, 1925년대 유행하던 신경향파 및
프로문학에 맞서 예술지상주의를 표방하고 순수문학 운동을 벌였다.
특히 작중인물의 호칭인 'he, she'를 '그'로 통칭하고,
또 용언에서 과거시제를 도입했으며,
간결하고 짧은 문장으로 이른바 간결체를 형성했다.
주요 작품으로는 《광화사》·《광염소나타》·《감자》·《배따라기》·《젊은 그들》·
《운현궁의 봄》 등이 있다.
1955년 사상계(思想界)에서 그를 기념하기 위해 '동인문학상(東仁文學賞)'을
제정·시상했으나, 1979년부터 조선일보사에서 시상하고 있다.

배따라기

배따라기

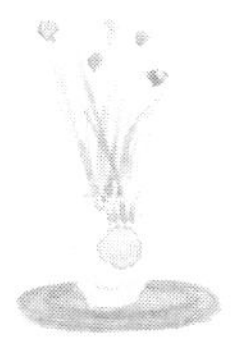 **좋은** 일기이다.

좋은 일기라도, 하늘에 구름 한 점 없는—우리 '사람'으로서 감히 접근치 못할 위엄을 가지고, 높이서 우리 조그만 사람을 비웃는 듯이 내려다보는 그런 교만한 하늘은 아니고, 가장 우리 '사람'의 이해자인 듯이 낮추 뭉글뭉글 엉기는 분홍빛 구름으로서 우리와 서로 손목을 잡자는 그런 하늘이다. 사랑의 하늘이다.

나는 잠시도 멎지 않고, 푸른 물을 황해로 부어 내리는 대동강을 향한 모란봉 기슭 새파랗게 돋아나는 풀 위에 뒹굴고 있었다.

이날은 삼월 삼질, 대동강에 첫 뱃놀이하는 날이다. 까맣게 내려다보이는 물 위에는, 결결이 반짝이는 물결을 푸른 놀잇배들이 타고 넘으며, 거기서는 봄 향기에 취한 형형색색의 선율이 우단보다도 보드라운 봄 공기를 흔들면서 날아온다.

그리고 거기서 기생들의 노래와 함께 날아오는 조선 아악(雅樂)은 느리게 길게, 유창하게 부드럽게, 그리고 또 애처롭게―모든 봄의 정다움과 끝까지 조화하지 않고는 안 두겠다는 듯이 대동강에 흐르는 시커먼 봄 물, 청류벽에 돋아나는 푸르른 풀어음, 심지어 사람의 가슴속에 봄에 뛰노는 불 붙는 핏줄기까지라도, 습기 많은 봄공기를 다리 놓고 떨리지 않고는 두지 않는다.

봄이다. 봄이 왔다.

부드럽게 부는 조그만 바람이 시꺼먼 조선솔을 꿰며, 또는 돋아나는 풀을 스치고 지나갈 때의 그 음악은 다른 데서는 듣지 못할 아름다운 음악이다.

아아, 사람을 취케 하는 푸르른 봄의 아름다움이여. 열다섯 살부터의 동경(東京) 생활에, 마음껏 이런 봄을 보지 못하였던 나는, 늘 이것을 보는 사람보다 곱 이상의 감명을 여기서 받지 않을 수 없다.

평양성내에는, 겨우 툭툭 터진 땅을 헤치면 파릇파릇 돋아나는 나무새기와 돋아나려는 버들의 어음으로 봄이 온 줄 알 뿐, 아직 완전히 봄이 안 이르렀지만, 이 모란봉 일대와 대동강을 넘어 보이는, 가나안 옥토를 연상시키는 장림(長林)에는 마음껏 봄의 정다움이 이르렀다.

그리고 또 꽤 자란 밀 보리 들로 새파랗게 장식한 장림의 그 푸른빛. 만족한 웃음을 띠고 그 벌에 서서 내다보는 농부의 모양은 보지 않아도 생각할 수가 있다.

구름은 자꾸 하늘을 날아다니는 모양이다. 그 밀 위에 비치었던 구름의 그림자는 그 구름과 함께 저편으로 물러가며 거기는 세계를 아까 만들어 놓은 것 같은 새로운 녹빛이 퍼져 나간다. 바람이나 조금 부는 때는 그 잘 자란 밀들은 물결같이 누웠다 일어났다. 일록일청(一綠一靑)으로 춤을 춘다. 그리고 봄의 한가함을 찬송하는 솔개들은 높은 하늘에서 동그라미를 그리면서 더욱더 아름다운 봄에 향그러운 정취를 더한다.

"다스한 봄정에 솟아나리다. 다스한 봄정에 솟아나리다."

나는 두어 번 소리나게 읊은 뒤에 담배를 붙여 물었다. 담뱃내는 무럭무럭 하늘로 올라간다.

하늘에도 봄이 왔다.

하늘은 낮았다. 모란봉 꼭대기에 올라가면 넉넉히 만질 수가 있으리만큼 하늘은 낮다. 그리고 그 낮은 하늘보다는 오히려 더 높이 있는 듯한 분홍빛 구름은 뭉글뭉글 엉기면서 이리

저리 날아다닌다.

나는 이러한 아름다운 봄 경치에 이렇게 마음껏 봄의 속삭임을 들을 때는, 언제든 유토피아를 아니 생각할 수 없다. 우리가 시시각각으로 애를 쓰며 수고하는 것은—그 목적은 무엇인가? 역시 유토피아 건설에 있지 않을까? 유토피아를 생각할 때는 언제든 그 '위대한 인격의 소유자'며 '사람의 위대함을 끝까지 즐긴' 진나라 시황(秦始皇)을 생각지 않을 수 없다.

우리가 어찌하면 죽지를 아니할까 하여, 소년 삼백을 배를 태워 불사약을 구하러 떠나 보내며, 예술의 사치를 다하여 아방궁을 지으며, 매일 신하 몇 천 명과 잔치로써 즐기며, 이리하여 여기 한 유토피아를 세우려던 시황은, 몇 만의 역사가가 어떻다고 욕을 하든, 그는 정말로 인생의 향락자며 역사 이후의 제일 큰 위인이라고 할 수가 있다. 그만한 순전한 용기 있는 사람이 있고야 우리 인류의 역사는 끝이 날지라도 한 '사람'을 가졌었다고 할 수 있다.

"큰 사람이었었다."

하면서 나는 머리를 들었다.

이때다.

기자묘 근처에서 무슨 슬픈 음률이, 봄 공기를 진동시키며 날아오는 것이 들렸다.

나는 무심코 귀를 기울였다.

'영유 배따라기'다. 그것도 웬만한 광대나 기생은 그 발꿈치에도 미치지 못하리만큼—그만큼 그 '배따라기'의 주인은 잘 부르는 사람이었다.

비나이다. 비나이다.
산천후토 일월성신 하늘님전 비나이다.
실낱 같은 우리 목숨 살려 달라 비나이다.
에—야, 어그여지야.

여기까지 이르렀을 때에 저편 아래 물에서 장고(長鼓) 소리와 함께 기생의 노래가 울리어 오며 '배따라기'는 그만 안 들리게 되었다. 나는 이년 전 한여름을 영유서 지내 본 일이 있다. '배따라기'의 본고장인 영유를 몇 달 있어 본 사람은 그 '배따라기'에 대하여 언제든 한 속절없는 애처로움을 깨달을 것이다.

영유, 이름은 모르지만 ×산에 올라가서 내려다보면 앞은 망망한 황해이니, 그곳 저녁때의 경치는 한 번 본 사람은 영구히 잊을 수가 없으리라. 불덩이 같은 커다란 시뻘건 해가 남실 남실 넘치는 바다에 도로 빠질 듯 도로 솟아오를 듯 춤을 추며, 거기서 때때로 보이지 않는 배에서 '배따라기'만 슬프게 날아오는

것을 들을 때엔 눈물 많은 나는 때때
로 눈물을 흘렸다. 이로 보
아서, 어떤 원의 아
내가 자기의 모
든 영화를 낡은 신같
이 내어 던지고 뱃사람과
정처 없는 물길을 떠났다 함도
믿지 못할 말이랄 수가 없다.

영유서 돌아온 뒤에도 그 '배따라기'는 내 마음에 깊이 새기
어져 잊으려야 잊을 수가 없었고, 언제 한 번 다시 영유를 가
서 그 노래를 한번 더 들어보고 그 경치를 다시 한 번 보고 싶
은 생각이 늘 떠나지를 않았다.

장고 소리와 기생의 노래는 멎고 '배따라기'만 구슬프게 날
아온다. 결결이 부는 바람으로 말미암아 때때로는 들을 수가
없으되, 나의 기억과 곡조를 종합하여 들은 '배따라기'는 이
대목이다.

강변에 나왔다가
나를 보더니만
혼비백산하여
꿈인지 생시인지

생신지 꿈인지
와르륵 달려들어
섬섬옥수로 부쳐 잡고
호천망극 하는 말이
"하늘로서 떨어지며
땅으로서 솟아났나
바람결에 묻어 오고
구름길에 쌔여 왔나."
이리 서로 붙들고 울음 울 제
인리 제인이며
일가 친척이 모두 모여

　여기까지 들은 나는 마침내 참지 못하고 벌떡 일어서서 소
나무 가지에 걸었던 모자를 내려쓰고, 그곳을 찾으러 모란봉
꼭대기에 올라섰다. 꼭대기는 좀더 노랫소리가 잘 들린다. 그
는 '배따라기'의 맨 마지막, 여기를 부른다.

밥을 빌어서
죽을 쑬지라도
제발 덕분에
뱃놈 노릇은 하지 마라
에—야 어그여지야—

그의 소리로써 방향을 찾으려던 나는 그만 그 자리에 섰다.

"어딘가? 기자묘? 혹은 을밀대?"

그러나 나는 오래 서 있을 수가 없었다. 어떻든 찾아보자 하고, 현무문으로 가서 문 밖에 썩 나섰다. 기자묘의 깊은 솔밭은 눈앞에 쫙 퍼진다.

"어딘가?"

나는 또 물어 보았다.

이때에 그는 또다시 '배따라기'를 시초부터 부른다. 그 소리는 왼편에서 온다.

왼편이구나 하면서, 소리나는 곳을 더듬어서 소나무 틈으로 한참 돌다가 겨우 기자묘치고는 그중 하늘이 넓고 밝은 곳에, 혼자서 뒹굴고 있는 그를 찾아내었다. 나의 생각한 바와 같은 얼굴이다. 얼굴, 코, 입, 눈, 몸집이 모두 네모나고, 그의 이마의 굵은 주름살과 시꺼먼 눈썹은 고생 많이함과 순진한 성격을 나타낸다.

그는 어떤 신사가 자기를 들여다보는 것을 보고 노래를 그치고 일어나 앉는다.

"왜, 그냥 하지요."

하면서 나는 그의 곁에 가 앉았다.

"머……."

할 뿐 그는 눈을 들어서 터진 하늘을 쳐다본다.

좋은 눈이었다. 바다의 넓고 큼이 유감없이 그의 눈에 나타나 있다. 그는 뱃사람이라 나는 짐작하였다.

"잘하는구레."

"잘해요?"

그는 나를 잠깐 보고 사람 좋은 웃음을 띤다.

"고향이 영유요?"

"예, 머, 영유서 나기는 했디만, 한 이십 년 영윤 가 보디두 않았시요."

"왜, 이십 년씩 고향엘 안 가요?"

"사람의 일이라니, 마음대루 됩데까?"

그는 왜 그러는지, 한숨을 짓는다.

"거저, 운명이 데일 힘셉데다."

운명의 힘이 제일 세다는 그의 소리는 삭이지 못할 원한과 뉘우침이 섞여 있다.

"그래요?"

나는 다만 그를 건너다볼 뿐이다.

한참 잠잠하니 있다가 나는 다시 말하였다.

"자, 노형의 경험담이나 한번 들어봅시다. 감출 일이 아니면 한번 이야기해 보소."

"머, 감출 일

은……."

"그럼, 어디 들어봅시다그려."

그는 다시 하늘을 쳐다보았다. 그러나 좀 있다가,

"하디요."

하면서 내가 담배를 붙이는 것을 보고 자기도 담배를 붙여 물고 이야기를 꺼낸다.

"잊히지도 않는 십구 년 전 팔월 열하룻날 일인데요."

하면서 그가 이야기한 바는 대략 이와 같은 것이다.

그의 살던 마을은 영유 고을서 한 이십 리 떠나 있는 바다를 향한 조그만 어촌이다. 그의 살던 조그만 마을(서른 집쯤 되는)에서는 그는 왜 유명한 사람이었다.

그의 부모는 모두 열댓에 났을 때 돌아갔고, 남은 사람이라고는 곁집에 딴살림하는 그의 아우 부처와 그 자기 부처뿐이었다. 그들 형제가 그 마을에서 제일 부자이고 또 제일 고기잡이를 잘하였고, 그 중 글이 있었고 '배따라기'도 그 마을에서 빼나게 그 형제가 잘 불렀다. 말하자면 그 형제가 그 동리의 대표적 사람이었다.

팔월 보름은 추석 명절이다. 팔월 열하룻날 그는 명절에 쓸 장도 볼 겸, 그의 아내가 늘 부러워한 거울도 하나 사 올 겸 장으로 향하였다.

"당손네 집에 있는 것보다 큰 거이요. 말구요."

그의 아래는 길까지 따라나오면서 잊지 않도록 부탁하였다.

"안."

하면서 그는 떠오르는 새빨간 햇빛을 앞으로 받으면서 자기 마을을 나섰다.

그는 아내를 (이렇게 말하기는 우습지만) 고와했다. 그의 아내는 촌에는 드물도록 연연하고도 예쁘게 생겼다. (그는 나에게 이렇게 말하였다)

"성내(평양) 덴줏골(편집자 주: 갈보촌)을 가두 그만한 거 쉽디 않갔시요."

그러니까 촌에서는, 그리고 당시에는 남에게 우습게 보이도록 그 내외의 사이는 좋았다. 늙은이들은 계집에게 혹하지 말라고 흔히 그에게 권고하였다.

부처의 사이는 좋았지만—아니, 오히려 좋으므로 그는 아내에게 샘을 많이 하였다. 그리고 그의 아내는 시기를 받을 일을 많이 하였다. 품행이 나쁘다는 것이 아니라, 그의 아내는 대단히 천진스럽고 쾌활한 성질로서 아무에게나 말 잘하고 애교를 잘 부렸다.

그 동리에서는 무슨 명절이나 되면, 집이 그중 정결함을 핑계삼아 젊은이들은 모두 그의 집에 모이고 하였다 그 젊은이들은 모두 그의 아내에게 '아즈마니' 라 부르고, 그의 아내는 '아즈바니 아즈바니' 하며 그들과 지껄이고 즐기며, 그 웃기 잘하는 입에는 늘 웃음을 흘리고 있었다.

그럴 때마다 그는 한편 구석에서 눈만 힐금거리며 있다가 젊은이들이 돌아간 뒤에는 불문곡직하고 아내에게 덤벼들어 발길로 차고 때리며, 이전에 사다 주었던 것을 모두 걷어올린다. 싸움을 할 때에는 언제든 곁집에 있는 아우 부처가 말리러 오며, 그렇게 되면 언제든 그는 아우 부처까지 때려 주었다.

그가 아우에게 그렇게 구는 데는 이유가 있었다. 그의 아우는 시골 사람에게는 쉽지 않도록 늠름한 위엄이 있었고, 매일 바닷바람을 쏘였지만 얼굴이 희었다. 이것뿐으로도 시기가 된다 하면 되지만, 특별히 아내가 그의 아우에게 친절히 하는 데는 그는 속이 끓어 못 견디었다.

그가 영유를 떠나기 반 년 전쯤—다시 말하자면 그가 거울을 사러 장에 갈 때부터 반년 전쯤, 그의 생일날이었다. 그의 집에서는 음식을 차려서 잘 먹었는데, 그에게는 괴상한 버릇

이 있었으니, 맛있는 음식은 남겨 두었다가 좀 있다 먹곤 하는 것이 습관이었다. 그의 아내도 이 버릇은 잘 알 터인데 그의 아우가 점심때쯤 오니까, 아까 그가 아껴서 남겨 두었던 그 음식을 아우에게 주려 하였다.

그는 눈을 부릅뜨고 '못 주리라'고 암호하였지만, 아내는 그것을 보았는지 못 보았는지 그의 아우에게 주어 버렸다. 그는 마음속이 자못 편치 못하였다. 트집만 있으면 이 년을……. 그는 마음먹었다.

그의 아내는 시아우에게 상을 준 뒤에 물러 오다가 그만 그의 발을 조금 밟았다.

"이 년!"

그는 힘껏 발을 들어서 아내를 냅다 찼다. 그의 아내는 상위에 거꾸러졌다가 일어난다.

"이 년, 사나이 발을 짓밟는 년이 어디 있어!"

"거 좀 밟아서 발이 부러뎃쉐까?"

아내는 낯이 새빨개져서 울음 섞인 소리로 고함친다.

"이 년! 말대답이……."

그는 일어서서 아내의 머리채를 휘어잡았다.

"형님! 왜 이러십니까?"

아우가 일어서면서 그를 붙잡았다.

"가만 있거라, 이 놈의 자식."

하며, 그는 아우를 밀친 뒤에 아내를 되는 대로 내리찧었다.

"죽일 년, 이 년! 나가거라!"

"죽에라! 죽에라! 난, 죽어두 이 집에선 못 나가!"

"못 나가!"

"못 나가디 않구. 뉘 집이게……."

이때다. 그의 마음에는 그 '못 나가겠다' 는 아내의 마음이 푹 들이박혔다. 그 이상 때리기가 싫었다. 우두커니 눈만 흘기고 있다가 그는,

"망한 년, 그럼 내가 나갈라."

하고 그만 문 밖으로 뛰어나와서,

"형님, 어디 갑니까?"

하는 아우의 말에는 대답도 안 하고, 곁동리 탁주집으로 뒤도 안 돌아보고 가서, 거기 있는 술 파는 계집과 술상 앞에 마주앉았다.

그날 저녁 얼근히 취한 그는 아내를 위하여 떡을 한 돈 어치 사 가지고 집으로 돌아왔다.

이리하여 또 서너 달은 평화가 이르렀다. 그러나 이 평화가 언제까지든 계속될 수가 없었다. 그의 아우로 말미암아 또 평화는 쪼개져 나갔다.

오월 초승부터 영유 고을 출입이 잦던 그의 아우는 오월 그믐께부터는 고을서 며칠씩 묵어 오는 일이 많았다. 함께, 고을에 첩을 얻어 두었다는 소문이 퍼졌다. 이 소문이 있은 뒤는 아내는 그의 아우가 고을 들어가는 것을 벌레보다도 더 싫어하고, 며칠 묵어서 오는 때면 곧 아우의 집으로 가서 그와 담판을 하며, 심지어 동서 되는 아우의 처에게까지 못 가게 하지 않는다고 싸우는 일이 있었다. 칠월 초승께 그의 아우는 고을에 들어가서 열흘쯤 묵어 온 일이 있었다. 이때도 전과 같이

그의 아내는 그의 아우며 제수와 싸우다 못하여 마침내 그에게까지 와서 아우가 그런 못된 데를 다니는 것을 그냥 둔다고, 해 보자 한다. 그 꼴을 곱게 보지 않았던 그는 첫마디로 고함을 쳤다.

"네게 상관이 무에가? 듣기 싫다."

"못난둥이. 아우가 그런 델 댕기는 걸 말리디두 못하구!"

분김에 이렇게 그의 아내는 고함쳤다.

"이 년, 무얼?"

그는 벌떡 일어섰다.

"못난둥이!"

그 말이 채 끝나기 전에 그의 아내는 악소리와 함께 그 자리에 거꾸러졌다.

"이 년! 사나이게 그 따윗 말버릇 어디서 배완!"

"에미네 때리는 건 어디서 배왔노? 못난둥이!"

그의 아내는 울음소리로 부르짖었다.

"상년 그냥? 나갈! 우리 집에 있디 말구 나갈!"

그는 내리찧으면서 부르짖었다. 그리고 아내를 문을 열고 밀쳤다.

"나가디 않으리!"

하고 그의 아내는 울면서 뛰어나갔다.

"망할 년!"

토하는 듯이 중얼거리고 그는 그 자리에 주저앉았다.

그의 아내는 해가 져서 어두워도 돌아오지 않았다. 일단 내어쫓기는 하였지만 그는 아내의 돌아옴을 기다리고 있었다. 어두워져서도 그는 불도 안 켜고, 성이 나서 우들우들 떨면서 아내의 돌아오기를 기다렸다. 그러나 그의 아내의 참 기쁜 듯이 웃는 소리가 그의 아우의 집에서 밤새도록 울리어왔다. 그는 움쩍도 안 하고 그 자리에 앉아서 밤을 새운 뒤에, 새벽 동터올 때 아내와 아우를 죽이려고 부엌에 가서 식칼을 가지고 들어와서 문을 벌컥 열었다.

그의 아내로서 만약 근심스러운 얼굴을 하고 그 문 밖에 우두커니 서서 문을 들여다보고 있지 않았더면, 그는 아내와 아우를 죽이고야 말았으리라.

그는 아내를 보는 순간 마음에 가득 차는 사랑을 깨달으면서, 칼을 내던지고 뛰어나가서 아내의 머리채를 휘어잡고, 이년 하면서 들어와서 뺨을 물어뜯으면서 함께 이리저리 자빠져서 뒹굴었다.

그런 이야기는 다 하려면 끝이 없으되 다만 '그', '그의 아내', '그의 아우' 세 사람의 삼각 관계는 대략 이와 같았다.

각설.

거울은 마침 장에 마음에 맞는 것이 있었다. 지금 것과 대

보면, 어떤 때는 코도 크게 보이고 입이 작게도 보이는 것이지만, 그 당시에는 그리고 그런 촌에서는 둘도 없는 귀물이었다. 거울을 사 가지고 장을 본 뒤에 그는 이 거울을 아내에게 주면 그 기뻐할 모양을 생각하며, 새빨간 저녁 햇빛을 받는, 넘치는 듯한 바다를 안고 자기 집으로, 늘 들러 오던 탁주 집에도 안 들러서 돌아왔다.

그러나 그가 그의 집 방 안에 들어설 때에는 뜻도 안 하였던 광경이 그의 눈에 벌이어 있었다.

방 가운데는 떡상이 있고, 그의 아우는 수건이 벗어져서 목 뒤로 늘어지고, 저고리 고름이 모두 풀어져 가지고 한편 모퉁이에 서 있고, 아내도 머리채가 모두 뒤로 늘어지고, 치마가 배꼽 아래 늘어지도록 되어 있으며, 그의 아내와 아우는 그를 보고 어찌할 줄을 모르는 듯이 움쭉도 안 하고 서 있었다.

세 사람은 한참 동안 어이가 없어서 서 있었다. 그러나 좀 있다가 마침내 그의 아우가 겨우 말했다.

"그 놈의 쥐 어디 갔니?"

"흥! 쥐? 훌륭한 쥐 잡댔구나!"

그는 말을 끝내지도 않고, 짐을 벗어 던지고, 뛰어가서 아우의 멱살을 끌어 잡았다.

"형님! 정말 쥐가……."

"쥐? 이 놈! 형수하고 그런 쥐 잡는 놈이 어디 있니?"

그는 아우를 따귀를 몇 대 때린 뒤에 등을 밀어서 문 밖에

내어 던졌다. 그런 뒤에 이제 자기에게 이를 매를 생각하고 우들우들 떨면서 아랫목에 서 있는 아내에게 달려들었다.

"이 년! 시아우와 그런 쥐 잡는 년이 어디 있어!"

그는 아내를 거꾸러뜨리고 함부로 내리찧었다.

"정말 쥐가…… 아이 죽갔다."

"이 년! 너두 쥐? 죽어라!"

그의 팔다리는 함부로 아내의 몸에 오르내렸다.

"아이 죽갔다. 정말 아까 적은이(시아우) 왔기에 떡 자시라구 내놓았더니……."

"듣기 싫다! 시아우와 붙은 년이, 무슨 잔소릴……."

"아이, 아이, 정말이야요. 쥐가 한 마리 나……."

"그냥 쥐?"

"쥐 잡을래다가……."

"상년! 죽어라! 물에라두 빠데 죽얼!"

그는 실컷 때린 뒤에, 아내도 아우처럼 등을 밀어내어 쫓았다. 그 뒤에 그의 등으로,

"고기 배때기에 장사해라!"

토하였다.

분풀이는 실컷 하였지만, 그래도 마음속이 자못 편치 못하였다. 그는 아랫목으로 가서 바람벽을 의지하고 실신한 사람같이 우두커니 서서 떡상만 들여다보고 있었다.

한 시간…… 두 시간…….

서편으로 바다를 향한 마을이라, 다른 곳보다는 늦게 어둡지만, 그래도 술시(戌時)쯤 되어서는 깜깜하니 어두웠다. 그는 불을 켜려고 바람벽에서 떠나서 성냥을 찾으러 돌아갔다.

성냥은 늘 있던 자리에 있지 않았다. 그래서 여기저기 뒤적이노라니까, 어떤 낡은 옷 뭉치를 들칠 때에 문득 쥐 소리가 나면서 무엇이 후덕덕 뛰어나온다. 그리하여 저편으로 기어서 도망한다.

"역시 쥐댔구나!"

그는 조그만 소리로 부르짖었다. 그리고 그만 그 자리에 맥없이 털썩 주저앉았다.

아까 그가 보지 못한 때의 광경이, 활동사진과 같이 그의 머리에 지나갔다.

아우가 집에를 온다. 아우에게 친절한 아내는 떡을 먹으라고 아우에게 떡상을 내놓는다. 그때에 어디선가 쥐가 한 마리 뛰어나온다. 둘(아우와 아내)이서는 쥐를 잡노라고 돌아간다. 한참 성화시키던 쥐는 어느 구석에 숨어 버린다. 그들은 쥐를 찾노라고 뒤룩거린다. 그럴 때에 그가 집에 들어선 것이다.

“상년. 좀 있으믄 안 들어오리…….”

그는 억지로 마음먹고 그 자리에 드러누웠다.

그러나 아내는 밤이 가고 날이 밝기는커녕 해가 중천에 올라도 돌아오지를 않았다. 그는 차차 걱정이 나서 찾아보러 나섰다. 아우의 집에도 없었다. 동리를 모두 찾아보아도 본 사람도 없다 한다.

그리하여 낮쯤 한 삼사 리 내려가서 바닷가에서 겨우 아내를 찾기는 찾았지만 그 아내는 이전 같은 생기로 찬 산 아내가 아니요, 몸은 물에 불어서 곱이나 크게 되고, 이전에 늘 웃음을 흘리던 예쁜 입에는 거품을 잔뜩 문, 죽은 아내이다.

그는 아내를 업고 집으로 돌아오기까지 정신이 없었다.

이튿날 간단하게 장사를 하였다. 뒤에 따라오는 아우의 얼굴에는,

“형님, 이게 웬일이오니까?”

하는 듯한 원망이 있었다.

장사를 지낸 이튿날부터 아우는 그 조그만 마을에서 없어졌다. 하루 이틀은 심상히 지냈지만, 닷새가 지나도 아우는 돌아오지 않았다. 그래서 알아보니까, 꼭 그의 아우같이 생긴 사람이 오륙 일 전에 멧산재 보따리를 하여 진 뒤에 시뻘건 저녁 해를 등으로 받고 더벅더벅 동쪽으로 가더라 한다. 그리하여 열흘이 지나고 스무 날이 지났지만 한번 떠난 그의 아우는 돌아올 길이 없고, 혼자 남은 아우의 아내는 매일 한숨으로 세월

을 보내게 되었다.

그도 이것을 잠자코 보고 있을 수가 없었다. 그 불행의 모든 죄는 그에게 있었다.

그도 마침내 뱃사람이 되어, 적으나마 아내를 삼킨 바다와 늘 접근하며, 가는 곳마다 아우의 소식을 알아보려고 어떤 배를 얻어 타고 물길을 나섰다.

그는 가는 곳마다 아우의 이름과 모습을 말하며 물었으나 아우의 소식은 알 수가 없었다.

이리하여 꿈결같이 십 년을 지내서 구 년 전 가을, 탁탁히 낀 안개를 꿰며 연안(延安) 바다를 지나가던 그의 배는 몹시 부는 바람으로 말미암아 파선을 하여 벗 몇 사람은 죽고 그는 정신을 잃고 물 위에 떠돌고 있었다.

그가 정신을 차린 때는 밤이었다. 그리고 어느덧 그는 물 위에 올라와 있었고 그를 말리느라고 새빨갛게 피워 놓은 불빛으로 자기를 간호하는 아우를 보았다.

그는 이상히도 놀라지도 않고, 천연하게 물었다.

"너 어(어떻게) 여기 완?"

아우는 잠자코 한참 있다가 겨우 대답하였다.

"형님, 거저 다 운명이외다."

따뜻한 불기운에 깜빡 잠이 들려다가 그는 화닥닥 깨면서 또 말했다.

"십 년 동안에 되게 파랬구나."

"형님, 나두 변했거니와 형님두 몹시 늙으셨쉐다."

이 말을 꿈결같이 들으면서 그는 또 혼혼히 잠이 들었다. 그리하여 두어 시간, 꿀보다도 단잠을 잔 뒤에 깨어 보니, 아까같이 빨간 불은 피어 있지만 아우는 어디로 갔는지 없어졌다. 곁엣사람에게 물어 보니까 아까 아우는 형의 얼굴을 물끄러미 한참 들여다보고 있다가, 새빨간 불빛을 등으로 받으면서, 더벅더벅 아무 말 없이 어두움 가운데로 사라졌다 한다.

이튿날 아무리 알아보아야 그의 아우는 종적이 없어지고 알 수 없으므로, 그는 하릴없이 다른 배를 얻어 타고 또 물길을 떠났다. 그리하여 그의 배가 해주에 이르렀을 때, 그는 해주장에 들어가서 무엇을 사려다가 저편 맞은편 가게에 걸핏 그의 아우 같은 사람이 있으므로 뛰어가서 보니 그는 벌써 없어졌다. 배가 해주에는 오래 머물지 않으므로 그는 마음은 해주에 남겨 두고 또다시 바닷길을 떠났다.

그 뒤에 삼 년을 이리저리 돌아다녔어도 아우는 다시 볼 수가 없었다.

그리하여 삼 년을 지내서 지금부터 육 년 전에, 그의 탄 배가 강화도를 지날 날에, 바다를 향한 가파로운 뫼켠에서 바다를 향하여 날아오는 '배따라기'를 들었다.

그것도 어떤 구절과 곡조는 그의 아우 특식으로 변경된―그의
아우가 아니면 부를 사람이 없는 그 '배따라기' 이다.

배가 강화도에는 머무르지 않아서 그저 지나갔으나 인천서
열흘쯤 머무르게 되었으므로, 그는 곧 내려서 강화도로 건너
가 보았다. 거기서 이리저리 찾아다니다가 어떤 조그만 객줏
집에서 물어 보니, 이름도 그의 아우요, 생긴 모습도 그의 아
우인 사람이 묵어 있기는 하였으나 사흘 전에 도로 인천으로
갔다 한다. 그는 곧 돌아서서 인천으로 건너와서 찾아보았지
만, 그 조그만 인천서도 그의 아우를 찾을 바가 없었다.

그 뒤에 눈 오고 비 오며, 육 년이 지났지만 그는 다시 아우
를 만나 보지 못하고 아우의 생사까지도 알 수가 없었다.

말을 끝낸 그의 눈에는 저녁 해에 반사하여 몇 방울의 눈물
이 반짝인다.

나는 한참 있다가 겨우 물었다.

"노형 계수는?"

"모르디오. 이십 년을 영유는 안 가 봤으니
깐요."

"노형은 이제 어디루 갈 테요?"

"것두 모르디오. 덩처가 있나요? 바람부는
대로 몰려댕기디오."

그는 다시 한 번 나를 위하여 '배따라기' 를 불렀다. 아아, 그

속에 잠겨 있는 삭이지 못할 뉘우침, 바다에 대한 애처로운 그리움.

노래를 끝낸 다음에 그는 일어서서 시뻘건 저녁 해를 잔뜩 등으로 받고, 을밀대로 향하여 더벅더벅 걸어갔다. 나는 그를 말릴 힘이 없어서, 멀거니 그의 등만 바라보고 앉아 있었다.

그날 밤, 집에 돌아와서도 그 '배따라기'와 그의 숙명적 경험담이 귀에 쟁쟁히 울리어서 잠을 못 이루고, 이튿날 아침 깨어서 조반도 안 먹고 기자묘로 뛰어가서 또다시 그를 찾아보았다. 그가 어제 깔고 앉았던 풀은 모두 한편으로 누워서 그가 다녀감을 기념하되 그는 그 근처에 보이지 않았다. 그러나, 그러나 '배따라기'는 어디선가 쟁쟁히 울리어서 모든 소나무들을 떨리지 않고는 안 두겠다는 듯이 날아온다.

'모란봉이다. 모란봉에 있다' 하고 나는 한숨에 모란봉으로 뛰어갔다. 모란봉에는 사람이 하나도 없다.

부벽루에도 없다.

'을밀대다' 하고 나는 다시 을밀대로 갔다. 을밀대에서 부벽루를 연한, 지옥까지 연한 듯한 골짜기에 물 한 방울을 안 새리라고 빽빽이 난 소나무의 그 모든 잎잎은 떨리는 '배따라기'를 부르고 있지만, 그는 여기도 있지 않다. 기자묘의, 하늘을 향하여 퍼져 나간 그 모든 소나무의 천만의 잎잎도, 그 아래 쭉 퍼진 천만의 풀들도 모두 그 '배따라기'를 슬프게 부르고 있지만, 그는 이 조그만 모란봉 일대에서 찾을 수가 없었다.

강가에 나가서 알아보니, 그의 배는 오늘 새벽에 떠났다 한다.

그 뒤에 여름과 가을이 가고 일 년이 지나서 다시 봄이 이르렀으되, 잠깐 평양을 다녀간 그는 그 숙명적 경험담과 슬픈 '배따라기'를 들었을 뿐, 다시 조그만 모란봉에 나타나지 않는다.

모란봉과 기자묘에 다시 봄이 이르러서, 작년에 그가 깔고 앉아서 부러졌던 풀들도 다시 곧게 대가 나서 자줏빛 꽃이 피려 하지만, 끝없는 뉘우침을 다만 한낱 '배따라기'로 하소연하는 그는, 이 조그만 모란봉과 기자묘에서 다시 볼 수가 없었다. 다만 그가 남기고 간 '배따라기'만 추억하는 듯이, 기념하는 듯이 모든 잎잎이 속삭이고 있을 따름이다.

김유정(金裕貞, 1908~1937)

춘천 출생. 휘문고보를 거쳐 연희전문 문과를 중퇴,
한때는 일확천금을 꿈꾸며 금광에 몰두하기도 했다.
1935년 소설 《소낙비》가 《조선일보》 신춘문예에, 《노다지》가
《중외일보》에 각각 당선됨으로써 문단에 데뷔했다.
폐결핵에 시달리면서 29세를 일기로 요절하기까지
불과 2년 동안의 작가생활을 통해 30편에 가까운 작품을 남길 만큼
그의 문학적 정열은 남달리 왕성했다.
그는 주로 농촌을 무대로 한 작품을 썼는데,
해학적인 사건과 토속적인 문체는 그의 소설이 가진 미덕이다.
주요 작품으로는 《금 따는 콩밭》·《봄봄》·《동백꽃》·《따라지》·
《땡볕》 등이 있다.

동백꽃

동백꽃

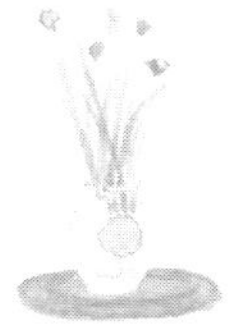

오늘도 또 우리 수탉이 막 쫓기었다. 내가 점심을 먹고 나무를 하러 갈 양으로 나올 때이었다. 산으로 올라서려니까 등뒤에서 푸드득푸드득하고 닭의 횃소리가 야단이다. 깜짝 놀라서 고개를 돌려보니 아니나 다르랴, 두 놈이 또 얼리었다.

점순네 수탉이 덩저리 작은 우리 수탉을 함부로 해내는 것이다. 그것도 그냥 해내는 것이 아니라 푸드득하고 면두를 쪼고 물러섰다가 좀 사이를 두고 또 푸드득하고 모가지를 쪼았다. 이렇게 멋을 부려 가며 여지없이 닦아 놓는다. 그러면 이 못생긴 것은 쪼일 적마다 주둥이로 땅을 받으며 그 비명이 킥 킥 할 뿐이다. 물론 미처 아물지도 않은 면두를 또 쪼이어 붉은 선혈은 뚝뚝 떨어진다.

이걸 가만히 내려다보자니 내 대강이가 터져서 피가 흐르는 것같이 두 눈에 불이 번쩍 난다. 대뜸 지게 작대기를 메고 달려들어 점순네 닭을 후려칠까 하다가 생각을 고쳐먹고 헷매질로 떼어만 놓았다.

이번에도 점순이가 쌈을 붙여 왔을 것이다. 바짝바짝 내 기를 올리느라고 그랬음에 틀림없을 것이다.

고놈의 계집애가 요새로 접어들어서 왜 나를 못 먹겠다고 그렇게 으르렁거리는지 모른다.

나흘 전 감자 쪼각만 하더라도 나는 저에게 조금도 잘못한 것은 없다.

계집애가 나물을 캐러 가면 갔지 남 울타리 엮는 데 쌩이질을 하는 것은 다 뭐냐. 그것도 발소리를 죽여 가지고 등뒤로 살며시 와서,

"얘! 너 혼자만 일하니?"

하고 긴치 않은 수작을 하는 것이다.

어제까지도 저와 나는 이야기도 잘 않고 서로 만나도 본 척만 척하고 이렇게 점잖게 지내던 터이련만 오늘로 갑작스레 대견해졌음은 웬일인가. 항차 망아지만한 계집애가 남 일하는 놈 보구…….

"그럼 혼자 하지 떼루 하듸?"

내가 이렇게 내배앝는 소리를 하니까,

“너 일하기 좋니?”

또는,

“한여름이나 되거든 하지 벌써 울타리를
하니?”

　잔소리를 두루 늘어놓다가 남이 들을까 봐
손으로 입을 틀어막고는 그 속에서 깔깔댄다.
별로 우스울 것도 없는데 날씨가 풀리더니 이놈의 계집애가
미쳤나 하고 의심하였다. 게다가 조금 뒤에는 제 집께를 할끔
할끔 돌아보더니 행주치마의 속으로 꼈던 바른손을 뽑아서 나
의 턱밑으로 불쑥 내미는 것이다. 언제 구웠는지 아직도 더운
김이 홱 끼치는 굵은 감자 세 개가 손에 뿌듯이 쥐었다.

　“느 집엔 이거 없지?”

　하고, 생색 있는 큰소리를 하고는 제가 준 것을 남이 알면 큰
일날 테니 여기서 얼른 먹어 버리란다. 그리고 또 하는 소리가,

　“너 봄감자가 맛있단다.”

　“난 감자 안 먹는다, 너나 먹어라.”

　나는 고개를 돌리지 않고 일하던 손으로 그 감자를 도로 어
깨너머로 쓱 밀어 버렸다.

　그랬더니 그래도 가는 기색이 없고 뿐만 아니라 쌔근쌔근하
고 심상치 않게 숨소리가 점점 거칠어진다. 이건 또 뭐야 싶어
서 그때에야 비로소 돌아다보니 나는 참으로 놀랐다. 우리가
이 동리에 들어온 것은 근 삼 년째 되어 오지만 여태껏 가무잡

잡한 점순이의 얼굴이 이렇게까지 홍당무처럼 새빨개진 법이
없었다. 게다 눈에 독을 올리고 한참 나를 요렇게 쏘아보더니
나중에는 눈물까지 어리는 것이 아니냐. 그리고 바구니를 다
시 집어들더니 이를 꼭 아물고는 엎어질 듯 자빠질 듯 논둑으
로 휭하게 달아나는 것이다.

어쩌다 동리 어른이,

"너 얼른 시집을 가야지?"

하고 웃으면,

"염려 마세유, 갈 때 되면 어련히 갈라구유!"

이렇게 천연덕스레 받는 점순이었다. 본시 부끄러움을 타는
계집애도 아니려니와 또한 분하다고 눈에 눈물을 보일 얼병이
도 아니다. 분하면 차라리 나의 등허리를 바구니로 한 번 모질
게 후려 때리고 달아날지언정.

그런데 고약한 그 꼴을 하고 가더니 그 뒤로는 나를 보면 잡
아먹으려고 기를 복복 쓰는 것이다.

설혹 주는 감자를 안 받아먹은 것이 실례라 하며, 주면 그냥
주었지 '느 집엔 이거 없지' 는 다 뭐냐. 그러잖아도 저희는 마
름이고 우리는 그 손에서 배재를 얻어 땅을 부치므로 일상 굽
실거린다. 우리가 이 마을에 들어와 집이 없어서 곤란으로 지
낼 제, 집터를 빌리고 그 위에 집을 또 짓도록 마련해 준 것도
점순네의 호의였다. 그리고 우리 어머니 아버지도 농사 때 양
식이 딸리면 점순네한테 가서 부지런히 꾸어다 먹으면서 인품

그런 집은 다시 없으리라고 침이 마르도록 칭찬하곤 하는 것이다. 그러면서도 열일곱씩이나 된 것들이 수군수군하고 붙어 다니면 동리의 소문이 사납다고 주의를 시켜 준 것도 또 어머니였다. 왜냐하면 내가 점순이하고 일을 저질렀다가는 점순네가 노할 것이고, 그러면 우리는 땅도 떨어지고 집도 내쫓기고 하지 않으면 안 되는 까닭이었다. 그런데 이놈의 계집애가 까닭 없이 기를 북북 쓰며 나를 말려 죽이려고 드는 것이다.

눈물을 흘리고 간 다음날 저녁나절이었다. 나무를 한 짐 잔뜩 지고 산을 내려오려니까 어디서 닭이 죽는소리를 친다. 이거 뉘 집에서 닭을 잡나, 하고 점순네 울 뒤로 돌아오다가 나는 고만 두 눈이 뚱그래졌다. 점순이가 저희 집 봉당에 홀로 걸터앉았는데 아 이게 치마 앞에다 우리 씨암탉을 꼭 붙들어 놓고는,

"이놈의 닭! 죽어라, 죽어라."

요렇게 암팡스레 패 주는 것이 아닌가. 그것도 대가리나 치면 모른다마는 아주 알도 못 낳으라고 그 볼기짝께를 주먹으로 콕콕 쥐어박는 것이다.

나는 눈에 쌍심지가 오르고 사지가 부르르 떨렸으나 사방을 한번 휘돌아보고야 그제서 점순이 집에 아무도 없음을 알았다. 잡은 참 지게 작대기를 들어 울타리의 중턱을 후려치며,

"이놈의 계집애! 남의 닭 알 못 나라구 그러니?"

하고 소리를 빽 질렀다.

그러나 점순이는 조금도 놀라는 기색이 없고 그대로 의젓이

앉아서 제 닭 가지고 하듯이 또 죽어라, 죽어라 하고 패는 것이다. 이걸 보면 내가 산에서 내려올 때를 겨냥해 가지고 미리부터 닭을 잡아 가지고 있다가 너 보란 듯이 내 앞에 줴지르고 있음이 확실하다.

그러나 나는 그렇다고 남의 집에 뛰어들어가 계집애하고 싸울 수도 없는 노릇이고, 형편이 썩 불리함을 알았다. 그래 닭이 맞을 적마다 지게 작대기로 울타리를 후려칠 수밖에 별도리가 없다. 왜냐하면 울타리를 치면 칠수록 울섶이 물러앉으며 뼈대만 남기 때문이다. 하나 아무리 생각하여도 나만 밑지는 노릇이다.

"야, 이 년아! 남의 닭 아주 죽일 터이냐?"

내가 도끼눈을 뜨고 다시 꽥 호령을 하니까 그제야 울타리께로 쪼르르 오더니 울 밖에 섰는 나의 머리를 겨누고 닭을 내팽개친다.

"에이 더럽다! 더럽다!"

"더러운 걸 널더러 입때 끼고 있으랬니? 망할 계집애년 같으니!"

하고, 나도 더럽단 듯이 울타리께를 힝하게 돌아 내리며 약이 오를 대로 다 올랐다라고 하는 것은 암탉이 풍기는 서슬에 나의 이마빼기에다 물찌똥을 찍 갈겼는데 그걸 본다면 알집만

터졌을 뿐 아니라 골병은 단단히 든 듯싶다.

그리고 나의 등뒤를 향하여 나에게만 들릴 듯 말 듯한 음성으로,

"이 바보녀석아!"

"얘! 너 배냇병신이지?"

그만도 좋으련만,

"얘! 너 느 아버지가 고자라지?"

"뭐? 울아버지가 그래 고자야?"

할 양으로 열벙거지가 나서 고개를 홱 돌리어 바라봤더니 그때까지 울타리 위로 나와 있어야 할 점순이의 대가리가 어디 갔는지 보이지를 않는다. 그러나 돌아서서 오자면 아까에 한 욕을 울 밖으로 또 퍼붓는 것이다. 욕을 이토록 먹어가면서도 대거리 한마디 못하는 걸 생각하니 돌부리에 채어 발톱 밑이 터지는 것도 모를 만치 분하고 급기야는 두 눈에 눈물까지 불끈 내솟는다.

그러나 점순이의 침해는 이것뿐이 아니다.

사람들이 없으면 틈틈이 제 집 수탉을 몰고 와서 우리 수탉과 쌈을 붙여 놓는다. 제 집 수탉은 썩 험상궂게 생기고 쌈이라면 홰를 치는 고로 으레 이길 것을 알기 때문이다. 그래서 툭하면 우리 수탉이 면두며 눈깔이 피로 흐드르하게 되도록 해 놓는다. 어떤 때에는 우리 수탉이 나오지를 않으니까 요놈의 계집애가 모이를 쥐고 와서 꾀어내다가 쌈을 붙인다.

이렇게 되면 나도 다른 배차를 차리지 않을 수 없었다. 하루는 우리 수탉을 붙들어 가지고 넌지시 장독께로 갔다. 쌈닭에게 고추장을 먹이면 병든 황소가 살무사를 먹고 용을 쓰는 것처럼 기운이 뻗친다 한다. 장독에서 고추장 한 접시를 떠서 닭 주둥아리께로 들이밀고 먹여 보았다. 닭도 고추장에 맛을 들였는지 거스르지 않고 거진 반 접시턱이나 곧잘 먹는다. 그리고 먹고 금시는 용을 못 쓸 터이므로 얼마쯤 기운이 돌도록 홰 속에다 가두어 두었다.

밭에 두엄을 두어 짐 져내고 나서 쉴 참에 그 닭을 안고 밖으로 나왔다. 마침 밖에는 아무도 없고 점순이만 저희 울 안에서 헌 옷을 뜯는지 혹은 솜을 터는지 옹크리고 앉아서 일을 할 뿐이다. 나는 점순네 수탉이 노는 밭으로 가서 닭을 내려놓고 가만히 맥을 보았다. 두 닭은 여전히 얼리어 쌈을 하는데 처음에는 아무 보람이 없다. 멋지게 쪼는 바람에 우리 닭은 또 피를 흘리고 그러면서도 날갯죽지만 푸드득푸드득하고 올라 뛰고 뛰고 할 뿐으로 제법 한 번 쪼아 보지도 못한다.

그러나 한번은 어쩐 일인지 용을 쓰고 펄쩍 뛰더니 발톱으로 눈을 하비고 내려오며 면두를 쪼았다. 큰 닭도 여기에는 놀랐는지 뒤로 멈씰하며 물러난다. 이 기회를 타서 작은 우리 수탉이 또 날쌔게 덤벼들어 다시 면두를 쪼니 그제는 감때사나운 그 대강이에서도 피가 흐르지 않을 수 없었다.

옳다 알았다. 고추장만 먹으면 되는구나 하고 나는 속으로 아주 쟁그라워 죽겠다. 그때에는 뜻밖에 내가 닭쌈을 붙여 놓는 데 놀라서 울 밖으로 내다보고 섰던 점순이도 입맛이 쓴지 눈살을 찌푸렸다.

나는 두 손으로 볼기짝을 두드리며 연방,

"잘한다! 잘한다!"

하고 신이 머리끝까지 뻗치었다.

그러나 얼마 되지 않아서 나는 넋이 풀리어 기둥같이 묵묵히 서 있게 되었다. 왜냐하면 큰 닭이 한 번 쪼인 앙갚음으로 허들갑스레 연거푸 쪼는 서슬에 우리 수탉은 찔끔 못하고 막 곯는다. 이걸 보고서 이번에는 점순이가 깔깔거리고 되도록 이쪽에서 많이 들으라고 웃는 것이다.

나는 보다못하여 덤벼들어서 우리 수탉을 붙들어 가지고 도로 집으로 들어왔다. 고추장을 좀더 먹였더라면 좋았을걸, 너무 급하게 쌈을 붙인 것이 퍽 후회가 난다. 장독께로 돌아와서 다시 턱밑에 고추장을 들이댔다. 흥분으로 말미암아 그런지 당최 먹질 않는다. 나는 하릴없이 닭을 반듯이 누이고 그 입에다 궐련 물부리를 물리었다. 그리고 고추장 물을 타서 그 구멍으로 조금씩 들이부었다. 닭은 좀 괴로운지 킥킥 하고 재채기를 하는 모양이나 그러나 당장의 괴로움은 매일같이 피를 흘리는 데 멜 게 아니라 생각하였다.

그러나 한 두어 종지 가량 고추장 물을 먹이고 나서는 나는

그만 풀이 죽었다. 싱싱하던 닭이 왜 그런지 고개를 살며시 뒤틀고는 손아귀에서 뻐드러지는 것이 아닌가. 아버지가 볼까봐서 얼른 홰에다 감추어 두었더니 오늘 아침에서야 겨우 정신이 든 모양 같다. 그랬던 걸 이렇게 오다 보니까 또 쌈을 붙여 놓으니 이 망할 계집애가 필연 우리 집에 아무도 없는 틈을 타서 제가 들어와 홰에서 꺼내 가지고 나간 것이 분명하다.

나는 다시 닭을 잡아 가두고 염려는 스러우나 그렇다고 산으로 나무를 하러 가지 않을 수도 없는 형편이었다.

소나무 삭정이를 따며 가만히 생각해 보니 암만 해도 고년의 목쟁이를 돌려놓고 싶다. 이번에 내려가면 망할 년 등줄기를 한 번 되게 후려치겠다 하고 싱둥겅둥 나무를 지고는 부리나케 내려왔다.

거지반 집에 다 내려와서 나는 호드기 소리를 듣고 발이 딱 멈추었다. 산기슭에 널려 있는 굵은 바윗돌 틈에 노란 동백꽃이 소보록하니 깔리었다. 그 틈에 끼여 앉아서 점순이가 청승맞게시리 호드기를 불고 있는 것이다. 그보다도 더 놀란 것은 그 앞에서 또 푸드득푸드득하고 들리는 닭의 횃소리다. 필연코 요년이 나의 약을 올리느라고 또 닭을 집어내다가 내가 내려올 길목에서 쌈을 시켜 놓고 저는 그 앞에 앉아서 천연스레 호드기를 불고 있음에 틀림없으리라.

나는 약이 오를 대로 다 올라서 두 눈에서 불과 함께 눈물이 퍽 쏟아졌다. 나무지게도 벗어 놀 새 없이 그대로 내동댕이치고는 지게 작대기를 뻗치고 허둥허둥 달려들었다.

가까이 와 보니 과연 나의 짐작대로 우리 수탉이 피를 흘리고 거의 빈사 지경에 이르렀다. 닭도 닭이려니와 그러함에도 불구하고 눈 하나 깜짝 없이 고대로 앉아서 호드기만 부는 그 꼴에 더욱 치가 떨린다. 동리에서도 소문이 났거니와 나도 한때는 격실격실히 일 잘하고 얼굴 예쁜 계집애인 줄 알았더니 시방 보니까 그 눈깔이 꼭 여우새끼 같다.

나는 대뜸 달겨들어서 나도 모르는 사이에 큰 수탉을 단매로 때려 엎었다. 닭은 푹 엎어진 채 다리 하나 꼼짝 못하고 그대로 죽어 버렸다. 그리고 나는 멍하니 섰다가 점순이가 매섭게 눈을 홉뜨고 닥치는 바람에 뒤로 벌렁 나자빠졌다.

"이놈아! 너 왜 남의 닭을 때려죽이니?"

"그럼 어때?"

하고 일어나다가,

"뭐 이 자식아! 누집 닭인데?"

하고 복장을 떼미는 바람에 다시 벌렁 자빠졌다. 그리고 나서 가만히 생각하니 분하기도 하고 무안도 스럽고, 또 한편 일을 저질렀으니 이젠 땅이 떨어지고 집도 내쫓기고 해야 될는지 모른다.

나는 비슬비슬 일어나며 소맷자락으로 눈을 가리고는 얼김에 엉, 하고 울음을 놓았다. 그러다 점순이가 앞으로 다가와서,

"그럼, 넌 이 담부턴 안 그럴 테냐?"

하고 물을 때에야 비로소 살길을 찾은 듯싶었다. 나는 눈물을 우선 씻고 뭘 안 그러는지 명색도 모르건만,

"그래!"

하고 무턱대고 대답하였다.

"요담부터 또 그래 봐라, 내 자꾸 못살게 굴 테니."

"그래 그래, 인젠 안 그럴 테야."

"닭 죽은 건 염려 마라. 내 안 이를 테니."

그리고 뭣에 떠다 밀렸는지 나의 어깨를 짚은 채 그대로 픽 쓰러진다. 그 바람에 나의 몸뚱이도 겹쳐서 쓰러지며 한창 피어 퍼드러진 노란 동백꽃 속으로 푹 파묻혀 버렸다.

알싸한, 그리고 향긋한 그 냄새에 나는 땅이 꺼지는 듯이 온 정신이 그만 아찔하였다.

"너 말 마라!"

"그래!"

조금 있더니 요 아래서,

"점순아! 점순아! 이년이 바느질을 하다 말구 어딜 갔어?"

하고 어딜 갔다 온 듯싶은 그 어머니가 역정이 대단히 났다.

점순이가 겁을 잔뜩 집어먹고 꽃 밑을 살금살금 기어서 산 아래로 내려간 다음 나는 바위를 끼고 엉금엉금 기어서 산 위로 치빼지 않을 수 없었다.

봄봄

"**장인님!** 인젠 저……."

내가 이렇게 뒤통수를 긁고 나이가 찼으니 성례를 시켜 줘야 하지 않겠느냐고 하면 대답이 늘,

"이 자식아! 성례구 뭐구 미처 자라야지!"

하고 만다.

이 자라야 한다는 것은 내가 아니라 장차 내 아내가 될 점순이의 키 말이다.

내가 여기에 와서 돈 한 푼 안 받고 일하기를 삼 년하고 꼬박이 일곱 달 동안을 했다. 그런데도 미처 못 자랐다니까 이 키는 언제야 자라는 겐지 짜장 영문 모른다. 일을 좀더 잘해야 한다든지, 혹은 밥을 (많이 먹는다고 노상 걱정하니까) 좀 덜 먹어야 한다든지 하면 나도 얼마든지 할말이 많다. 하지만 점순이가 안직 어리니까 더 자라야 한다는 얘기에는 어째 볼 수 없이 고만 벙벙하고 만다.

이래서 나는 애초 계약이 잘못된 걸 알았다. 이태면 이태, 삼 년이면 삼 년, 기한을 딱 작정하고 일을 했어야 할 것이다. 덮어놓고 딸이 자라는 대로 성례를 시켜 주마, 했으니 누가 늘 지키고 섰는 것도 아니고 그 키가 언제 자라는지 알 수 있는가. 그리고 난 사람의 키가 무럭무럭 자라는 줄만 알았지 붙박이 키에 모로만 벌어지는 몸도 있는 것을 누가 알았으랴. 때가 되면 장인님이 어련하랴 싶어서 군소리 없이 꾸벅꾸벅 일만 해 왔다. 그럼 말이다, 장인님이 제가 다 알아차려서,

"어참, 너 일 많이 했다. 고만 장가들어라."

하고 살림도 내주고 해야 나도 좋을 것이 아니냐. 시치미를 딱 떼고 도리어 그런 소리가 나올까 봐서 지레 펄펄 뛰고 이 야단이다. 명색이 좋아 데릴사위지 일하기에 싱겁기도 할뿐더러 이건 참 아무것도 아니다.

숙맥이 그걸 모르고 점순이의 키 자라기만 까맣게 기다리지 않았나.

언젠가는 하도 갑갑해서 자를 가지고 덤벼들어서 그 키를 한 번 재 볼까 했다마는 우리는 장인님이 내외를 해야 한다고 해서 마주 서 이야기도 한마디 하는 법 없다. 우물길에서 어쩌다 마주칠 적이면 겨우 눈어림으로 재 보고 하는 것인데 그럴

적마다 나는 저만큼 가서,

"제에미 키두!"

하고 논둑에서 침을 퉤, 뱉는다. 아무리 잘 봐야 내 겨드랑(다른 사람보다 좀 크긴 하지만) 밑에서 넘을락말락 밤낮 요 모양이다. 개 돼지는 푹푹 크는데 왜 이리도 사람은 안 크는지, 한동안 머리가 아프도록 궁리도 해 보았다. 아하, 물동이를 자꾸 이니까 뼈다귀가 움츠러드나 보다, 하고 내가 넌짓넌짓이 그 물을 대신 길어도 주었다. 뿐만 아니라 나무를 하러 가면 서낭당에 돌을 올려놓고,

"점순이의 키 좀 크게 해 줍소사. 그러면 담엔 떡 갖다 놓고 고사드립죠니까."

하고 치성도 한두 번 드린 것이 아니다. 어떻게 돼먹은 킨지 이래도 막무가내니, 그래 내 어쩌게 싸운 것이지 결코 장인님이 맙다든가 해서가 아니다.

모를 붓다가 가만히 생각을 해 보니까 또 싱겁다. 이 벼가 자라서 점순이가 먹고 좀 큰다면 모르지만 그렇지도 못한 걸 내 심어서 뭘 하는 거냐. 해마다 앞으로 축 불거지는 장인님의 아랫배(너무 먹는 걸 모르고 냇병이라나, 그 배)를 불리기 위하여 심곤 조금도 싶지 않다.

"아이구 배야!"

난 모를 붓다 말고 배를 쓰다듬으면서 그대로 논둑으로 기어 올랐다. 그리고 겨드랑에 꼈던 벼 담긴 키를 그냥 땅바닥에 틸

썩, 떨어치며 나도 털썩 주저앉았다. 일이 암만 바빠도 나 배 아프면 고만이니까. 아픈 사람이 누가 일을 하느냐. 파릇파릇 돋아오른 풀 한 숲을 뜯어 들고 다리의 거머리를 쓱쓱 문대며 장인님의 얼굴을 쳐다보았다.

논 가운데서 장인님이 이상한 눈을 해 가지고 한참을 날 노려보더니,

"너 이 자식, 왜 또 이래 응?"

"배가 좀 아파서유!"

하고 풀 위에 슬며시 쓰러지니까 장인님은 약이 올랐다. 저도 논에서 철벙철벙 올라오더니 잡은 참 내 멱살을 움켜잡고 뺨을 치는 것이 아닌가.

"이 자식아, 일허다 말면 누굴 망해 놀 속셈이냐. 이 대가릴 까놀 자식!"

우리 장인님은 약이 오르면 이렇게 손버릇이 아주 못됐다. 또 사위에게 이 자식 저 자식 하는 이놈의 장인님은 어디 있느냐. 오죽해야 우리 동리에서 누굴 막론하고 그에게 욕을 안 먹는 사람은 명이 짧다 한다. 조그만 아이들까지도 그를 돌아 세워 놓고 욕필이(본 이름이 봉필이니까) 욕필이, 하고 손가락질을 할 만큼 두루 인심을 잃었다. 하나 인심을 정말 잃었다면 욕보다 읍의 배 참봉 댁 마름으로 더 잃었다. 본디 마름이란 욕 잘

하고, 사람 잘 치고, 그리고 생김 생기길 호박개 같아야 쓰는 거지만 장인님은 외양이 똑 됐다. 장인에게 닭마리나 좀 보내지 않는다든가 애벌논 때 품을 좀 안 준다든가 하면 그해 가을에는 영락없이 땅이 뚝뚝 떨어진다. 그러면 미리부터 돈도 먹이고 술도 먹이고 안달 채신으로 돌아치던 놈이 그 땅을 슬쩍 돌려 앉는다. 이 바람에 장인님 집 외양간에는 눈깔 커다란 황소 한 놈이 절로 엉금엉금 기어들고, 동리 사람들은 그 욕을 다 먹어가면서도 그래도 굽신굽신하는 게 아닌가.

그러나 내겐 장인님이 감히 큰소리할 계제가 못 된다. 뒷생각은 못하고 뺨 한 대를 딱 때려 놓고는 장인님은 무색해서 덤덤히 쓴 침만 삼킨다. 난 그 속을 퍽 잘 안다. 조금 있으면 갈도 꺾어야 하고 모도 내야 하고, 한참 바쁜 때인데 나 일 안 하고 우리 집으로 그냥 가면 고만이니까. 작년 이맘때도 트집을 좀 하니까 늦잠 잔다구 돌멩이를 집어던져서 자는 놈의 발목을 삐게 해 놨다. 사날씩이나 건숭 끙끙 앓았더니 종당에는 거반 울상이 되지 않았는가.

"애, 그만 일어나 일 좀 해라. 그래야 올 갈에 벼 잘 되면 너 장가들지 않니."

그래 귀가 번쩍 띄어서 그날로 일어나서 남이 이틀 품 들일 논을 혼자 삶아 놓으니까 장인님도 눈깔이 커다랗게 놀랐다. 그럼 정말로 가을에 와서 혼인을 시켜 줘야 원 경우가 옳지 않

겠나. 볏섬을 척척 들여쌓아도 다른 소리는 없고 물동이를 이고 들어오는 점순이를 담배통으로 가리키며,

"이 자식아, 미처 커야지. 조걸 무슨 혼인을 한다구 그러니 원!"

하고 남 낯짝만 붉게 해 주고 고만이다.

골김에 그저 이놈의 장인님, 하고 댓돌에다 메꽂고 우리 고향으로 내뺄까 하다가 꾹꾹 참고 말았다.

참말이지 난 이 꼴 하고는 집으로 차마 못 간다. 장가를 들러 갔다가 오죽 못났어야 그대로 쫓겨왔느냐고 손가락질을 받을 테니까…….

논둑에서 벌떡 일어나 한풀 죽은 장인님 앞으로 다가서며,

"난 갈 테야유, 그 동안 사경 쳐 내슈."

"너 사위로 왔지 머슴 살러 왔니?"

"그러면 얼찐 성례를 해 줘야 안 하지유. 밤낮 부려만 먹구 해 준다, 해 준다…….."

"글쎄, 내가 안 하는 거냐, 그년이 안 크니까…….."

하고 어름어름 담배만 담으면서 늘 하는 소리를 또 늘어놓는다.

이렇게 따져 나가면 언제든지 늘 나만 밑지고 만다. 이번엔 안 된다, 하고 대뜸 구장님한테로 판단 가자고 소맷자락을 내끌었다.

"아 이 자식아, 왜 이래 어른을."

안 간다고 뻗디디고 이렇게 호령은 제 맘대로 하지만 장인님 제가 내 기운은 못 당한다. 막 부려먹고 말은 안 주고 게다 땅땅 치는 건 다 뭐야……

그러나 내 사실 참 장인님이 미워서 그런 것은 아니다.

그 전날 왜 내가 새고개 맞은 봉우리 화전밭을 혼자 갈고 있지 않았느냐. 밭가생이로 돌 적마다 야릇한 꽃내가 물컥물컥 코를 찌르고 머리 위에서 벌들은 가끔 붕, 붕, 소리를 친다. 바위틈에서 샘물 소리밖에 안 들리는 산골짜기니까 맑은 하늘의 봄볕은 이불 속같이 따스하고 꼭 꿈꾸는 것 같다. 나는 몸이 나른하고(몸살은 아직 모르지만) 병이 나려고 그러는지 가슴이 울렁울렁하고 이랬다.

"이러이! 말이! 맘 마 마……"

이렇게 노래를 하며 소를 부리면 어느 때 같으면 어깨가 으쓱으쓱한다. 웬일인지 밭을 반도 갈지 않아서 온몸의 맥이 풀리고 대고 짜증만 난다. 공연히 소만 들입다 두들기며,

"안야! 안야! 이 망할 자식의 소(장인님의 소니까), 대리를 꺾어 줄라."

그러나 내 속은 정말 안야 때문이 아니라 점심을 이고 온 점순이의 키를 보고 울화가 났던 것이다.

점순이는 뭐 그리 썩 이쁜 계집애는 못 된다. 그렇다고 또 개떡이냐 하면 그런 것도 아니고, 꼭 내 아내가 돼야 할 만치 그저 툽툽하게 생긴 얼굴이다. 나보다 십 년이 아래니까 올해

열여섯인데 몸은 남보다 두 살이나 덜 자랐다. 남은 잘도 훤칠히 들 크건만 이건 위아래가 뭉툭한 것이 내 눈에는 헐없이 감참외 같다. 참외 중에는 감참외가 제일 맛좋고 예쁘니까 말이다. 둥글고 커단 눈은 서글서글하니 좋고 좀 지쳐 찢어졌지만 입은 밥술이나 톡톡히 먹음직하니 좋다. 아따, 밥만 많이 먹게 되면 팔자는 고만 아니냐. 한데 한 가지 파가 있다면 가끔가다 몸이(장인님은 이걸 채신이 없이 들까분다고 하지만) 너무 빨리빨리 논다. 그래서 밥을 나르다가 때없이 풀밭에다 깨박을 쳐서 흙투성이 밥을 곧잘 먹인다. 안 먹으면 무안해할까 봐서 이걸 씹고 앉았노라면 으적으적 소리만 나고 돌을 먹는 겐지 밥을 먹는 겐지…….

그러나 이날은 웬일인지 성한 밥채로 밭머리에 곱게 내려놓았다. 그리고 또 내외를 해야 하니까 저만큼 떨어져 이쪽으로 등을 향하고 웅크리고 앉아서 그릇 나기를 기다린다. 내가 다 먹고 물러섰을 때 그릇을 와서 챙기는데, 난 깜짝 놀라지 않았느냐. 고개를 푹 숙이고 밥 함지에 그릇을 포개면서 날더러 들으라는지 혹은 제 소린지,

"밤낮 일만 하다 말 텐가!"

하고 혼자서 쫑알거린다. 고대 잘 내외하다가 이게 무슨 소

린가, 하고 난 정신이 얼떨떨했다. 그러면서도 한편 무슨 좋은 수가 있는가 싶어서 나도 공중을 대고 혼잣말로,

"그럼 어떡해?"

하니까,

"성례시켜 달라지 뭘 어떡해……"

하고 되알지게 쏘아붙이고 얼굴이 빨개져서 산으로 그저 도망질을 친다.

나는 잠시 동안 어떻게 되는 셈판인지 맥을 몰라서 그 뒷모양만 덤덤히 바라보았다.

봄이 되면 온갖 초목이 물이 오르고 싹이 트고 한다. 사람도 아마 그런가 보다, 하고 며칠 내에 부쩍 (속으로) 자란 듯싶은 점순이가 여간 반가운 것이 아니다.

이런 걸 멀쩡하게 안직 어리다구 하니까……

우리가 구장님을 찾아갔을 때 그는 싸리문 밖에 있는 돼지우리에서 죽을 퍼 주고 있었다. 서울엘 좀 갔다 오더니 사람은 점잖아야 한다고 윗수염이(얼른 보면 지붕 위에 앉은 제비 꼬랑지 같다) 양쪽으로 뾰죽이 뻗치고 그걸 에헴, 하고 늘 쓰다듬는 손버릇이 있다.

우리를 멀뚱히 쳐다보고 미리 알아챘는지,

"왜 일들 허다 말구 그래?"

하더니 손을 올려서 그 에헴을 한 번 후딱 했다.

"구장님! 우리 장인님과 츰에 계약하기를……"

먼저 덤비는 장인님을 뒤로 떠다밀고 허둥지둥 달려들다가 가만히 생각하고,

"아니 우리 빙장님과 춤에."

하고 첫번부터 다시 말을 고쳤다. 장인님은 빙장님 해야 좋아하고 밖에 나와서 장인님 하면 괜스레 골을 내려 든다. 뱀두 뱀이래야 좋으냐구 창피스러우니 남 듣는 데는 제발 빙장님, 빙모님 하라구 일상 당조짐을 받아 오면서 난 그것도 자꾸 잊는다. 당장도 장인님 하다 옆에서 내 발등을 꾹 밟고 곁눈질을 흘기는 바람에야 겨우 알았지만…….

구장님도 내 이야기를 자세히 듣더니 퍽 딱한 모양이었다. 하기야 구장님뿐만 아니라 누구든지 다 그럴 게다. 길게 길러 둔 새끼손톱으로 코를 후벼서 저리 탁 튀기며,

"그럼 봉필 씨! 얼른 성례를 시켜 주구려, 그렇게까지 제가 하구 싶다는걸……."

하고 내 짐작대로 말했다. 그러나 이 말에 장인님이 삿대질로 눈을 부라리고,

"아 성례구 뭐구 계집애년이 미처 자라야 할 게 아닌가?"

하니까 고만 멀쑥해서 입맛만 쩍쩍 다실 뿐이 아닌가.

"그것두 그래!"

"그래, 거진 사 년 동안에도 안 자랐다니 그 킨 언제 자라지유? 다 그만두구 사경 내슈……."

"글쎄, 이 자식아! 내가 크질 말라구 그랬니, 왜 날 보구

떼냐?"

"빙모님은 참새만한 것이 그럼 어떻게 앨 낳지유?(사실 장모님은 점순이보다도 귀때 하나가 작다)"

장인님은 이 말을 듣고 껄껄 웃더니(그러나 암만 해두 돌 씹은 상이다) 코를 푸는 척하고 날 은근히 곯리려고 팔꿈치로 옆 갈비께를 퍽 치는 것이다. 더럽다. 나두 종아리의 파리를 쫓는 척하고 허리를 구부리며 그 궁둥이를 꽉 떼밀었다. 장인님은 앞으로 우찔근하고 싸리문께로 쓰러질 듯하다 몸을 바로 고치더니 눈총을 몹시 쏘았다. 이런 상년의 자식! 하곤 싶으나 남의 앞이라서 차마 못하고 섰는 그 꼴이 보기에 퍽 쟁그라웠다.

그러나 이 밖에는 별반 신통한 귀정을 얻지 못하고 도로 논으로 돌아와서 모를 부었다. 왜냐면 먼 장인님이 뭐라구 귓속말로 수군수군하고 간 뒤다. 구장님이 날 위해서 조용히 데리고 아래와 같이 일러주었기 때문이다(뭉태의 말은 구장님이 장인님에게 땅두 마지기 얻어 부치니까 그래 꾀었다고 하지만 난 그렇게 생각 않는다).

"자네 말두 하기야 옳지, 암 나이 찼으니까 아들이 급하다는 게 잘못된 말은 아니야. 허지만 농사가 한창 바쁜 때 일을 안 한다든가 집으로 달아난다든가 하면 손해죄루 그것두 징역을 가거든! (여기에 그만 정신이 번쩍 났다) 왜 요전에 삼포말서 산에 불 좀 놓았다구 징

역간 거 못 봤나. 제 산에 불을 놓아도 징역
을 가는 이땐데 남의 농사를 버려 주니 죄
가 얼마나 더 중한가. 그리고 자넨 정장
을(사경 받으러 정장 가겠다 했다) 간대지만 그
러면 괜시리 죄를 들쓰고 들어가는 걸세. 또 결혼두 그렇지.
법률에 성년이란 게 있는데 스물하나가 돼야 비로소 결혼을
할 수 있는 걸세. 자넨 물론 아들이 늦을 걸 염려하지만 점순
이루 말하면 이제 겨우 열여섯이 아닌가. 그렇지만 아까 빙장
님의 말씀이, 올 갈에는 열일을 제치고라두 성례를 시켜 주겠

다 하니 좀 고마울 겐가. 빨리
가서 모 붓던 거나 마저 붓게,
군소리 말구 어서 가.”

그래서 오늘 아침까지 끽소
리 없이 왔다.

장인님과 내가 싸운 것은 지
금 생각하면 전혀 뜻밖의 일이라 안 할 수 없다. 장인님으로
말하면 요즈막 작인들에게 행세를 좀 하고 싶다고 해서, ‘돈
있으면 양반이지 별게 있느냐!’ 하고 일부러 아랫배를 쑥 내밀
고 걸음도 뒤틀리게 걷고 하는 이판이다. 이까짓 나쯤 두들기
다 남의 땅을 가지고 모처럼 닦아 놓았던 가문을 망친다든지
할 어른이 아니다. 또 나로 논지면 아무쪼록 잘 봬서 점순이에
게 얼른 장가를 들어야 하지 않느냐.

이렇게 말하자면 결국 어젯밤 뭉태네 집에 마슬 간 것이 썩 나빴다. 낮에 구장님 앞에서 장인님과 내가 싸운 것을 어떻게 알았는지 대고 빈정거리는 것이 아닌가.

"그래 맞구두 그걸 가만둬?"

"그럼 어떡허니?"

"임마, 봉필일 모판에다 거꾸로 박아 놓지 뭘 어떡해?"

하고 괜히 내 대신 화를 내 가지고 주먹질을 하다 등잔까지 첬다. 놈이 본시 콸콸은 하지만 그래 놓고 날더러 석웃값을 물라구 막 지다위를 붙는다. 난 어안이 벙벙해서 잠자코 앉았으니까 저만 연방 지껄이는 소리가,

"밤낮 일만 해 주구 있을 테냐?"

"영득이는 일 년을 살구두 장가를 들었는데 넌 사 년이나 살구두 더 살아야 해?"

"네가 세 번째 사윈 줄이나 아니? 세 번째 사위."

"남의 일이라두 분하다. 이 자식아, 우물에 가 빠져 죽어."

나중에는 겨우 손톱으로 목을 따라고까지 하고 제 아들같이 함부로 훅닥이었다. 별의별 소리를 다해서 그대로 옮길 수는 없으나 그 줄거리는 이렇다.

우리 장인님이 딸이 셋이 있는데 맏딸은 재작년 가을에 시집을 갔다. 정말은 시집을 간 것이 아니라 그 딸도 데릴사위를 해 가지고 있다가 내보냈다. 그런데 딸이 열 살 때부터 열아홉 즉 십 년 동안에 데릴사위를 갈아들이기를, 동리에선 사위 부

자라고 이름이 났지마는 열 놈이란 참 너무 많다. 장인님이 아들은 없고 딸만 있는 고로 그담 딸을 데릴사위를 해 올 때까지는 부려먹지 않으면 안 된다. 물론 머슴을 두면 좋지만 그건 돈이 드니까, 일 잘하는 놈을 고르느라고 연방 바꿔 들였다. 또 한편 놈들이 욕만 줄창 퍼붓고 심히도 부려먹으니까 밸이 상해서 달아나기도 했겠지. 점순이는 둘째딸인데 내가 일테면 그 세 번째 데릴사위로 들어온 셈이다. 내 담으로 네 번째 놈이 들어올 것을 내가 일도 참 잘하고 그리고 사람이 좀 어수룩하니까 장인님이 잔뜩 붙들고 놓질 않는다. 셋째딸이 인제 여섯 살, 적어도 열 살은 돼야 데릴사위를 할 테므로 그 동안은 죽도록 부려먹어야 된다. 그러니 인제는 속 좀 차리고 장가를 들여 달라구 떼를 쓰고 나자빠져라, 이것이다.

나는 건성으로 엉, 엉, 하며 귓등으로 들었다. 뭉태는 땅을 얻어 부치다가 떨어진 뒤로는 장인님만 보면 공연히 못 먹어서 으릉거린다. 그것도 장인님이 저 달라고 할 적에 제 집에서 위한다는 그 감투(예전에 원님이 쓰던 것이라나, 옆구리에 뽕뽕 좀 먹은 걸레)를 선뜻 주었더라면 그럴 리도 없었던걸…….

그러나 나는 뭉태란 놈의 말을 전수히 곧이듣지 않았다. 꼭 곧이들었다면 간밤에 와서 장인님과 싸웠지 무사히 있었을 리가 없지 않은가. 그러면 딸에게까지 인심을 잃은 장인님이 혼자 나빴다.

실토이지 나는 점순이가 아침상을 가지고 나올 때까지는 오

늘은 또 얼마나 밥을 담았나, 하고 이 것만 생각했다. 상에는 된장찌개하고 간장 한 종지, 조밥 한 그릇, 그리고 밥보다 더 수부룩하게 담은 산나물 이 한 대접, 이렇다. 나물은 점순이 가 틈틈이 해 오니까 두 대접이고 네 대접이고 멋대로 먹어도 좋으나 밥은 장인님이 한 사발 외 엔 더 주지 말라고 해서 안 된다. 그런데 점순이가 그 상을 내 앞에 내려놓으며 제 말로 지껄이는 소리가,

"구장님한테 갔다 그냥 온담 그래!"

하고 엊그제 산에서와 같이 되우 쫑알거린다. 딴은 내가 더 단단히 덤비지 않고 만 것이 좀 어리석었다, 속으로 그랬다. 나도 저쪽 벽을 향하여 외면하면서 내 말로,

"안 된다는 걸 그럼 어떡헌담!"

하니까,

"쇰을 잡아채지 그냥 둬, 이 바보야!"

하고 또 얼굴이 빨개지면서 성을 내며 안으로 샐쭉하니 튀 들어 가지 않느냐. 이때 아무도 본 사람이 없었게 망정이지 보았다면 내 얼굴이 어미 잃은 황새새끼처럼 가엾다, 했을 것 이다.

사실 이때만큼 슬펐던 일이 또 있었는지 모른다. 다른 사람 은 암만 못생겼다 해두 괜찮지만 내 아내 될 점순이가 병신으

로 본다면 참 신세는 따분하다. 밥을 먹은 뒤 지게를 지고 일터로 가려 하다 도로 벗어 던지고 바깥마당 공석 위에 드러누워서 나는 차라리 죽느니만 같지 못하다 생각했다.

내가 일 안 하면 장인님 저는 나이가 먹어 못 하고 결국 농사 못 짓고 만다. 뒷짐으로 트림을 꿀꺽 하고 대문 밖으로 나오다 날 보고서,

"이 자식아! 너 왜 또 이러니?"

"관격이 났어유, 아이구 배야!"

"기껏 밥 처먹구 나서 무슨 관격이야. 남의 농사 버려 주면 이 자식아 징역 간다 봐라!"

"가두 좋아유, 아이구 배야!"

참말 난 일 안 해서 징역 가도 좋다 생각했다. 일후 아들을 낳아도 그 앞에서 바보, 바보 이렇게 별명을 들을 테니까 오늘은 열 쪽이 난대도 결정을 내고 싶었다.

장인님이 일어나라고 해도 내가 안 일어나니까 눈에 독이 올라서 저편으로 힝 하게 가더니 지게 작대기를 들고 왔다. 그리고 그걸로 내 허리를 마치 들떠 넘기듯이 쿡 찍어서 넘기고 넘기고 했다. 밥을 잔뜩 먹고 딱딱한 배가 그럴 적마다 퉁겨지면서 밸창이 꼿꼿한 것이 여간 켕기지 않았다. 그래도 안 일어나니까 이번에는 배를 지게 작대기로 위에서 쿡쿡 찌르고 발길로 옆구리를 차고 했다. 장인님은 원체 심술이 궂어서 그러지만 나도 저만 못하지 않게 배를 채였다. 아픈 것을 눈을 꽉

감고 넌 해라 난 재밌단 듯이 있었으나 볼기짝을 후려갈길 적
에는 나도 모르는 결에 벌떡 일어나서 그 수염을 잡아챘다마
는 내 골이 난 것이 아니라 정말은 아까부터 부엌 뒤 울타리
구멍으로 점순이가 우리들의 꼴을 몰래 엿보고 있었기 때문이
다. 가뜩이나 말 한마디 톡톡히 못 한다고 바보라는데 매까지
잠자코 맞는 걸 보면 짜장 바보로 알 게 아닌가. 또 점순이도
미워하는 이까짓 놈의 장인님 나하곤 아무것도 안 되니까 막
때려도 좋지만 사정 보아서 수염만 채고(제 원대로 했으니까 이
때 점순이는 퍽 기뻤겠지) 저기까지 잘 들리도록,

"이걸 까셀라부다!"

하고 소리를 쳤다.

장인님은 더 약이 바짝 올라서 잡은 참 지게 작대기로 내 어
깨를 그냥 내리갈겼다. 정신이 다 아찔하다. 다시 고개를 들었
을 때 그때엔 나도 온몸에 약이 올랐다. 이 녀석의 장인님을,
하고 눈에서 불이 퍽 나서 그 아래 밭 있는 넝 아래로 그대로
떠밀어 굴려 버렸다. 조금 있다가 장인님이 씩, 씩, 하고 한번
해 보려고 기어오르는 걸 얼른 또 떠밀어 굴려 버렸다.

기어오르면 굴리고, 굴리면 기어오르고, 이러길 한 너덧 번
을 하며 그럴 적마다,

"부려만 먹구 왜 성례 안 하지유!"

나는 이렇게 호령했다. 하지만 장인님이 선뜻, 오냐 낼이라
두 성례시켜 주마, 했으면 나도 성가신 걸 그만두었을지 모른

다. 나야 이러면 때린 건 아니니까 나중에 장인 쳤다는 누명도 안 들을 터이고 얼마든지 해도 좋다.

한번은 장인님이 헐떡헐떡 기어서 올라오더니 내 바짓가랑이를 요렇게 노리고서 단박 움켜잡고 매달렸다. 악, 소리를 치고 나는 그만 세상이 다 팽그르르 도는 것이,

"빙장님! 빙장님! 빙장님!"

"이 자식! 잡아먹어라, 잡아먹어!"

"아! 아! 할아버지! 살려 줍쇼, 할아버지!"

하고 두 팔을 허둥지둥 내절 적에는 이마에 진땀이 쭉 내솟고 인젠 참으로 죽나 보다, 했다. 그래두 장인님은 놓질 않더니 내가 기어이 땅바닥에 쓰러져서 거진 까무러치게 되니까 놓는다. 더럽다, 더럽다. 이게 장인님인가? 나는 한참을 못 일어나고 쩔쩔맸다. 그러다 얼굴을 드니 (눈에 참 아무것도 보이지 않았다) 사지가 부르르 떨리면서 나도 엉금엉금 기어가 장인님의 바짓가랑이를 꽉 움키고 잡아 낚았다.

내가 머리가 터지도록 매를 얻어 맞은 것이 이 때문이다. 그러나 여기가 또한 우리 장인님이 유달리 착한 곳이다. 여느 사람이면 사경을 주어서라도 당장 내쫓았지 터진 머리를 불솜으로 손수 지져 주고, 호주머니에 희

연 한 봉을 넣어 주고 그리고,

"올 갈엔 꼭 성례를 시켜 주마. 암말 말구 가서 뒷골의 콩밭이나 얼른 갈아라."

하고 등을 뚜드려 줄 사람이 누구냐. 나는 장인님이 너무나 고마워서 어느덧 눈물까지 났다. 점순이를 남기고 인젠 내쫓기려니, 하다 뜻밖의 말을 듣고,

"빙장님! 인제 다시는 안 그러겠어유!"

이렇게 맹세를 하며 부랴부랴 지게를 지고 일터로 갔다.

그러나 이때는 그걸 모르고 장인님을 원수로만 여겨서 잔뜩 잡아당겼다.

"아! 아! 이놈아! 놔라, 놔."

장인님은 헛손질을 하며 솔개미에 챈 닭의 소리를 연해 질렀다. 놓긴 왜, 이왕이면 호되게 혼을 내주리라, 생각하고 짓궂이 더 댕겼다마는 장인님이 땅에 쓰러져서 눈에 눈물이 핑 도는 것을 알고 좀 겁도 났다.

"할아버지! 놔라, 놔, 놔, 놔놔."

그래도 안 되니까,

"애 점순아! 점순아!"

이 악장에 안에 있었던 장모님과 점순이가 헐레벌떡하고 단숨에 뛰어나왔다.

나의 생각에 장모님은 제 남편이니까 역성을 할는지도 모른다. 그러나 점순이는 내 편을 들어서 속으로 고소해서 하겠

지—대체 이게 웬 속인지(지금까지도 난 영문을 모른다) 아버질 혼내 주기는 제가 내래 놓고 이제 와서는 달려들며,

"에그머니! 이 망할 게 아버지 죽이네!"

하고 내 귀를 뒤로 잡아당기며 마냥 우는 것이 아니냐. 그만 여기에 기운이 탁 꺾이어 나는 얼빠진 등신이 되고 말았다. 장모님도 덤벼들어 한쪽 귀마저 뒤로 잡아채면서 또 우는 것이다.

이렇게 꼼짝도 못하게 해 놓고 장인님은 지게 작대기를 들어서 사뭇 내려조졌다. 그러나 나는 구태여 피하려지도 않고 암만 해도 그 속 알 수 없는 점순이의 얼굴만 멀거니 들여다보았다.

"이 자식! 장인 입에서 할아버지 소리가 나오도록 해!"

나도향(羅稻香, 1902~1926)

본명은 경손(慶孫). 호는 도향(稻香), 필명 빈(彬). 서울 출생.
배재고보(培材高普)를 졸업하고 경성의전(京城醫專)에 다니다가 도일했으나
학비가 없어 귀국했다.
1921년 《백조(白潮)》 동인으로 참가하면서 문단에 진출했다.
초기에는 주로 애상적이고 감상적인 작품을 발표했으나,
후기에는 이러한 주관적인 애상과 감상을 극복하고 객관적인 사실주의적
경향을 보여주었다. 작가로서 완숙의 경지에 접어들려 할 때 요절했다.
주요 작품으로는 《젊은이의 시절》·《별을 안거든 울지나 말걸》·
《환희(幻戲)》·《17원 50전》·《행랑자식》·《여이발사(女理髮師)》·《물레방아》·
《뽕》·《벙어리 삼룡이》 등이 있다.

벙어리 삼룡이

벙어리 삼룡이

1

내가 열 살이 될락말락한 때이니까 지금으로부터 십사오 년 전 일이다.

지금은 그곳을 청엽정(靑葉町)이라 부르지마는 그때는 연화봉(蓮花峰)이라고 이름하였다. 즉 남대문(南大門)에서 바라내려다보면은 오정포가 놓여 있는 산등성이가 있으니, 그 산등성이 이쪽이 연화봉이요, 그 새에 있는 동네가 역시 연화봉이다.

지금은 그곳에 빈민굴이라고 할 수밖에 없이 지저분한 촌락이 생기고 노동자들밖에 살지 않는 곳이 되어 버렸으나 그때

에는 자기네 딴은 행세한다는 사람들이 있었다.

집이라고는 십여 호밖에 있지 않았고 그곳에 사는 사람들은 대개 과목밭을 하고, 또는 채소를 심거나, 그렇지 아니하면 콩나물을 길러서 생활을 하여 갔었다.

여기에 그 중 큰 과목밭을 갖고 그 중 여유 있는 생활을 하여 가는 사람이 하나 있었는데, 그의 이름은 잊어버렸으나 동네 사람들이 부르기를 오 생원(吳生員)이라고 불렀다.

얼굴이 동탕하고 목소리가 마치 여름에 버드나무에 앉아서 길게 목늘여 우는 매미 소리같이 저르렁저르렁하였다.

그는 몹시 부지런한 중년 늙은이로 아침이면 새벽 일찍이 일어나서 앞뒤로 뒷짐을 지고 돌아다니며 집안일을 보살피는데 그 동네에는 그가 마치 시계와 같아서 그가 일어나는 때가 동네 사람이 일어나는 때였다. 만일 그가 아침에 돌아다니며 잔소리를 하지 않으면 동네 사람들이 이상하여 그의 집으로 가 보면 그는 반드시 몸이 불편하여 누워 있었다. 그러나 그와 같은 때는 일년 삼백육십 일에 한 번 있기가 어려운 일이요, 이태나 삼 년에 한 번 있거나 말거나 하였다.

그가 이곳으로 이사를 온 지는 얼마 되

지는 아니하나 언제든지 감투를 쓰고 다니므로 동네 사람들은 양반이라고 불렀고, 또 그 사람도 동네 사람에게 그리 인심을 잃지 않으려고 섣달이면 북어쾌, 김톳을 동네 사람에게 나눠 주며 농사 때에 쓰는 연장도 넉넉히 장만한 후 아무 때나 동네 사람들이 쓰게 하므로 그 동네에서는 가장 인심 후하고 존경을 받는 집인 동시에 세력 있는 집이다.

그 집에는 삼룡(三龍)이라는 벙어리 하인 하나가 있으니 키가 본시 크지 못하여 땅딸보로 되었고 고개가 빼지 못하여 몸뚱이에 대강이를 갖다가 붙인 것 같다. 거기다가 얼굴이 몹시 얽고 입이 크다. 머리는 전에 새 꼬랑지 같은 것을 주인의 명령으로 깎기는 깎았으나 불밤송이 모양으로 언제든지 푸 하고 일어섰다. 그래 걸어다니는 것을 보면, 마치 옴두꺼비가 서서 다니는 것같이 숨차 보이고 더디어 보인다. 동네 사람들이 부르기를 삼룡이라고 부르는 법이 없고 언제든지 '벙어리, 벙어리' 라고 하든지 그렇지 않으면 '앵모, 앵모' 한다. 그렇지만 삼룡이는 그 소리를 알지 못한다.

그도 이 집주인이 이리로 이사를 올 때에 데리고 왔으니 진실하고 충성스러우며 부지런하고 세차다. 눈치로만 지내 가는 벙어리지마는 말하고 듣는 사람보다 슬기로울 적이 있고 평생 조심성이 있어서 결코 실수한 적이 없다.

아침에 일어나면 마당을 쓸고, 소와 돼지의 여물을 먹이며 여름이면 밭에 풀을 뽑고 나무를 실어들이고 장작을 패며, 겨울이면 눈을 쓸고 장 심부름이며 진일 마른일 할 것이 못하는 일이 없다.

그럴수록 이 집주인은 벙어리를 위해 주며 사랑한다. 혹시 몸이 불편한 기색이 있으면 쉬게 하고, 먹고 싶어하는 듯한 것은 먹이고 입을 때 입히고 잘 때 재운다.

그런데 이 집에는 삼대 독자로 내려오는 아들이 있다. 나이는 열입곱 살이나 아직 열네 살도 되어 보이지 않고 너무 귀엽게 기르기 때문에 누구에게든지 버릇이 없고 어리광을 부리며 사람에게나 짐승에게 잔인 포악한 짓을 많이 한다.

동네 사람들은,

"후레자식! 아비 속상하게 할 자식! 저런 자식은 없는 것만 못해."

하고, 욕들을 한다. 그래서 그의 어머니는 아들이 잘못할 때마다 그의 영감을 보고,

"그 자식을 좀 때려 주구려. 왜 그런 것을 보고 가만두?"

하고 자기가 대신 때려 주려고 나서면,

"아뇨, 아직 철이 없어 그렇지. 저도 지각이 나면 그렇지 않을 것이 아뇨."

하고 너그럽게 타이른다. 그러면 마누라는 왜가리처럼 소리를 지르며,

"철이 없긴 지금 나이가 몇이오, 낼 모레면 스무 살이 되는데, 또 며칠 아니면 장가를 들어서 자식까지 날 것이 그래 가

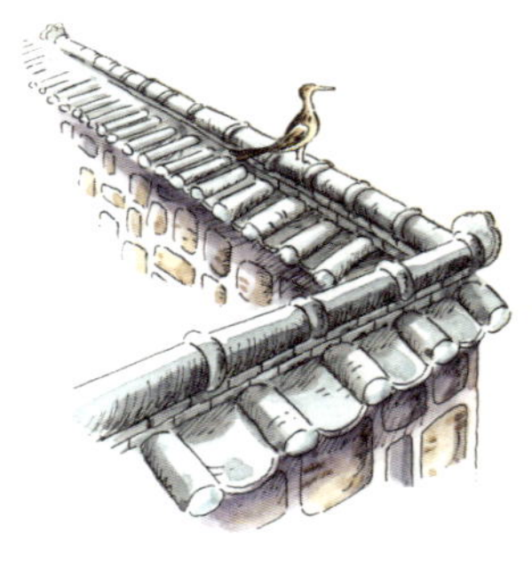

지고 무엇을 한단 말이오.”

하고 들이대며,

“자식은 꼭 아버지가 버려 놓았습니다. 자식 귀여운 것만 알았지 버릇 가르칠 줄은 모르니까…….”

이렇게 싸움이 시작만 하려 하면 영감은 아무 말도 하지 않고 바깥으로 나가 버린다.

그 아들은 더구나 벙어리를 사람으로 알지도 않는다. 말 못 하는 벙어리라고 오고 가며 주먹으로 허구리를 지르기도 하고 발길로 엉덩이도 찬다.

그러면 그 벙어리는 어린것이 철없이 그러는 것이 도리어 귀엽기도 하고 또는 그 힘없는 팔과 힘없는 다리로 자기의 무쇠 같은 몸을 건드리는 것이 우습기도 하고 앙증하기도 하여 돌아서서 방그레 웃으면서 툭툭 털고 다른 곳으로 몸을 피해 버린다.

어떤 때는 낮잠 자는 벙어리 입에다가 똥을 먹인 때도 있었다. 또 어떤 때는 자는 벙어리 두 팔 두 다리를 살며시 동여매고 손가락 과 발가락 사이에 화승불을 붙여 놓 아 질겁을 하고 일어나다가 발버둥 질을 하고 죽으려는 사람처럼 괴로

워하는 것을 보고 기뻐하였다.

　이러할 때마다 벙어리의 가슴에는 비분한 마음이 꽉 들어찼다. 그러나 그는 주인의 아들을 원망하는 것보다도 자기가 병신인 것을 원망하였으며 주인의 아들을 저주한다는 것보다 이 세상을 저주하였다.

　그러나 그는 결코 눈물을 흘리지 않았다. 그의 눈물은 나오려 할 때 아주 말라붙어 버린 샘물과 같이 나오려 하나 나오지를 아니하였다. 그는 주인의 집을 버릴 줄 모르는 개 모양으로 자기가 있어야 할 곳은 여기밖에 없고 자기가 믿을 것도 여기 있는 사람들밖에 없을 줄 알았다. 여기서 살다가 여기서 죽는 것이 자기의 운명인 줄밖에 알지 못하였다. 자기의 주인 아들이 때리고 지르고 꼬집어 뜯고 모든 방법으로 학대할지라도 그것이 자기에게 으레 있을 줄밖에 알지 못하였다. 아픈 것도 그 아픈 것이 으레 자기에게 돌아올 것이요, 쓰린 것도 자기가 받지 않아서는 안 될 것으로 알았다. 그는 이 마땅히 자기가 받아야 할 것을 어떻게 해야 면할까 하는 생각을 한 번도 하여 본 일이 없었다.

　그가 이 집에서 떠나가라거나 또는 그의 생활 환경에서 벗어나려는 생각은 한 번도 해 보지 못하였다 할지라도 그는 언제든지 그 주인 아들이 자기를 학대하고 또는 자기를 못살게 굴 때 그는 자기의 주먹과 또는 자기의 힘을 생각하여 보았다.

　주인 아들이 자기를 때릴 때 그는 주인 아들 하나쯤은 넉넉

히 제지할 힘이 있는 것을 알았다.

어떠한 때는 아픔과 쓰림이 자기의 몸으로 스미어들 때면 그의 주먹은 떨리면서 어린 주인의 몸을 치려 하다가는 그는 그것을 무서운 고통과 함께 꽉 참았다.

그는 속으로, '아니다. 그는 나의 주인의 아들이다. 그는 나의 어린 주인이다' 하고, 꾹 참았다.

그리고는 그것을 얼핏 잊어버렸다. 그러다가도 동네집 아이들과 혹시 장난을 하다가 주인 아들이 울고 들어올 때에는 그는 황소같이 날뛰면서 주인을 위하여 싸웠다. 그래서 동네에서도 어린애들이나 장난꾼들이 벙어리를 무서워하여 감히 덤비지를 못하였다. 그리고 주인 아들도 위급한 경우에는 언제든지 벙어리를 찾았다. 벙어리는 얻어맞으면서도 기어드는 충견 모양으로 주인의 아들을 위하여 싫어하지 않고 힘을 다하였다.

2

벙어리가 스물세 살이 될 때까지 그는 물론 이성과 접촉할 기회가 없었다. 동네의 처녀들이 저를 '벙어리, 벙어리' 하며 괴상한 손짓과 몸짓으로 놀려먹음을 받을 적에 분하고 골나는 중에도 느긋한 즐거움을 느끼어 본 일이 있었으나 그가 결코 사랑으로써 어떠한 여자를 대해 본 일은 없었다.

그러나 정욕을 가진 사람인 벙어리도 그의 피가 차디찰 리는 없었다. 혹 그의 피는 더욱 뜨거웠을는지도 알 수 없었다. 뜨겁다 뜨겁다 못하여 엉기어 버린 엿과 같을지도 알 수 없었다. 만일 그에게 볕을 주거나 다시 뜨거운 열을 준다면 그의 피는 다시 녹을는지도 알 수 없었다.

그가 깜박깜박하는 기름 등잔 아래에서 밤이 깊도록 짚신을 삼을 때이면 남모르는 한숨을 아니 쉬는 것도 아니지마는 그는 그것을 곧 억제할 수 있을 만큼 정욕에 대하여 벌써부터 단념을 하고 있었다.

마치 언제 폭발이 될는지 알지 못하는 휴화산 모양으로 그의 가슴속에는 충분한 정열을 깊이 감추어 놓았으나 그것이 아직 폭발될 시기가 이르지 못한 것이었다. 비록 폭발이 되려고 무섭게 격동함을 벙어리 자신도 느끼지 않는 바는 아니지마는 그는 그것을 폭발시킬 조건을 얻기 어려웠으며 또는 자기가 여태까지 능동적으로 그것을 나타낼 수가 없을 만큼 외계의 압축을 받았으며 그것으로 인한 이지가 너무 그에게 자제력을 강대하게 하여 주는 동시에 또한 너무 그것을 단념만 하게 하여 주었다.

속으로 '나는 벙어리다', 자기가 생각할 때 그는 몹시 원통함을 느끼는 동시에 다른 말 하는 사람들과 똑같은 자유와 권리가 없

는 줄 알았다. 그는 이와 같은 생각에서 언제든
지 단념 안 하랴 단념하지 않으려야 않을 수 없
는 그 단념이 쌓이고 쌓이어 지금에는 다만 한
개의 기계와 같이 이 집에 노예가 되어 있으면서
도 그것을 자기의 천직으로 알고 있을 뿐이요, 다
시는 자기가 살아갈 세상이 없는 것같이밖에 알지 못하게 된
것이다.

3

그해 가을이다. 주인의
아들이 장가를 들었다. 색시는 신랑보다 두 살
위인 열아홉 살이다. 주인이 본시 자기가 언제든지 문벌이 얕
은 것을 한탄하여 신부를 구할 때에 첫째 조건이 문벌이 높아
야 할 것이었다. 그러나 문벌 있는 집에서는 그리 쉽게 색시를
내놓을 리가 없었다. 그러므로 하는 수 없이 그 어떠한 영락한
양반의 딸을 돈을 주고 사 오다시피 하였으니 무남독녀의 딸
을 둔 남촌 어떤 과부를 꿀을 발라서 약혼을 하고 혹시나 무슨
딴소리가 있을까 하여 부랴부랴 성례식을 시켜 버렸다.
　혼인할 때의 비용도 그때 돈으로 삼만 냥을 썼다. 그리고 아
들의 처갓집에 며느리 뒤보아주는 바느질삯, 빨래삯이라는 명

목으로 한 달에 이천오백 냥씩을 대어 주었다.

　신부는 자기 아버지가 돌아가기 전까지 상당히 견디기도 하고 또는 금지옥엽같이 기른 터이라, 구식 가정에서 배울 것 읽힐 것 못하는 것이 없고 게다가 본래 인물이라든지 행동거지에 조금도 구김이 있지 아니하다.

　신부가 오자 신랑의 흠절이 생기기 시작하였다.

　"신부에게다 대면 두루미와 까마귀지."

　"아직도 철딱서니가 없어."

　"색시에게 쥐여 지내겠지."

　"신랑에겐 과하지."

　동넷집 말 좋아하는 여편네들이 모여 앉으면 이렇게 비평들을 한다. 어떠한 남의 걱정 잘하는 마누라님은 간혹 신랑을 보고는 그대로 세워 놓고,

　"글쎄, 인제는 어른이 되었으니 셈이 좀 나요, 저리구 어떻게 색시를 거느려 가누. 색시방에 들어가기가 부끄럽지 않담."

　하고 들이대다시피 하는 일이 있다.

　이럴 적마다 신랑의 마음은 그 말하는 이들이 미웠다. 일부러 자기를 부끄럽게 하려고 하는 것 같아서 그 후에 그를 만나면 말도 안 하고 인사도 하지 아니한다.

　또 그의 고모 되는 이가 와서 자기 조카를 보고,

　"인제는 어른이야. 너도 그만하면 지각이 날 때가 되지 않았니. 네 처가 부끄럽지 아니하냐."

하고 타이를 적마다 그의 마음은 그 말하는 사람이 부끄럽다는 것보다도 자기를 이렇게 하게 한 자기 아내가 더욱 밉살머리스러웠다.

"여편네가 다 무엇이냐? 저 빌어먹을 년이 들어오더니 나를 이렇게 못살게 굴지."

혼인한 지 며칠이 못 되어 그는 색시방에 들어가지를 않았다. 집안에서는 야단이 났다. 마치 돼지나 말 새끼를 혼례시키려는 것같이 신랑을 색시 방으로 집어넣으려 하나 막무가내였다. 그럴 때마다 신랑은 손에 닥치는 대로 집어 때려서 자기의 외사촌 누이의 이마를 뚫어서 피까지 나게 한 일이 있었다. 집안 식구들은 하는 수가 없어 맨 나중으로 아버지에게 밀었다. 그러나 그것도 소용이 없을뿐더러 풍파를 더 일으키게 하였다. 아버지께 꾸중을 듣고 들어와서는 다짜고짜로 신부의 머리채를 쥐어 잡아 마루 한복판에 태질을 쳤다.

그리고는,

"이년, 네 집으로 가거라. 보기 싫다. 내 눈앞에는 보이지도 마라."

하였다. 밥상을 가져오면 그 밥상이 마당 한복판에서 재주를 넘고 옷을 가져오면 그 옷이 쓰레기통으로 나간다.

이리하여 색시는 시집오던 날부터 팔자 한탄을 하고서 날마다 밤마다 우는 사람이 되었다.

울면은 요사스럽다고 때린다. 또 말이 없으면, 빙충맞다고

친다. 이리하여 그 집에는 평화스
러운 날이 하루도 없었다.

이것을 날마다 보는 사람 가운데 알
수 없는 의혹을 품게 된 사람이 하나 있
으니 그는 곧 벙어리 삼룡이었다.

그렇게 예쁘고 유순하고 그렇게 얌전한, 벙어리의 눈으로
보아서는 감히 손도 대지 못할 만큼 선녀 같은 색시를 때리는
것은 자기의 생각으로는 도저히 풀 수 없는 의심이었다.

보기에는 황홀하고 건드리기도 황홀할 만큼 숭고한 여자를
그렇게 학대한다는 것은 너무나 세상에 있지 못할 일이다. 자
기는 주인 새서방에게 개나 돼지같이 얻어맞는 것이 마땅한
이상으로 마땅하지마는, 선녀와 짐승의 차가 있는 색시와 자
기가 똑같이 얻어맞는 것은 너무 무서운 일이다. 어린 주인이
천벌이나 받지 않을까 두렵기까지 하였다.

어떠한 달밤, 사면은 고요 적막하고 별들은 드문드문 눈들
만 깜박이며 반달이 공중에 뚜렷이 달려 있어 수은으로 세상
을 깨끗하게 닦아 낸 듯이 청명한데 삼룡이는 검둥개 등을 쓰
다듬으며 바깥마당 멍석 위에 비슷이 드러
누워 하늘을 쳐다보며 생각하여 보았다.

주인 색시를 생각하면 공중에 있는 달보
다도 더 곱고 별들보다도 더 깨끗하였다.
주인 색시를 생각하면 달이 보이고 별이

보이었다. 삼라만상을 씻어 내는 은빛보다도 더 흰 달이나 별
의 광채보다도 그의 마음이 아름답고 부드러운 듯하였다. 마
치 달이나 별이 땅에 떨어져 주인 새아씨가 된 것도 같고 주인
새아씨가 하늘에 올라가면 달이 되고 별이 될 것 같았다.

　더구나 자기를 어린 주인이 때리고 꼬집을 때 감히 입 벌려
말은 하지 못하나 측은하고 불쌍히 여기는 정이 그의 두 눈에
나타나는 것을 다시 생각할 때 그는 부들부들한 개 등을 어루
만지면서 감격을 느꼈다. 개는 꼬리를 치며 자기를 귀여워하
는 줄 알고 벙어리의 손을 핥았다.

　삼룡이의 마음은 주인 아씨를 동정하는 마음으로 가득 찼
다. 또는 그를 위하여서는 자기의 목숨이라도 아끼지 않겠다
는 의분에 넘치었다.

　그것이 마치 살구를 보면 입 속에 침이 도는 것같이 본능적
으로 느껴지는 감정이었다.

4

　새댁이 온 뒤에 다른 사람들은 자유로운 안 출입을
금하였으나 벙어리는 마치 개가 맘대로 안에 출입할 수 있는
것같이 아무 의심 없이 출입할 수가 있었다.

　하루는 어린 주인이 먹지 않던 술이 잔뜩 취하여 무지한 놈

에게 맞아서 길에 자빠진 것을 업어다가 안으로 들여다 누인
일이 있었다. 그때에 아무도 안에 있지 않고 다만 새댁 혼자
방에서 바느질을 하고 있다가 이 꼴을 보고 벙어리의 충성된
마음이 고마워서, 그 후에 쓰던 비단 헝겊조각으로 부지쌈지
하나를 하여 준 일이 있었다.

이것이 새서방님의 눈에 띄었다. 그래서 색시는 어떤 날 밤
자던 몸으로 마당 복판에 머리를 푼 채 내어동댕이가 쳐졌다.
그리고 온몸에 피가 맺히도록 얻어맞았다.

이것을 본 벙어리는 또다시 의분의 마음이 뻗쳐 올라왔다.
그래서 미친 사자와 같이 뛰어 들어가 새서방님을 내어 던지
고 새색시를 둘러메었다. 그리고 나는 수리와 같이 바깥 사랑
주인영감 있는 곳으로 뛰어가 그 앞에 내려놓고 손짓과 몸짓
을 열 번 스무 번 거푸 하며 하소연하였다.

그 이튿날 아침에 그는 주인 새서방님에게 물푸레로 얼굴을
몹시 얻어맞아서 한쪽 뺨이 눈을 얼러서 피가 나고 주먹같이
부었다. 그 때릴 적에 새서방의 입에서 나오는 말은,

"이 흉칙한 벙어리 같으니, 내 여편네를 건드려!"

하고, 부지쌈지를 뺏어서 갈가리 찢어서 뒷간에 던졌다.

"그러고 이놈아! 인제는 주인도 몰라 보고 막 친다! 이런 것
은 죽어야 해."

하고 채찍으로 그의 뒷덜미를 갈겨서 그 자리에 쓰러지게
하였다.

벙어리는 다만 두 손으로 빌 뿐이었다. 말도 못하고 고개를 몇백 번 코가 땅에 닿도록 그저 용서해 달라고 빌기만 하였다. 그러나 그의 가슴에는 비로소 숨겨 있던 정의감이 머리를 들기 시작하였다. 그는 그 아픈 것을 참아 가면서도 북받치는 분노(심술)을 억제하였다.

그때부터 벙어리는 안방에 들어가지 못하였다. 이 들어가지 못하는 것이 더욱 벙어리로 하여금 궁금증이 나게 하였다. 그 궁금증이라는 것이 묘하게 빛이 연하여 주인 아씨를 뵈옵고 싶은 감정으로 변하였다. 뵈옵지 못하므로 가슴이 타올랐다.

몹시 애상(哀傷)의 정서가 그의 가슴을 저리게 하였다. 한 번이라도 아씨를 뵈울 수가 있으면 하는 마음이 더 나니 그의 마음의 넋은 느끼기를 시작하였다. 센티멘털한 가운데에서 느끼는 그 무슨 정서는 그에게 생명 같은 희열을 주었다. 그것과 자기의 목숨이라도 바꿀 수 있을 것 같았다. 어떤 때는 그대로 대강이로 담을 뚫고 들어가고 싶도록 주인 아씨를 뵈옵고 싶은 것을 꾹 참을

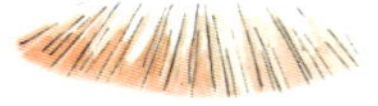

때도 있었다.

그 후부터는 밥을 잘 먹을 수가 없었다. 일도 손에 잡히지 않았다. 틈만 있으면 안으로만 들어가고 싶었다.

주인이 전보다 많이 밥과 음식을 주고 더 편하게 하여 주었으나 그것이 싫었다. 그는 밤에 잠을 자지 않고 집 가장자리를 돌아다녔다.

5

하루는 주인 새서방님이 술에 취하여 들어오더니 집안이 수선수선하여지며 계집 하인이 약을 사러 갔다 들어오는 것을 보고 그 계집 하인을 붙잡았다. 그리고 무엇이냐고 물었다.

계집 하인은 한 주먹을 뒤통수에 대고 얼굴을 젊다고 하는 뜻으로 쓰다듬으며 둘째손가락을 내밀었다. 그것은 그 집주인은 엄지손가락이요, 둘째손가락은 새서방님이라는 뜻이요, 주먹을 뒤통수에 대는 것은 여편네라는 뜻이요, 얼굴을 문지르는 것은 예쁘다는 뜻으로 벙어리에게 쓰는 암호다.

그런 뒤에 다시 혀를 내밀고 눈을 뒤집어쓰는 형상을 하고 두 팔을 싹 벌리고 뒤로 자라지는 꼴을 보이니, 그것은 사람이 죽게 되었거나 앓을 적에 하는 말 대신의 손짓이다.

벙어리는 눈을 크게 뜨고 계집 하인에게 한 발자국 가까이 들어서며 놀라는 듯이 멀거니 한참이나 있었다.

그의 가슴은 무섭게 격동하였다. 자기의 그리운 주인 아씨가 죽었다는 말이나 아닌가. 그는 두 주먹을 마주치며 한숨을 쉬었다. 그리고는 자기 딴에 무엇을 생각하는 것처럼 두어 시간이나 두 눈만 껌벅껌벅하고 앉았었다.

그는 밤이 깊어갈수록 궁금증 나는 사람처럼 일어섰다 앉았다 하더니 두시나 되어서 바깥으로 나가서 뒤로 돌아갔다.

그는 도둑놈처럼 조심스럽게 바로 건넌방미닫이 앞 담에 서서 주저주저하더니 담을 넘었다. 가까이 창 앞에 서서 문 틈으로 안을 살피다가 그는 진저리를 치며 물러섰다.

어두운 밤에 그의 손과 발이 마치 그 뒤에 서 있는 감나뭇잎같이 떨리더니 그대로 문을 박차고 뛰어들어갔을 때 그의 팔에는 주인 아씨가 한 손에 기다란 명주 수건을 들고서 한 팔로 벙어리의 가슴을 밀치며 뻗디디었다. 벙어리는 다만 눈이 뚱그래서 '에헤' 소리만 지르고 그 수건을 뺏으려 애쓸 뿐이었다.

집안이 야단났다.

"집안이 망했군!"

"어디 사내가 없어서 벙어리를!"

"어떻든 알 수 없는 일이야!"

하는 소리가 이 구석 저 구석에서 수군댄다.

그 이튿날 아침에 벙어리는 온몸이 짓이긴 것이 되어 마당에 거꾸러져 입에서 피를 토하며 신음하고 있었다. 그 곁에서는 새서방이 쇠줄 몽둥이를 들고서 문초를 한다.

"이놈!"

하고는, 음란한 흉내는 모조리 하여가며 건넌방을 가리킨다. 그러나 벙어리는 손을 내저을 뿐이다. 또 몽둥이에는 살점이 묻어 나왔다. 그리고 피가 흘렀다.

벙어리는 타들어가는 목으로 소리도 못 내며 고개만 내젓는다. 그는 피를 토하며 거꾸러지며 이마를 땅에 비비며 고개를 내흔든다. 땅에는 피가 스며든다. 새서방은 채찍 끝에 납뭉치를 달아서 가슴을 훔쳐 갈겼다가 힘껏 잡아 뽑았다. 벙어리는 그대로 거꾸러지며 말이 없었다.

새서방은 그래도 시원치 못하였다. 그는 어제 벙어리가 새로 갈아 놓은 낫을 들고 달려왔다. 그는 그 시퍼렇게 드는 날을 번쩍 들었다. 그래서 벙어리를 찌르려 할 제 벙어리는 한 팔로 그것을 받았고 집안사람은 달려들었다. 벙어리는 낫을 뿌리쳐 저리로 내던졌다.

주인은 집안이 망하였다고 사랑에 누워서 모든 일을 들은 체 만 체 문을 닫고 나오지를 아니하며 집안에서는 색시를 쫓는다고 야단이다. 그날 저녁에 벙어리는 다시 끌려 나왔다. 그

때에는 주인 새서방이 그의 입던 옷과 신짝을 주며 눈을 부릅뜨고 손을 멀리 가리키며,

"가! 인제는 우리 집에 있지 못한다."

하였다. 이 소리를 듣는 벙어리는 기가 막혔다. 그에게는 이 집 외에 다른 집이 없다. 살 곳이 없었다. 자기는 언제든지 이 집에서 살고 이 집에서 죽을 줄밖에 몰랐다. 그는 새서방님의 다리를 껴안고 애걸하였다. 말도 못하는 것을 몸짓과 표정으로 간곡한 뜻을 표하였다. 그러나 새서방님은 발길로 지르고 사람을 불렀다.

"이놈을 좀 내쫓아라."

벙어리는 죽은 개 모양으로 끌려나갔다. 그리고 대갈빼기를 개천 구석에 들이박히면서 나가 곤드라졌다가 일어서서 다시 들어오려 할 때에는 벌써 문이 닫혀 있었다. 그는 문을 두드렸다. 그의 마음으로는 주인 영감을 찾았으나 부를 수가 없었다. 그가 날마다 열고 날마다 닫던 문이 자기가 지

天下大將軍
地下

금은 열려 하나 자기를 내어쫓고 열리지를 않는다. 자기가 건
사하고 자기가 거두던 모든 것이 오늘에는 자기의 말을 듣지
않는다. 어려서부터 지금까지 모든 정성과 힘과 뜻을 다하여
충성스럽게 일한 값이 오늘에는 이것이다.

그는 비로소 믿고 바라던 모든 것이 자기의 원수란 것을 알
았다. 그는 그 모든 것을 없애 버리고 자기도 또한 없어지는
것이 나은 것을 알았다.

그날 저녁 밤은 깊었는데 멀리서 닭이 우는 소리와 함께 개
짖는 소리뿐이 들린다. 난데없는 화염이 벙어리 있던 오 생원
의 집을 에워쌌다. 그 불을 미리 놓으려고 준비하여 놓았는지
집 가장자리로 쪽 돌아가며 흩어 놓은 풀에 모조리 돌라붙어
공중에서 내려다보면은 집의 윤곽이 선명하게 보일 듯이 타오
른다.

불은 마치 피묻은 살을 맛있게 잘라먹는 요마(妖魔)의 혓바
닥처럼 날름날름 집 한 채를 삽시간에 먹어 버리었다. 이와 같
은 화염 속으로 뛰어들어가는 사람이 하나 있으니 그는 다른
사람이 아니라 낮에 이 집을 쫓겨난 삼룡이다. 그는 먼저 사랑
에 가서 문을 깨뜨리고 주인을 업어다가 밭 가운데 놓고 다시
들어가려 할 제 얼굴과 등과 다리가 불에 데이어 쭈그러져 드
는 것을 알지 못하였다.

그는 건넌방으로 뛰어들었다. 그러나 색시는 없었다. 다시
안방으로 뛰어들었다. 그러나 또 없고 새서방이 그의 팔에 매

달리어 구원하기를 애원하였다. 그러나 그는 그것을 뿌리쳤다. 다시 서까래가 불이 시뻘겋게 타면서 그의 머리에 떨어졌다. 그러나 그는 그것을 몰랐다. 부엌으로 가 보았다. 거기서 나오다가 문설주가 떨어지며 왼팔이 부러졌다. 그러나 그것도 몰랐다. 그는 다시 광으로 가보았다. 거기도 없었다. 그는 다시 건넌방으로 들어갔다. 그때야 그는 색시가 타 죽으려고 이불을 쓰고 누워 있는 것을 보았다. 그는 색시를 안았다. 그리고는 길을 찾았다. 그러나 나갈 곳이 없었다. 그는 하는 수 없이 지붕으로 올라갔다. 그는 비로소 자기의 몸이 자유롭지 못한 것을 알았다. 그러나 그는 자기가 여태까지 맛보지 못한 즐거운 쾌감을 자기의 가슴에 느끼는 것을 알았다. 색시를 자기 가슴에 안았을 때 그는 이제 처음으로 살아난 듯하였다. 그는 자기의 목숨이 다한 줄 알았을 때, 그 색시를 내려놓을 때는 그는 벌써 목숨이 끊어진 뒤였다. 집은 모조리 타고 벙어리는 색시를 무릎에 뉘고 있었다. 그의 울분은 그 불과 함께 사라졌을는지! 평화롭고 행복스러운 웃음이 그의 입 가장자리에 엷게 나타났을 뿐이다.

박태원(朴泰遠, 1909~1987)

필명은 몽보 · 구보. 서울 출생. 경성제일고보, 도쿄 호세이대학 등에서 수학했다.
1926년 《조선문단》에 시 《누님》, 1930년 《신생》에
단편소설 《수염》을 발표하면서 등단했다.
1933년 구인회(九人會)에 가담한 이후 사회중의 계열의 문학운동에 참여하면서
세태풍속을 착실하게 묘사한 《소설가 구보씨의 1일》 · 《천변풍경》 등을
발표함으로써 작가로서의 위치를 굳혔다.
그는 실험적인 문체와 도시적 삶에 바탕을 둔 훈훈한 인정과 따뜻한 애정을
주로 그리며 예술지향적인 소설의 경향을 보여주었다.
주요 작품으로는 《소설가 구보씨의 1일》 · 《천변풍경》 · 《성탄제》 ·
《5월의 훈풍》 · 《태평성대》 · 《군상》 등이 있다.

오월의 훈풍

오월의 훈풍

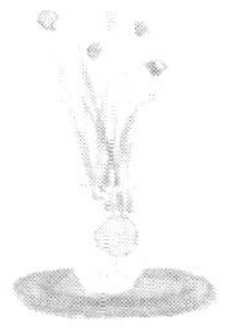

1

토요일 오후

멋없도록이나 맑게 갠 날이다.

누구나 그대로 집안에 붙박여 있지 못할 날이다.

철수는 양말을 두 켤레 사서 그것을 아무렇게나 양복 주머니에 처넣고 화신상회를 나왔다. 그러나 그곳을 나와서 집으로밖에는 어데라 갈 곳을 가지지 못한 철수였다.

양말을 살 것이 오늘의 사무였었고, 그 사무는 이미 끝났다.

그는 백화점 앞에가 서서, 물끄러미 종로 네거리를 오고가는 사람들을 바라보고 있었다.

　　그러자 뜻하지 않게 그의 머리에 기순이 생각이 떠올랐다.

　　우리는 곧잘 뜻하지 않은 때에 뜻하지 않은 사람을 생각하는 일이 있다. 지금 기순이 생각을 한 철수의 경우가 바로 그러하다.

2

　　십오년 전의 오월

　　서울 수전동 골목 안에 모여 노는 아이들 틈에서 열세 살 먹은 은식이는 가장 자랑스러웠다.

　　철없는 부러움을 가지고 대하는 아이들에게 향하여 자기가 입은 이백일흔댓 냥짜리 양복을 한껏 뽐낼 수 있었던 은식이였던 까닭이다.

　　더욱이 우미관에서 보고 온 '명금' 놀이를 흉내내어 놀 때에 은식이는 언제든 '후레데리꾸 백작'이 될 수 있었다.

　　까닭에, 그가 골목 안에서 첫손꼽아 어여쁜 계집아이 순남이가 분장한, '기지꾸레'와 손을 맞잡고, '싸

치오 백작'의 무리를 피하여 옆 골목으로 몸을 숨길 때, '로로'의 소임을 맡은 만돌이는 입술 위에까지 흘러내린 시퍼런 코를 훌쩍 들이마실 것도 잊고, 그 어린 양복쟁이의 멋진 뒷모양을 한참이나 멀거니 바라보기조차 하였다.

그날은, 그러나 공교롭게 순남이가 어머니를 따라 외갓집으로 나들이를 가고 없었다.

순남이가 없더라도 명금놀이는 하여야만 하였다.

누구를 순남이 대신에 지기꾸레를 삼을까—하는 것이 잠깐 동안 문제였었다.

복순이?

옥희?

갓난이?

……

여주인공 선거는 쉽사리 결정을 보지 못하였다.

그러자 그때, 옆에서 동정만 살피고 있던 기순이가, 피선거권도 가지지 못한 어여쁘지 못한 그 계집애가, 망설거리며 자청을 하였다.

제가 기지꾸레가 되면 어떻겠냐고…….

그러나 그 신청은 그 즉시 각하(편집자 주: 받아들여지지 않음.)되었다.

'소년 배우'들의—그 중에서 특히 은식이의 의견에 의하면 기지꾸레의 소임은 무엇보다도 첫째 얼굴이 어여뻐야만 맡을 수 있었다.

기순이 같은 아이가 그 소임을 자원한다는 것은, 이를테면 '기지꾸레' 의 모독이었고 아울러 '미' 의 모독이었다.

그래 은식이는 말하였다.

"넙죽이가, 씰룩이가, 되지두 못하게 기지꾸레가 돼볼려구. 애애, 아서라 넙죽이, 씰룩이."

넙죽이란 것은 기순이 얼굴이 둥글넓적해서 이르는 말이고, 씰룩이라는 것은 걸핏하면 씰룩씰룩 울기를 잘하는 까닭에 하는 말이다.

다른 때 같으면 그렇게까지는 짓궂지 않은 은식이었으나, 그 전날 그가 순남이와 단둘이 우미관 앞 왜떡 가게에서 모찌를 한 개씩 사먹었을 때, 기순이가 "사내 처—ㅇ 기집애 처—ㅇ." 하고 놀렸던 것을, 순간에 은식이는 기억에서 찾아내었던 까닭이다.

기순이는 얼굴 전체를 씰룩거렸다.

모욕당한 여성의 분노가 역시 그의 두 눈에 있었다.

성난 얼굴이란 누구에게 있어서든 좀더 보기 싫은 것임에 틀림없었다.

그래 은식이는 또 놀렸다.

"넙죽이, 씰룩이. 씰룩씰룩 울어라."

그러나 기순이는 채 울지 않았다.

한없는 굴욕 앞에 울음을 억제하려는 무던한 노력이 가만히 경련하는 그의 입술에 보였다.

"돈 한푼 줄게 울어라. 씰룩이, 넙죽이."

그러자 기순이는 별안간 소리쳤다.

"양복쟁이, 피—아이노꾸, 아이노꾸(편집자 주: 혼혈아를 놀리는 말.)."

보통학교도 다니지 않는 기순이가, 대체 '아이노꾸'라는 말은 어데서 배웠는지 알 길 없지만 양복을 입었을 따름으로 아이노꾸 소리를 들은 은식이는 왈칵 치밀어오르는 격렬한 감정을 억제하지 못하였다.

"무어, 어쩌구 어째?"

은식이는 기순이를 떠다밀었다.

그러나 기순이는 그 통에 비슬비슬 뒤로 물러났을 뿐이요, 넘어지지도 울지도 않았다.

"아이노꾸, 아이노꾸."

그리고 기순이는 갑자기 울가망(편집자 주: 마음이 편하지 않음.)이 되어 몸을 돌쳐 달음질쳤다.

용서하지 않고 은식이가 뒤를 쫓았다.

후레데리꾸 백작은 특히 걸음이 빨랐다.

'안수문장' 집 앞에 우물이 하나 있었다.

그 앞에 이르러, 등을 떠다밀려 은식이가 팔을 내민 것과,

기순이가 앞으로 폭 고꾸라진 것과, 같
은 순간의 일이었다.

은식이는 이름 모를 공포 속에
서 잠깐 그곳에가 망연히 서 있
었다.

기순이는 기가 나서 울었다.

은식이는 달아날까—하고 생각하였다.

누가 어른이라도 본다면, 물론 시비는 가리지도 않고, 은식
이를 나무랄 게다.

그러나 이 경우에 달아나는 것은 비겁한 행동인 듯싶었다.

그래 은식이는 좀더 그곳에 버티고 섰었다. 그러자 기순이
가 우물가에서 몸을 일으켰다.

그 순간, 은식이의 온몸에 소름이 쪽! 끼쳤다.

아마 넘어질 때 우물 전의 모진 돌에다 부딪혔던 게지…….
기순이의 이마가 세로 한일자로 째어지고 피가 자꾸 솟아 흘
렀다.

은식이는 겁 집어먹
은 눈을 하여가지고, 잠
깐 동안 그대로 그렇게
서 있었다.

그러다가 다음 순간,
은식이는 얼굴이 새파랗

게 질려가지고 집으로 달음질쳤다.

문을 박차고 들어가, 허둥지둥 대문에 빗장을 지르고, 이리저리 숨을 곳을 찾다가 그는 드디어 뒷간 속으로 들어갔다.

몸이 쉴 사이 없이 떨리고 위아랫니가 자꾸 마주쳤다.

장난을 하다가 잘못하여 병 하나를 깨뜨려도 무서운 매를 맞지 않으면 안 되었던 은식이라, 남의 집 아이 이마를 깨뜨려 놓은 이번 일의 결과는 빠안한 듯싶었다.

얼마나한 혹독한 형벌이 이제 그에게 내릴 것이랴……?

그것을 생각하니 저도 모를 사이에 눈물조차 두 줄 그의 뺨 위를 흘러내린다…….

3

그러나 그러나 뜻밖에 은식이는 아무런 형벌도 받지 않았다.

한마디의 꾸지람조차 집안에는 없었다.

은식이의 '범행' 이 뜻밖에 컸었던 까닭인 듯싶었다.

은식이는 다른 때나 마찬가지로 골목 안에서 아이들패의 대장 노릇을 하였다.

그러나 물론 '명금' 놀이는 다시 두 번 안 하였다.

기순이 이마에 완연하게 남아 있는 생채기 흔적을 보았을

때, 은식이에게는 그러할 용기가 없었던 것이다.

뿐만 아니라 그 뒤에 외삼촌 아주머니가,

"기순이가 이제 저 상채기 자국 때문에 좋은 데로는 시집을 못 갈 게다."

하고 말하였을 때, 은식이는 풀이 죽지 않을 수 없었다.

"정말 그럴까요?"

"그럼, 계집애는 얼굴이 질인데 더구나 이마 한복판에가 그렇게 큰 생채기가 났으니 어떡하니."

은식이는 만약 정말 그렇게 된다면 그것은 전혀 나의 책임이 아닌가? 하고 그런 것을 생각하지 않을 수 없었다.

그리고 때때로,

"정말 그렇다면 내가 기순이에게로 장가를 들지 않으면 안 되지 않을까? 그 밖에 다른 도리가 없지 않은가?"

하고 비장한 생각조차 은식이는 하였다.

4

얼마 안 있다 기순이네집은 새문 밖으로 떠나 버렸다.

여름에 악박골 물이나 먹으러 가기 외에는 별로 새문턱을 넘을 기회가 은식이에게는 없었다.

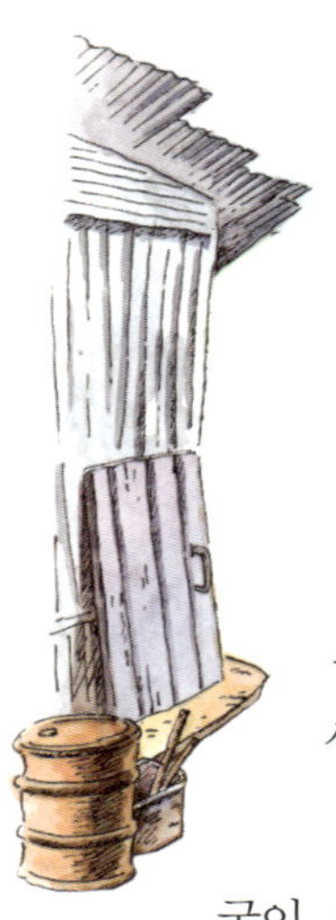

또 설혹 새문 밖을 자주 드나든다 하더라도, 이제는 낯살찬 처녀라 응당 집안에 들어앉았을 기순이와 길에서라도 만날 길은 전연 없었을 게다.

그러나 그렇다고 해서 기순이 생각이 은식이의 머리에서 사라지란 법은 없었다.

이마에다 만들어 준 생채기에 대한 책임감말고도, 은식이는 기순이에게 장가를 들까? 하는 생각을 가끔 하여 보는 것이다.

결코 어여쁘지 못한 기순이의 둥글넓적한 얼굴이, 일종 형언할 수 없는 매력을 가지고 그의 마음을 끌었다.

그러나 물론 그것들은 아무런 행동으로도 나타나지 않았다.

그러나 동안에 은식이는 철수라고 개명을 하고, 중학을 마친 다음에 동경으로 건너갔다.

그리고 그가 예과를 마치고서 대학 영문학부에 학적을 두던 바로 그 봄에 기순이는 시집을 가고 말았다.

여름에 철수가 집으로 돌아왔을 때, 어머니가 무슨 이야기 끝에 그에게 말하였다.

"참, 기순이가 시집을 갔지."

"기순이가? 어디루요?"

철수는 일종 애틋한 감정을 맛보지 않을 수 없었다.

"한 동리에 사는 사람이라드라, 연초공장에 다닌다지, 아마……."

"나이는 몇 살이게요?"

"서른아홉이라든가, 갓 마흔이라든가?"

"갓 마흔요? 기순이는 올에 스물밖에 안 되지 않았어요?"

"얘길 들으면 후취(後娶)(편집자 주: 재취. 두 번째 장가들어 맞이한 아내.)라든가……."

철수는 문득 기순이의 이마에 죽을 때까지 남아 있을 생채기 자국을 생각하고, 어째 마음이 선득하였다.

혹은 그 까닭에 남의 후취로밖에는 다른 좋은 혼처가 없었던 것인지도 모를 일이다.

"그래 먹을 것은 넉넉한가요?"

"넉넉할 거야 무에 있겠니? 연초회사 다니는 사람이……."

"직공인가요?"

"아아니, 직공은 아니라드라. 저……."

"그럼 감독인가요?"

"감독두 아니야. 저어 거시키…… 오오, 뚜—하는 사람이라드라."

"뚜—하는 사람이오? 뚜—하는 사람이라니요?"

"왜, 연초회사에서 뚜—뚜 하지 않니? 그 뚜—하는 사람이라드라."

　그러나 남자가 뚜—하는 사람이든 직공 감독이든 그런 것은 아무렇든 좋았다.

　갓 스물짜리 처녀가 마흔이나 된 사나이의 후취로 들어갔다는 것이 그의 마음을 적지 않이 불쾌하게 만들어 주었다.

　만약 그곳으로 시집을 갈 수밖에 없었던 것이 전혀 이마의 생채기 까닭이라면, 그리고 그의 결혼 생활이 불행하다면, 여자는 응당 체경(體鏡)(편집자 주: 온몸이 비치는 큰 거울.)을 대할 때마다 자기를 원망할 게다.

　그것을 생각하면 철수는 은근히 마음이 아프기조차 하였다.

　그리고 그러할 때마다 그는, 사실은 기순이가 비록 넉넉지 못한 살림살이 속에서도, 자기네들의 행복을 발견하고 있는 것이기를 굳이 믿으려 들었다.

　그러나 그 생각은 언제든 실감을 상반하지 않아, 철수의 마음을 불안하게 하여 주었다.

5

ㄱ 기순이 생각을 철수는 바로 지금 종로 네거리에서 한 것이다.

그 뒤로 기순이 소식을 듣지 못하기 이미 사 년이다.

기순이는 지금 어쩌고 있을까?

남편은 그저 연초 공장에서 '뚜—' 하고 있을까?

그들은 행복할까?

이러한 생각을 잠깐 하다가, 철수는 언제까지든 그곳에가 그렇게 서서 그 따위 생각만을 하고 있을 수 없는 것을 깨닫고, 날씨가 하도 좋으니 한강으로라도 나갈까?—하고 마침 온 전차를 탔다.

그러나 그것은 의주통을 돌아 경성역으로 가는 전차였다.

철수는 만원에 가까운 전차 안에서 손잡이에 손을 걸치고, 혼자 싱거운 웃음을 웃었다.

그러자 전차가 의주통에가 닿았을 때, 철수는 사람들 틈에 끼어 전차에 오르는 한 여인을 보고 그리로 고개를 돌렸다.

그 아낙네는 세 살이나 그 밖에 더 안 된 사내아이를 안고 있었다.

철수는 그가 바로 요전 순간까지 자기가 생각하고 있던 기순인 것을 알고 희한하게 놀랐다.

그러나 그렇다고 선선히 알은 체를 할 사이는 물론 아니었다.

홀낏 보았으니 물론 장담은 할 수 없는 노릇이나, 하얗게 바른 분 덕에 이마의 생채기를 쉽사리 알아낼 수 없었다.

철수는 약간 안도에 가까운 감정을 맛보며, 그대로 그곳에 가 서 있었다.

아무도 그들 모자를 위하여 자리를 내어 주는 사람이 없었다.

젊은 아낙네는 아이를 안은 채 사람들에게 밀려 철수의 옆에까지 왔다.

그러자 전차 창 밖에 돌연 벽돌집이 나타났다.

철수는 그것을 보자 저도 모르게 홀낏 옆에 선 어렸을 때의 동무를 돌아보았다.

이제는 한 아이의 어머니인 옛날의 기순이는 자기 곁에 철수가 있는 것도 모르고 한 손에 치켜 안은 어린 아들에게 창 밖 전매국 공장을 손가락질하였다.

"저게 어디지? 우리 귀남이는 알지?"

그러나 귀남이는 눈을 동그랗게 뜬 채 쉽사리 알아내지를
못하였다.

"엄마가 아르켜 줄까?"

"……."

"아빠 계신데. 뚜—하시는 데."

그제야 귀남이는 갑자기 깨달은 듯이 두 손을 좋아라고 내
흔들며 소리쳤다.

"아빠, 뚜—, 아빠, 뚜—."

철수는 그 소리를 듣자 저도 모르게 사람들을 헤치고 차장
대로 나와 달려가는 전차에서 뛰어내렸다.

그리고 그가 아무렇게나 되는 대로 거리를 걸어갔을 때, 그
의 가슴속에 기쁨이 치밀어올랐다.

"그는 행복이다. 그는 지금 행복이다."

철수는 큰길을 피하여 골목을 찾아들었다.

"그는 행복이다. 아들 낳고, 딸 낳고—까지는 알 수 없어도,
이제 분명히 어머니의 기쁨이 그에게 있을 게다."

이런 생각을 하며 그가 그 골목을 왼손 편으로 꺾으려고 할
때,

"뚜—"

하고 연초회사의 '석점 뚜—'가 불었다.

철수는 저도 모르게 걸음을 멈추고 몸을 돌이키어 지붕 너
머로 연초 회사 굴뚝을 치어다보았다.

이윽히 그곳에 서 있다가 철수는 어느 틈엔가 입가에 떠오른 빙그레 웃음 그대로 띄운 채, 다시 골목을 걸어 나갔다.

오월의 향기로운 바람은 그 골목 안에도 가득하다.

그가 그렇게 걷고 있을 때, 저도 모르게 가만한 음향이 그의 입술 사이를 새어 나왔다.

뚜—

뚜—

뚜, 뚜—

이광수(李光洙, 1892~1950)

호는 춘원(春園). 평안북도 정주 출생.
1917년 한국 최초의 근대 장편소설 《무정》을 《매일신보》에 연재하면서
소설문학의 새로운 역사를 개척했다.
1919년 도쿄에서 2·8독립선언을 주도하고 상하이로 망명,
임시정부에 참가해 독립신문사 사장을 역임했다.
그의 작품은 주로 계몽주의적이면서 이상주의적인 성향을 보였는데,
당시 대중들의 폭발적인 인기를 얻었다.
특히 1937년 수양동우회 사건으로 투옥되었다가 병보석으로 풀려나면서
1939년에는 친일어용단체인 조선문인협회 회장이 되는 등
친일행위를 해 비판의 대상이 되기도 했다.
주요 작품으로는 《마의태자》·《단종애사》·《흙》·《이차돈의 사(死)》·《사랑》·
《원효대사》·《유정》 등 소설뿐만 아니라 논문과 시 등 수많은 작품이 있다.

소년의 비애

소년의 비애

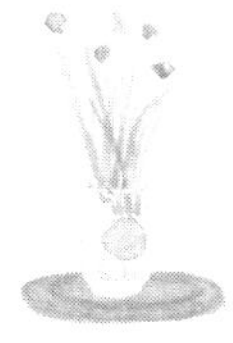

1

난수 (蘭秀)는 사랑스럽고 얌전하고 재조(才操) 있는 처녀라. 그 종형(從兄) 되는 문호(文浩)는 여러 종매(從妹)들을 다 사랑하는 중에도 특별히 난수를 사랑한다.

문호는 이제 십팔 세 되는 시골 어느 중등(中等) 정도 학생인 청년이나, 그는 아직 청년이라고 부르기를 싫어하고, 소년이라고 자칭한다. 그는 감정적이요, 다혈질인 재조 있는 소년으로 학교 성적도 매양 일이 호(一二號)를 다툰다. 그는 아직 여자라는 것을 모르고, 그가 교제하는 여자는 오직 종매들과 기타 사오 인 되는 족매(族妹)들이다. 그는 천성이 여자를 사

랑하는 마음이 있는지 부친보다도 모친께, 숙부보다도 숙모께, 형제보다도 자매께 특별한 애정을 가진다.

그는 자기가 자유로 교제할 수 있는 모든 자매들을 다 사랑한다. 그 중에도 자기와 연치(年齒)(편집자 주: 나이를 일컫는 말.)가 상적(相適)(편집자 주: 서로 걸맞는다, 서로 잘 맞는다는 의미.)하거나 혹 자기보다 이하 되는 매(妹)들을 더욱 사랑하고 또 그 중에도 그 종매 중의 하나인 난수를 더욱 사랑한다.

문호는 뉘 집에 가서 오래 앉았지 못하는 성급한 버릇이 있건마는 자매들과 같이 앉았으면 세월 가는 줄을 모른다. 그는 자매들에게 학교에서 들은 바, 또는 서적에서 읽은 바 재미있는 이야기를 하여 자매들 웃기기를 좋아하고 자매들 또한 문호를 왜 그런지 모르게 사랑한다.

그러므로 문호가 집에 온 줄을 알면 동중(洞中) 자매들이 다 회집(會集)하고, 혹은 문호가 간 집 자매가 일동(一同)을 청하기도 한다.

토요일 오후나 일요일 오전에는 으레 문호가 본촌(本村)에 돌아오고, 본촌에 돌아오면 으레 동중 자매(洞中姉妹)들이 쓸어 모인다. 혹 문호가 좀 오는 것이 늦으면 자매들은 모여 앉아서 하품을 하여 가며 문호 오기를 기다리고, 혹 그 중에 어

린 누이들—가령 난수 같은 것은 앞고개에 나가서 망을 보다
가 저편 버드나무 그늘로 검은 주의(周衣)에 학생모를 젖혀 쓰
고 활활 활개치며 오는 문호를 보면 너무 기뻐서 돌에 발부리
를 채이며 뛰어내려와 일동에게 문호가 저 고개 너머 오더라
는 소식을 전한다.

그러면 회집한 일동은 갑자기 회색이 나고 몸이 들먹거려 혹,

"어디까지 왔더냐?"

하는 자도 있고 혹,

"저 고개턱까지 왔더냐?"

하는 자도 있고, 혹 난수의 말을 신용치 아니하여,

"저것이 또 거짓말을 하는 게지."

하고 눈을 흘겨 난수를 보는 자도 있다. 학교에 특별한 일이
있거나 시험 때가 되어 문호가 혹 아니 올 때에는 난수가 고개
에서 망을 보다가 거짓 보도를 한 적도 한두 번 있은 까닭이다.

이러할 때에 자매들은 대문 밖에 나섰다가 웃으며 마주 오
는 문호를 반갑게 맞는다. 어린 누이들은 혹 손도 잡고 매달리
고, 혹 어깨에 올려 업히기도 하고, 혹 가슴에 와 안기기도 하
며, 좀 낫살 먹은 누이들은 얼른 문호의 손을 만지고 물러서기
도 하고, 조금 문호의 옷을 당기어 보기도 하고, 혹 마주 보고
빙긋이 웃기만 하기도 한다.

난수도 작년까지는 문호의 손에 매달리더니 금년부터 조금
손을 잡아 보고 얼굴이 빨개지며 물러서게 되고, 작년까지 문

호의 가슴에 안기던 연수(蓮秀)라는 난수의 동생이 손을 잡고 매달리게 된다. 그러고는 문호의 집에 몰려들어가 문호의 자친(慈親)께 매달리며 어리광을 부린다.

문호는 중앙에 웃으며 앉고, 일동은 문호의 주위에 돌라 앉는다. 그러나 그네와 문호와의 자리의 거리는 연령에 정비례한다. 제일 나이 많은 누이가 제일 멀리 앉고 제일 나이 어린 누이가 제일 가까이 앉거나 혹 문호의 무릎에 기대기도 하고 문호의 어깨에 걸어 엎디기도 한다. 문호는 이런 줄을 안다. 그리고 슬퍼한다. 이전에는 서로 안고 손을 잡고 하던 누이들이 차차차차 가까이 앉기를 그치고 손을 잡기를 그치고 피차의 사이에 점점 다소의 거리가 생기는 것을 보고 문호는 슬퍼하였다. 무슨 까닭인지 모르나 자연히 비감한 생각이 남을 금하지 못하였다.

사십이 넘은 문호의 어머니는 그 어린 질녀(姪女)들을 잘 사랑하였다. 그는 문중(門中)에서도 현숙하기로 유명하거니와 문호에게는 모범적 부인과 같이 보인다.

문호는 자기가 아는 부인들 중에 그 모친과 숙모(난수의 모친)를 가장 애경(愛敬)한다. 도리어 그 모친보다도 숙모(叔母)를 더욱 애경한다. 그래서 사오 세 적에는 꼭 숙모의 곁에 자려 하였다.

한번은 그 모친이,

"문호는 나보다도 동서를 더 따라!"

하고 시기 비슷하게 탄식한 적도 있
었다.

　그러나 지금은, 문호는 모친
과 숙모를 평등하게 애경한다.
그러나 친누이 되는 지수(芝秀)보
다도 종매 되는 난수를 더 사랑하였다.

　문호의 종제(從弟) 문해(文海)도 문호와 막형막제(幕兄幕弟)
한 쾌활한 소년이라. 종제라 하건만 문해는 문호보다 이십여
일을 떨어져 났을 뿐이라, 용모나 거동이 별로 다름은 없었다.
그러나 문해는 그 모친의 성격을 받아 문호보다 좀 냉정하고
이지적이라.

　문호는 문해를 사랑하건만 문해는 문호의 감정적인 것을 싫
어하였다. 그러므로 문호가 자매들 속에 섞여 노는 것을 항상
조소(嘲笑)하고 자매들이 문호에게 취하는 것을 말은 못하면
서도 항상 불만히 여겼다. 그러므로 문해는 자매계(姉妹界)에
일종의 존경은 받으나 친애는 받지 못하였다.

　문해는 자매들이 자기를 외경(外境)함
으로 자기의 ‘젊지 아니하다’ 는 자랑
을 삼고 문호에 비하여 인격이 일층
위인 것으로 자처하였다.

　문호도 문해의 자기에게 대한
감정을 아주 모름은 아니나,

이는 문해가 아직 자기를 이해하기에 너무 유치한 것이라 하여 그리 괘념치도 아니하였다.

이렇게 종형제간(從兄弟間)에 연치의 점장(漸長)함을 따라 성격 차이가 생(生)하면서도 양인간(兩人間)에는 여전히 따뜻한 애정이 있었다. 물론 문호가 항상 문해를 더 사랑하고 문해는 문호에게 대하여 가끔 반감도 일으키건마는.

2

문호가 집에 돌아오면 문호의 모친은 혹 떡도 하고 닭도 잡아 문호를 먹인다. 그러할 때에는 반드시 문해와 문호를 따르는 여러 자매들도 함께 먹인다.

모친은 아랫목에 앉고 문호와 문해는 윗목에서 검상하고 자매들은 모친을 중심으로 하여 좌우에 갈라 앉아서 즐겁게 이야기고 하고 혹 먹을 것을 서로 빼앗고 감추기도 하면서 방 안이 떠들썩하도록 떠들며 먹는다. 이때 문호의 부친이 문 밖에서,

"왜 이리 떠드느냐?"

하면 일동이 갑자기 말소리를 그치고 어깨를 움츠리다가 부

친이 문을 열어 보고,

"장꾼 모이듯 했구나."

하고 빙긋이 웃고 나가면 여전히 떠들기를 시작한다. 이것을 보고 문호는 더할 수 없이 기뻐하건마는 문해는 양미간을 찌푸린다. 그러할 때에는 난수도 웃고 지껄이기를 그치고 걱정스러운 듯이, 원망스러운 듯이 문해의 눈을 본다. 그러다가도 문호의 웃는 얼굴을 보면 또 웃는다. 이러다가 식후가 되면 문호와 문해는 윗간에 올라가서 무슨 토론을 한다.

그네의 토론하는 화제는 흔히 중국과 서양의 위인에 관한 것이라. 여기도 두 사람의 성격의 차이가 드러난다. 문호는 이백(李白), 왕창령(王昌齡) 같은 중국 시인이나 톨스토이, 사옹(沙翁)(편집자 주: 영국의 문호 셰익스피어.) 괴테 같은 서양 시인을 칭찬하되, 문해는 그러한 시인은 대개 인생에 무익한 나타자(懶惰者)(편집자 주: 게으른 사람.)라고 매도하고 공맹주자(孔孟朱子)라든가 서양이면 소크라테스, 워싱턴 같은 사람을 칭송한다. 양인(兩人)이 다 어떤 의미로 보아 문학에 뜻이 있는 것은 공통이었다. 그러나 문호가 미적(美的), 정적(靜的) 문학을 애(愛)함에 반하여, 문해는 지적(知的), 선적(善的) 문학을 애한다. 즉 문해는 문학을, 사회를 교화하는 일방편으로 여기되, 문호는 꽤 분명하게 예술지상주의를 이해한다.

그러므로 문호는 문해를 유치(幼稚)하다 하고, 문해는 문호를 방탕하다 한다.

이러한 토론을 할 때에는 자매들은 자기네끼리 무슨 이야기를 한다. 실로 차동중(此洞中)에 양인의 담화를 알아듣는 사람은 양인 외에 없다. 부모들도 이제는 양인의 지식이 자기네들보다 승(勝)한 줄을 속으로는 인정한다. 더구나 자매들은 오직 국문소설(國文小說)을 읽을 뿐이다.

원래 문호의 당내(堂內)는 적이 부요(富饒)하고 또 대대로 문한가(文翰歌)라. 석일(昔日)에는 여자들도 대개는 사서(四書)와 소학(小學), 열녀전(烈女傳), 내칙(內則) 같은 것을 읽더니 삼사십 년래로 점차 학풍이 쇠(衰)하여 근래에는 국문조차 불능해(不能解)하는 여자가 있게 되었다.

그러나 문호와 문해는 천생 문학을 좋아하여 그 자매들에게 국문을 가르치고 또 국문소설 읽기를 권장하였다.

삼사 년 전에 문호가 그 자매들을 위하여 소설 한 편을 작(作)하고 익년(翌年)에 문해가 또 소설 한 편을 작하였다. 그러나 자매간에는 문호의 소설이 더욱 환영되었고, 문해도 자기의 소설보다 문호의 소설을 추장(推獎)(편집자 주: 추천하고 장려한다는 말.)하여 자기의 손으로 좋은 종이에다가 문호의 소설을 베끼고 그 표지에, '김문호 저(著), 종제 문해 서(書)'라고 뚜렷하게 썼다.

문호의 부친도 이것을 보고 양인의 정의(情誼)의 친밀함을 찬탄하고 또 아들의 손으로 된 소설을 일독(一讀)하였다.

"이런 것을 쓰면 사람을 버리나니라."

하고 책망은 하면서도 십오 세 된 문호의 재주를 속으로 기뻐하기는 하였다. 그리고 과거제도가 폐(廢)하지 아니하였던들 문호와 문해는 반드시 대과(大科)에 장원급제를 할 것인데 하고 아깝게 여겼다.

3

문호는 난수가 시인의 자질이 있다고 믿는다. 재미있는 노래나 시를 읽어 주면 난수는 손으로 무릎을 치며 좋아하고 또 즉시 그것을 암송하며 유치하나마 비평도 한다.

문호는 이것을 기뻐하여 집에 돌아올 때마다 반드시 새로운 노래나 시나 단편소설을 지어 가지고 온다. 난수도 문호가 돌아올 때마다 이것을 기다린다. 그러나 문호의 친누이는 난수와 동갑이요, 재주도 있건마는 문호가 보기에 난수만큼 미(美)를 감수(感受)하는 힘이 예민치 못하다.

그러므로 문호가,

"애 지수야, 너는 고운 것을 볼 줄 모르는구나."

하고 경멸하는 듯이 말하면 지수는 얼굴이 빨개지며,

"내야 아나, 난수나 알지."

하고 눈물 고인 눈으로 문호의
얼굴을 힐끗 본다. 이렇게 되면
문호도 지수의 우는 것이 불쌍
하여 머리를 쓸며,

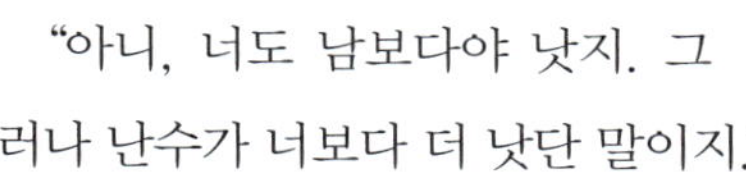

"아니, 너도 남보다야 낫지. 그
러나 난수가 너보다 더 낫단 말이지."

한다.

과연 지수도 재주가 있다. 그러나 지수는 문호보다 문해와
동형(同型)이라. 말이 적고 지혜롭고 침착하고…… 그러므로
지수는 문호보다도 문해를 사랑한다.

한번은 문호가 난수와 지수 있는 곳에서 문해더러,

"얘 문해야, 참 이상하구나. 난수는 나를 닮고 지수는 너를
닮았구나. 흥, 좋지. 한 집에서 시인 둘하고 도덕가 둘이 나면
그 아니 영광이냐."

하였다. 문해도 지수의 머리를 쓸며,

"지수야, 너와 나와는 도덕가가 되자. 형님과 난수와는 시인
이 되어 술주정이나 하고."

하자 일동이 웃었다. 더욱이 평생에 불만한 마음을 품던 지
수는 이에 비로소 문호에게 대하여, 나도 평등이거니 하는 위
로를 얻었다. 그리고 문해에게 대한 사랑이 더욱 많아졌다.

다른 누이들 중에도 난수의 형 혜수(惠秀)가 매우 재주가 있

다. 그는 차동중(此洞中) 청년 여자계(靑年女子界)에 문학으로 최선각자(最先覺者)라. 국문소설을 유행케 한, 말하자면 차문중(此門中)에 신문단(新文壇)을 건설한 자는 문호의 고모라. 그는 오래 외가에서 길러나는 동안에 내종제자의 영향을 받아 국문소설을 애독하게 되었다. 또 십사 세에 외가에서 올 때에는 《숙향전》, 《사씨남정기》, 《월봉기》 같은 국문소설을 가지고 와서 동중 여러 처녀들에게 일변 국문을 가르치며 일변 소설을 권장하였다.

마침 문중에 존경을 받는 문호의 조모가 노년에 소설을 편기(偏嗜)하므로, 문호 부친형제의 다소(多少)한 반대도 효력이 없이 국문문학의 세력은 점점 문호의 당내 여자계에 침윤(浸潤)하였다.

그러므로 문호와 문해의 집 부인네도 처음에는 국문도 잘 모르더니, 지금은 열렬한 문학 애호자가 되었다. 그러나 그네는 며느리 된 몸이라 딸 된 자와 같이 자유롭지 못하므로 겨우 명절 때를 타서 독서할 뿐이요, 그 밖에는 누이들의 틈에 끼어서 조금씩 볼 뿐이었다.

이 모양으로 김문 여자계(金門女子界)에 문학을 수립한 자는 문호의 고모로되, 그 고모는 출가한 지 삼 년이 못하여 요절(夭折)하고 문학계의 주권은 혜수의 손에 돌아왔더니 재작년 혜수가 출가한 이래로 문학계는 군웅할거(群雄割據)의 상태라. 그 중에 문호의 재종매(再從妹) 되는 자가 가장 유력하나,

그는 가세가 빈한하여 독서할 틈이 없고 그나마 대개 재질이 둔하여 장족의 진보가 없고, 현재에는 지수와 난수가 문학계의 쌍태성(雙台星)이라.

그러나 난수는 훨씬 지수보다 감수성이 예민하다.

그래서 문호는 한사코 난수를 공부시키려 하건마는 문호의 계부(季父)는,

"계집애가 공부는 해서 무엇하게!"

하고 언하(言下)에 거절한다.

문해도 난수를 공부시킬 마음이 없지 아니하건마는 워낙 냉정하여 열정이 없는 데다가, 부모의 명령에 절대로 복종하는 미질(美質)이 있고, 난수 당자(當者)는 아직 공부가 무엇인지 모르므로 부모에게 간구도 아니하여 문호 혼자서 애를 쓸 뿐이라.

그러므로 '내가 중학교를 마치고서 서울에 갈 때에는 반드시 지수를 데리고 가리라. 될 수만 있으면 난수도 데리고 가리라' 하고 어서 명춘(明春)이 돌아오기만 기다린다.

4

그 해 가을에 십육 세 되는 난수는 모부가(莫富家)의 십오 세 되는 자재와 약혼이 되었다. 문호가 이 말을 듣고 백방으로 부친과 계부에게 간(諫)하였으나 듣지 아니하였다. 그래서 문호는 난수에게,

"애, 시집가기 싫다고 그래라. 명춘에 내 서울 데려다 줄 것이니."

하고 여러 말로 충동하였다. 그러나 난수는,

"내가 어떻게 그러겠소. 오빠가 말씀하시구려."

난수는 미상불(未嘗不) 남자를 대하고 싶은 생각이 없지 아니하였다. 어서 혼인날이 와서 그 신랑 되는 자의 얼굴도 보고

안겨도 보았으면 하는 생각조차 없지 아니하였다. 난수는 지금껏 가장 정답게 사랑하던 문호보다도 아직 만나지 아니한 어떤 남자가 그립다 하게 되었다.

문호는 난수의 이 말에,

"엑, 못생긴 것!"

하고 눈물이 흐를 뻔하였다. 그리고 아까운 시인이 그만 썩어지고 마는 것을 한탄도 하였다. 또 자기가 가장 사랑하던 누

이를 어떤 사람에게 빼앗기는 것이 아깝기도 하고 분하기도 하였다.

마치 영국 시인 워즈워스가 그 누이와 일생을 같이 보낸 모양으로, 자기도 난수와 일생을 같이 보냈으면 하였다.

얼마 있다가 신랑 되는 자가 천치(天痴)라는 말이 들려 오고, 온 집안이 모두 걱정하였다. 그러나 그 중에 제일 슬퍼한 자는 문호라. 문호의 부친이 이 소문의 허실(虛實)을 사실(査悉)할 양으로 오륙십 리 정도 되는 신랑가(新郎家)를 방문하여 신랑을 보았다. 그리고 돌아와서,

"좀 미련한 듯하더라마는 그래야 복이 있나니라."

하고 혼인은 아주 확정되었다. 그러나 전하는 말을 듣건대 신랑은 논어일행(論語一行)을 삼 일에도 못 외운다는 둥, 코와 침을 흘리고 어른께도 '너, 나' 한다는 둥, 지랄을 부린다는 둥, 눈에 흰자위뿐이요, 검은자위가 없다는 둥, 심지어 그는 고자라는 소문까지 들려서 문호의 조모와 숙모는 날마다 눈물을 흘리고 약혼한 것을 후회한다.

난수도 이런 말을 듣고는 안색(顏色)에 드러내지는 아니하여도 조그마한 가슴이 편할 날이 없어서 혹 후원에 돌아가 돌을 던져서 이 소문이 참인가 아닌가 점도 하여 보고, 문호의 시키는 대로, '나는 시집가기 싫소' 하고 떼를 쓰지 아니한 것을 후회도 하였다.

문호는 이 말을 듣고 울면서 계부께 간하였다. 그러나 계

부는,

"못한다. 양반의 집에서 한번 허락한 일을 다시 어찌 한단 말이냐. 다 제 팔자지."

"그러나 양반의 체면은 잠시 일이지요. 난수의 일은 일생에 관한 것이 아니오니까. 일시의 체면을 위하여 한 사람의 일생을 희생한다는 것이 말이 됩니까."

하였으나 계부는 성을 내며,

"인력으로 못하느니라."

하고는 다시 문호의 말을 듣지도 아니한다. 문호는 그 '양반의 체면'이란 것이 미웠다. 그리고 혼자 울었다. 그날 난수를 만나니 난수도 문호의 손을 잡고 운다.

문호는 난수를 얼마 위로하다가,

"다 네가 약한 죄로다. 왜 내가 시키는 대로 하지 아니하였느냐."

하고 왈칵 난수의 손을 뿌리치고 뛰어나왔다.

그러나 문해는 울지 아니한다. 물론 문해도 난수의 일을 슬퍼하지 아님은 아니나, 문해는 그러한 일에 울 만한 열정이 없고 그 부친과 같이 단념할 줄을 안다. 그러나 문호는, 이것은 그 계부가 난수라는 여자에게 대하여 행하는 대죄악이라 하여 그 계부의 무지무정(無知無情)함을 원망하였다. 이 혼인 때문에 화락(和樂)하던 문호의 집에는 밤낮 슬픈 구름이 가리었다.

5

혼인날이 왔다. 소를 잡고 떡을 치고 사람들이 다 술에 취하여 즐겁게 웃고 이야기한다. 동네 부인들은 새 옷을 갈아입고 난수의 집 부엌과 마당에서 분주히 왔다갔다한다.

문호의 부친과 계부도 내외(內外)로 다니면서 내빈을 접대한다. 그러나 그 양미간에는 속일 수 없는 근심이 보인다. 문해도 그날은 감투에 갓을 받쳐 쓰고 분주하다.

그러나 문호는 두루마기도 아니 입고 집에 가만히 앉았다. 혼인날이라고 고모들과 시집 간 누이들이 모여들어 문호의 집 안방에는 노소(老少) 여자가 가득히 차서 오래간만에 만난 반가운 정회(情懷)를 토로(吐露)한다. 늙은 고모들은 혹 눕기도 하고 젊은 누이들은 공연히 자리를 잡지 못하고 들어왔다 나갔다 한다. 마치 오랫동안 시집에 있어서 펴지 못하던 기운을 일시에 다 펴려는 것 같다. 가는 말소리, 굵은 말소리가 들리다가는 이따금 즐거운 웃음소리가 합창 모양으로 들린다. 그러나 문호는 별로 이야기 참례도 아니하고 한편 구석에 가만히 앉았다. 시집 간 누이들과 집에 있는 누이들이 여러 번 몰려와서 웃기려 하였으나 마침내 실패에 종(終)하였다.

문호의 어머니가 음식을 감독하다가 문호가 아니 보임을 보

고 문호를 찾아와서,

"얘, 왜 여기 앉았느냐. 나가서 손님 접대나 하지그려. 어디 몸이 편치 아니 하냐?"

하여도 문호는 성난 듯이 가만히 앉았다. 여기저기서 취한 사람들의 웃고 지껄이는 소리가 들릴 때마다 문호는 분노한 듯이 주먹을 부르쥐었다.

난수는 형들 틈에 앉았다가 시끄러운 듯이 뛰어나와 문호의 곁에 들어와 앉는다. 형들은 난수를 대하여, '좋겠구나', '기쁘겠구나', '부자라더라' …… 이러한 농담을 하였다. 그러나 난수는 이러한 농담을 들을 때마다 가슴을 찌르는 듯하였다.

난수는 문호의 어깨에 기대며 문호의 눈을 본다. 문호는 난수의 눈을 보았다. 그 눈에는 절망과 단념의 빛이 있는 듯하다. 그러나 난수는 다만 신랑이 천치라는 말에 근심이 되고 절망이 될 뿐이요, 이 사건에 대하여 어떠한 태도를 취할 줄을 모르고 다만 나는 불가불 천치와 일생을 보내게 되거니 할 뿐이라.

문호는 눈물을 난수에게 아니 보일 모양으로 고개를 돌리며,

"아깝다. 그 얼굴에 그 재주에 천치의 아내 되기는 참 아깝고 절통하다."

하고 어느 준수한 총각이 있으면 그와 난수를 부부 삼아 어디로나 도망을 시키리라 한다. 차라리 부모의 억제로 마음 없는 곳에 시집가기보다는 자기의 마음에 드는 남자와 도망하는

것이 마땅하다고 문호는 생각한다. 그리고 다시 난수를 보매 사랑스러운 마음과 불쌍한 마음과 아까운 마음과 천치 신랑이 미운 생각이 한데 섞여 나온다.

문호는 난수의 손을 힘껏 쥐었다. 난수도 문호의 손을 힘껏 쥔다. 그러고는 이빨로 가만히 문호의 팔을 물고 바르르 떤다. 문호는 무슨 결심을 하였다.

신랑이 왔다.

신랑을 맞는 일동은 모두 다 낙심하고 고개를 돌렸다. 비록 소문이 그러하더라도 설마 저렇기야 하랴 하였더니, 실제로 보건대 소문보다 더하다.

머리는 함부로 크고 시뻘건 얼굴이 두 뼘이나 길고 커다란 눈은 마치 소 눈깔과 같고 커다란 입은 헤 벌려서 걸찍한 침이 턱에서 떨어진다.

문호의 숙모는 이 꼴을 보고 문호 집 안방에 뛰어들어와 이불을 쓰고 눕고, 지금껏 웃고 떠들던 고모들과 누이들도 서로 마주 보기만 하고 아무 말도 없다. 다만 문호의 부친 형제와 문해가 웃을 때에는 웃기도 하면서 여전히 내빈을 접하고, 동네 부인네와 남자들이 분주할 뿐이요, 양가 가족들은 모두 다 낙심하여 앉았다.

문호는 한참이나 신랑을 보다가 집에 뛰어들어와 난수를 보고 눈물을 흘렸다. 난수는 문호의 등에 얼굴을 대고 운다. 문호는 저고리 등이 눈물에 젖어 따뜻함을 깨달았다. 이 때 혜수

가 와서 난수를 안아 일으키며,

"애, 난수야. 오라비 두루마기 젖는다. 울기는 왜 우느냐, 이 기쁜 날."

하고 난수를 달랜다. 난수는 속으로, '흥, 제 서방은 얼굴도 똑똑하고 사람도 얌전하니까' 하였다.

과연 혜수의 남편은 얼굴이 어여쁘고 얌전도 하였다. 아까 그가 신랑을 맞아들여 갈 때에 중인(衆人)은 양인(兩人)을 비교하고 혜수와 난수의 행불행(幸不幸)을 생각지 아니한 자가 없었다. 난수가 처음에 기다리던 신랑은 혜수의 신랑과 같은 자 또는 문호나 문해와 같은 자러라.

밤이 왔다.

문호는 어디서 돈 오 원을 구하여 가지고 가만히 난수에게,

"애, 이제 나하고 서울로 가자. 이 밤차로 도망하자. 가서 내가 공부하도록 하여 주마."

하였다.

그러나 난수는 문호의 말에 다만 놀랄 뿐이요, 응(應)할 생각은 없었다.

'서울로 도망!' 이는 못할 일이라 하였다. 그래서 고개를 흔들었다. 문호는,

"애, 이 못생긴 것아. 일생을 그 천치

의 아내로 지낼 터이냐.”

하며 팔을 끌었다. 그러나 난수는 도망할 생각이 없다. 문호
는 울며 쓰러지는 난수를 발길로 차며,

“죽어라. 죽어!”

하고 꾸짖었다. 그리고 외따른 방에 가서 혼자 누웠다.

혜수 신랑이 들어와,

“자, 나하고 자세.”

하고 문호의 곁에 눕는다. 문호는 또 난수 신랑과 혜수 신랑
을 비교하고 난수를 ‘불쌍히 여기는 정이 격렬해진다. 그리고
혜수 신랑의 아름다운 얼굴과 자기
(혜수 신랑) 얼굴의 아름다움을 자랑
하는 듯하는 웃음을 보고 문호도 빙
긋이 웃는다.

혜수 신랑은,

“여보게, 그 신랑이란 자가…….”

하고 웃음이 나와서 말을 이루지 못하
면서 겨우,

“내가 떡을 권하였더니 먹기 싫다고 밥상을 발길로 차데그
려. 그래 방바닥에 국이 쏟아지고.”

하면서 자기의 젖은 바지를 보이며 웃는다. 문호도 그 소 눈
깔 같은 눈을 희번덕거리며 발질로 차던 모양을 상상하고 웃
음을 금치 못한다.

혜수 신랑도 혜수에 비기면 열등하였다. 그는 지금 십칠 세이나 아직 사숙(私塾)에서 맹자를 읽을 뿐이라 도저히 혜수의 발달한 상상력과 취미에 기급(企及)지 못할뿐더러, 혜수의 정신력이 자기보다 우월한 줄도 이해하지 못하는 아직 유취소아(乳臭小兒)였다.

그러므로 혜수도 부(夫)에게 대하여는 일종의 모멸하는 감정을 가진다. 그러나 문호나 혜수나 다같이 그의 용모의 미려함과 성질의 온순영리(溫順怜悧)함을 사랑한다.

이튿날 아침에 문호는 계부의 집에 갔다. 아랫방 아랫목에 난수가 비단옷을 입고 머리를 쪽 찌고 앉은 모양을 문호는 말없이 물끄러미 보았다.

난수는 얼른 문호의 얼굴을 보고 고개를 돌린다. 문호는 그 비단옷과 머리의 변한 것을 볼 때에 형언치 못할 비애와 혐오를 깨달았다.

난수가 작야(昨夜)에 저 천치와 한 자리에 잤는가, 혹은 저 천치에게 처녀를 깨뜨렸는가 생각하매 비분한 눈물이 흐르려 한다. 난수의 주위에 둘러앉았던 고모들과 누이들은 문호의 불평하여 하는 안색을 보고 웃기와 말하기를 그친다.

지수는 문호의 팔을 떼밀치며,

"오빠는 나가시오."

한다. 난수도 문호의 심정을 대강은 짐작한다. 그러나 문호는 입으로 '쩝쩝' 하는 소리를 내며, 난수의 돌아앉은 꼴을

본다.

그러고 속으로 '아아, 만사휴의(萬事休矣)로구나' 한다. 왜 저렇게 어여쁘고 얌전하고 재주 있는 처녀를 천치의 발 앞에 던져 주어 짓밟히게 하는가 생각하매, 마당과 방 안에 왔다갔다하는 인물들이 모두 다 난수 하나를 못 되게 만들고 장난감을 삼는 마귀의 무리들같이 보인다. 힘이 있으면 그 악한 무리들을 온통 때려부수고 그 무리들의 손에서 죽는 난수를 구원하여 내고 싶다.

문호의 눈에 난수는 죽은 사람이로다. 이런 생각을 할 때 지수가 또 한 번,

"어서 오빠는 나가셔요!"

하고 떼밀친다. 그제야 비로소 난수를 보던 눈으로 지수를 보았다. 지수의 눈에는 사랑과 자랑의 빛이 보인다. 문호는 지수나 잘 되도록 하리라 하고 나온다.

나와서 바로 집으로 오려다가 혜수 신랑한테 끌려 신랑방으로 들어갔다. 혜수 신랑은, 신랑의 우스운 꼴을 구경하려고 문호를 끌고 들어가는 것이라.

신랑방에는 소년들이 많이 모였다.

혜수 신랑이 신랑의 곁에 앉으며,

"조반 자셨나?"

하고 인사를 한다. 신랑은 침을 질질 흘리며 헤하고 웃는다. 그래도 어저께 자기를 맞던 사람을 기억하는구나 하고 문호는

코웃음을 하였다.

곁에서 누가 문호를 신랑에게 소개한다.

"이 이가 신랑의 처종형(妻從兄)일세."

그러나 신랑은 여전히 침을 흘리며 다만 '처종형?' 하고 문호의 얼굴을 본다. 그 눈이 마치 죽은 소 눈깔같이 보여 문호는 구역이 나서 고개를 돌렸다. 그러고는 속으로, '아아 저것이 내 난수의 배필!' 하였다.

6

익년 춘(翌年春)에 문호는 동경으로 유학을 갔다가 이태 되는 여름에 집에 돌아왔다. 그러나 앞 고개에는 이미 난수의 나와 맞음이 없고 대문 밖에는 웃고 맞아 주던 자매들만 보인다.

문호가 동경 갈 때에 십여 세 되던 자매들이 지금은 십이삼 세의 커다란 처녀가 되어 역시 반갑게 문호를 맞는다. 그러나 그 처녀들은 결코 문호의 친구가 아니러라.

문호는 방에 들어가 이전 앉던 자리에 앉는다. 그러자 처녀들도 이전 모양으로 문호를 중심으로 하고 둘러앉는다. 그 어머니는 여전히 닭을 잡고 떡을 만들어 문호와 문해와 둘러앉은 처녀들을 먹인다. 그러나 삼 년 전에 있던 즐거움은 영원히 스러지고 말았다.

문호는 울고 싶었다. 그러나 삼 년 전과 같이 눈물이 흐르지 아니한다. 문호는 마주 앉은 문해의 까맣게 난 수염을 본다. 그리고 손으로 자기의 턱을 쓸며,

"문해야, 우리 턱에도 수염이 났구나."

하며 턱 아래 한치나 자란 외대 수염을 툭툭 잡아채며 웃는다.

문해도 금석(今昔)의 감(感)을 금치 못하면서 코 아래 까맣게 난 수염을 만진다. 처녀들도 양인(兩人)이 수염 만지는 것을 보고 웃는다. 그러나 그네는 양인의 뜻을 모른다.

모친은 어린아이 둘을 안아다가 문호의 앞에 놓는다. 물끄러미 검은 양복 입은 문호를 보더니 토실토실한 팔을 내어 두르고 으아 하고 울면서 모친의 무릎으로 기어간다.

모친은 두 아이를 안으면서,

"이 애들이 벌써 세 살이 되었구나."

한다. 문호는 하나는 자기 아들이요, 하나는 문해의 아들인 줄은 아나, 어느 것이 자기 아들인 줄을 몰라 우두커니 우는 아이들을 보고 앉았다가 자탄하는 모양으로,

“흥, 우리도 벌써 아버질세그려. 소년의 천국은 영원히 지나
갔네그려.”
하고 웃으면서도 눈에 눈물이 고인다.
가만히 문호를 보고 앉았던 모친의 얼굴에도 전보다 주름이
많게 되었다.
문호는 정신 없는 듯이 모친만 보고 앉았다. 집 앞 버드나무
에서는, ‘꾀꼬리오’ 하는 소리가 들린다.

이효석(李孝石, 1907~1942)

호는 가산(可山). 강원도 평창 출생.
경성제국대학 영문과를 졸업하고, 1928년 《조선지광》에
단편 《도시와 유령》을 발표함으로써 동반작가로 데뷔했다.
이어 구인회에 참여, 《돈(豚)》·《수탉》 등 향토색이 짙은 작품과
1936년 한국 단편문학의 백미라고 일컫는 《메밀꽃 필 무렵》을 발표했다.
그 후 서구적인 분위기를 풍기는 《장미 병들다》·《화분》 등을 계속 발표해
성 본능과 개방을 추구한 새로운 작품경향으로 주목을 끌기도 했다.
주요 작품으로는 《장미 병들다》·《화분》·《벽공무한》·《창공》·
《돈(豚)》·《수탉》 등이 있다.

메밀꽃 필 무렵

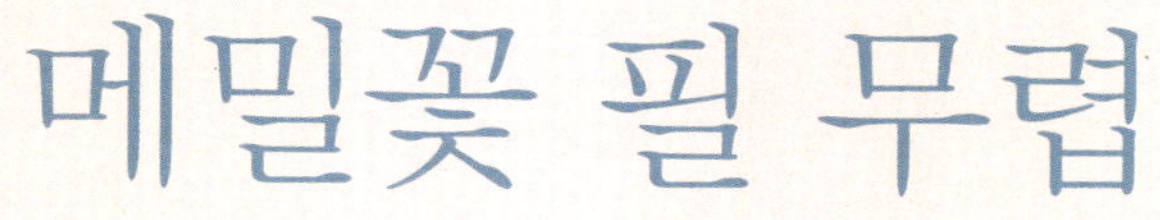

메밀꽃 필 무렵

여름 장이란 애시당초에 글러서, 해는 아직 중천에 있건만 장판은 벌써 쓸쓸하고 더운 햇발이 벌여 놓은 전 휘장 밑으로 등줄기를 훅훅 볶는다. 마을 사람들은 거지반 돌아간 뒤요, 팔리지 못한 나무꾼패가 길거리에 궁싯거리고들(편집자 주: 별 할 일이 없이 머뭇거리고들.) 있으나 석유병이나 받고 고기 마리나 사면 족할 이 축들을 바라고 언제까지든지 버티고 있을 법은 없다. 츱츱스럽게(편집자 주: 궁싯거리고들 매우 귀찮게.) 날아드는 파리 때도 장난꾼 각다귀(편집자 주: 남의 것을 빼앗는 악당, 괴롭히는 사람.)들도 귀찮다. 얼금뱅이요, 왼손잡이인 드팀전(편집자 주: 옷감 시장.)의 허 생원은 기어이 동업의 조 선달을 낚아 보았다.

"그만 걷을까."

"잘 생각했네. 봉평장에서 한번이나 흐뭇하게 사 본 일 있었을까. 내일 대화장에서나 한몫 벌어야겠네."

"오늘밤은 밤을 새서 걸어야 될걸."

"달이 뜨렷다."

절렁절렁 소리를 내며 조 선달이 그날 산 돈을 따지는 것을 보고 허 생원은 말뚝에서 넓은 휘장을 걷고 벌여 놓았던 물건을 거두기 시작하였다. 무명 필과 주단 바리가 두 고리짝에 꼭 찼다. 멍석 위에는 천 조각이 어수선하게 남았다.

다른 축들도 벌써 거진 전들을 걷고 있었다. 약빠르게 떠나는 패도 있었다. 어물장수도 땜장이도 엿장수도 생강장수도 꼴들이 보이지 않았다. 내일은 진부와 대화에 장이 선다. 축들은 그 어느 쪽으로든지 밤을 새며 육칠십 리 밤길을 타박거리지 않으면 안 된다. 장판은 잔치 뒷마당같이 어수선하게 벌어지고 술집에서는 싸움이 터져 있었다. 주정꾼 욕지거리에 섞여 계집의 앙칼진 목소리가 찢어졌다. 장날 저녁은 정해 놓고 계집의 고함 소리가 시작되는 것이다.

"생원, 시침을 떼두 다 아네……. 충주집 말야."

계집 목소리로 문득 생각난 듯이 조 선달은 비죽이 웃는다.

"화중지병이지. 면소패들을 적수로 하구야 대거리가 돼야 말이지."

"그렇지도 않을걸. 축들이 사족을 못쓰는 것도 사실은 사실이나, 아무리 그렇다곤 해두 왜 그 동이 말일세. 감쪽같이 충주집을 후린 눈치거든."

"무어 그 애숭이가? 물건 가지고 낚었나 부지. 착실한 녀석인 줄 알았더니."

"그 길만은 알 수 있나……. 궁리 말구 가 보세나그려. 내 한턱 씀세."

그다지 마음이 당기지 않는 것을 쫓아갔다. 허 생원은 계집과는 연분이 멀었다. 얼금뱅이 상판을 쳐들고 대어설 숫기도 없었으나, 계집 편에서 정을 보낸 적도 없었고, 쓸쓸하고 뒤틀린 반생이었다. 충주집을 생각만 하여도 철없이 얼굴이 붉어지고 발 밑이 떨리고 그 자리에 소스라쳐 버린다. 충주집 문을 들어서 술좌석에서 짜장 동이를 만났을 때에는 어찌 된 서슬엔지 빨끈 화가 나 버렸다. 상 위에 붉은 얼굴을 쳐들고 제법 계집과 농탕치는 것을 보고서야 견딜 수 없었던 것이다. 녀석이 제법 난질꾼인데 꼴사납다. 머리에 피도 안 마른 녀석이 낮부터 술 처먹고 계집과 농탕이야. 장돌뱅이 망신

만 시키고 돌아다니누나. 그 꼴에 우리들과 한몫 보자는 셈이
지. 동이 앞에 막아서면서부터 책망이었다. 걱정두 팔자요 하
는 듯이 빤히 쳐다보는 상기된 눈망울에 부딪칠 때 결김에 따
귀를 하나 갈겨 주지 않고는 배길 수 없었다. 동이도 화를 쓰
고 팩하게 일어서기는 하였으나 허 생원은 조금도 동색하는
법 없이 마음먹은 대로는 다 지껄였다.

　"어디서 주워먹은 선머슴인지는 모르겠으나 네게도 아비 어
미가 있겠지. 그 사나운 꼴 보면 맘 좋겠다. 장사란 탐탁하게
해야 되지. 계집이 다 무어야. 나가거라 냉큼 꼴 치워."

　그러나 한마디도 대거리하지 않고 하염없이 나가는 꼴을 보
려니, 도리어 측은히 여겨졌다. 아직도 서름서름한 사인데 너
무 과하지 않았을까 하고 마음이 섬뜩해졌다.

　"주제도 넘지. 같은 술손님이면서도 아무리 젊다고 자식 낳
게 되는 것을 붙들고 치고 닦아셀 것은 무어야 원."

　충주집은 입술을 쫑긋하고 술 붓는 솜씨도 거칠었으나, 젊
은애들한테는 그것이 약이 된다나 하고 그 자리는 조 선달이
얼버무려 넘겼다.

　"너 녀석한테 반했지? 애숭이를 빨면 죄 된다."

　한참 법석을 친 후이다. 담도 생긴데다가 웬일인지 흠뻑 취
해 보고 싶은 생각도 있어서 허 생원은 주는 술잔이면 거의 다
들이켰다. 거나해짐을 따라 계집 생각보다도 동이의 뒷일이
한결같이 궁금해졌다. 내 꼴에 계집을 가로채서는 어떡헐 작

정이었누 하고 어리석은 꼬락서니를 모질게 책망하는 마음도 한편에 있었다. 그러기 때문에 얼마나 지난 뒤인지 동이가 헐레벌떡거리며 황급히 부르러 왔을 때에는, 마시던 잔을 그 자리에 던지고 정신없이 허덕이며 충주집을 뛰어나간 것이었다.

"생원 당나귀가 바를 끊구 야단이에요."

"각다귀들 장난이지 필연코."

짐승도 짐승이려니와 동이의 마음씨가 가슴을 울렸다. 뒤를 따라 장판을 달음질하려니 게슴츠레한 눈이 뜨거워질 것 같다.

"부락스런 녀석들이라 어쩌는 수 있어야죠."

"나귀를 몹시 구는 녀석들은 그냥 두지는 않는걸."

반평생을 같이 지내 온 짐승이었다. 같은 주막에서 잠자고, 같은 달빛에 젖으면서 장에서 장으로 걸어다니는 동안에 20년의 세월이 사람과 짐승을 함께 늙게 하였다. 가스러진 목 뒤털은 주인의 머리털과도 같이 바스러지고, 개진개진 젖은 눈은 주인의 눈과 같이 눈곱을 흘렸다. 몽당비처럼 짧게 슬린 꼬리는 파리를 쫓으려고 기껏 휘저어 보아야 벌써 다리까지는 닿지 않았다. 닳아 없어진 굽을 몇 번이나 도려내고 새 철을 신겼는지 모른다. 굽은 벌써 더 자라나기는 틀렸고 닳아 버린 철 사이로는 피가 빼짓이 흘렀다. 냄새만 맡고도 주인을 분간하였다. 호소하는 목소리로 야단스럽게 울며 반겨한다.

어린아이를 달래듯이 목덜미를 어루만져 주니 나귀는 코를

벌름거리고 입을 투루루거렸
다. 콧물이 튀었다. 허 생
원은 짐승 때문에 속도
무던히는 썩였다. 아이들의
장난이 심한 눈치여서 땀 밴 몸뚱
어리가 부들부들 떨리고 좀체 흥분이 식지 않는 모양이었다.
굴레가 벗어지고 안장도 떨어졌다. 요 몹쓸 자식들, 하고 허
생원은 호령을 하였으나 패들은 먼저 줄행랑을 논 뒤요, 몇 남
지 않은 아이들이 호령에 놀래 비슬비슬 멀어졌다.

"우리들 장난이 아니우, 암놈을 보고 저 혼자 발광이지."

코흘리개 한 녀석이 멀리서 소리를 쳤다.

"고 녀석 말투가."

"김 첨지 당나귀가 가 버리니까 온통 흙을 차고 거품을 흘리
면서 미친 소같이 날뛰는걸. 꼴이 우스워 우리는 보고만 있었
다우. 배를 좀 보지."

아이는 앵돌아진 투로 소리를 치며 깔깔 웃었다. 허 생원은
모르는 결에 낯이 뜨거워졌다. 뭇시선을 막으려고 그는 짐승
의 배 앞을 가리어 서지 않으면 안 되었다.

"늙은 주제에 암생을 내는 셈야. 저놈의 짐승이."

아이의 웃음소리에 허 생원은 주춤하면서도 기어이 견딜 수
없어 채찍을 들더니 아이를 쫓았다.

"쫓으려거든 쫓아 보지. 왼손잡이가 사람을 때려."

줄달음에 달아나는 각다귀에는 당하는 재주가 없었다. 왼손 잡이는 아이 하나도 후릴 수 없다. 그만 채찍을 던졌다. 술기 가 돌아 몸이 유난스럽게 화끈거렸다.

"그만 떠나세. 녀석들과 어울리다가는 한이 없어. 장판의 각 다귀들이란 어른보다도 더 무서운 것들인걸."

조 선달과 동이는 각각 제 나귀에 안장을 얹고 짐을 싣기 시 작하였다. 해가 꽤 많이 기울어진 모양이었다.

드팀전 장돌이를 시작한 지 20년이나 되어도 허 생원은 봉 평장을 빼논 적은 드물었다. 충주 제천 등의 이웃 군에도 가고 멀리 영남 지방도 헤매기는 하였으나, 강릉쯤에 물건 하러 가 는 외에는 처음부터 끝까지 군내를 돌아다녔다. 닷새만큼씩의 장날에는 달보다도 확실하게 면에서 면으로 건너간다. 고향이 청주라고 자랑삼아 말하였으나 고향에 돌보러 간 일도 있는 것 같지는 않았다. 장에서 장으로 가는 길의 아름다운 강산이 그대로 그에게는 그리운 고향이었다. 반날 동안이나 뚜벅뚜벅 걷고 장터 있는 마을에 거의 가까웠을 때, 거친 나귀가 한바탕 우렁차게 울면…… 더구나 그것이 저녁녘이어서 등불들이 어 둠 속에 깜박거릴 무렵이면, 늘 당하는 것이건만 허 생원은 변 하지 않고 언제든지 가슴이 뛰놀았다.

젊은 시절에는 알뜰하게 벌어 돈푼이나 모아 본 적도 있기 는 있었으나, 읍내에 백중이 열린 해 호탕스럽게 놀고 투전을 하고 하여 사흘 동안에 다 털어 버렸다. 나귀까지 팔게 된 판이었으나 애끓는 정분에 그것만은 이를 물고 단념하였다. 결국 도로아미타불로 장돌이를 다시 시작할 수밖에는 없었다. 짐승을 데리고 읍내를 도망해 나왔을 때에는 너를 팔지 않기 다행이었다고 길가에서 울면서 짐승의 등을 어루만졌던 것이다. 빚을 지기 시작하니 재산을 모을 염은 당초에 틀리고 간신히 입에 풀칠을 하러 장에서 장으로 돌아다니게 되었다.

호탕스럽게 놀았다고는 하여도 계집 하나 후려 보지는 못하였다. 계집이란 쌀쌀하고 매정한 것이었다. 평생 인연이 없는 것이라고 신세가 서글퍼졌다. 일신에 가까운 것이라고는 언제나 변함없는 한 필의 당나귀였다.

그렇다고는 하여도 꼭 한 번의 첫 일을 잊을 수는 없었다. 뒤에도 처음에도 없는 단 한 번의 괴이한 인연! 봉평에 다니기 시작한 젊은 시절의 일이었으나 그것을 생각할 적만은 그도 산 보람을 느꼈다.

"달밤이었으나 어떻게 해서 그렇게 됐는지 지금 생각해두 도무지 알 수 없어."

허 생원은 오늘밤도 또 그 이야기를 끄집어내려는 것이다. 조 선달은 친구가 된 이래 귀에 못이 박이도록 들어 왔다. 그렇다고 싫증을 낼 수도 없었으나, 허 생원은 시치미를 떼고 되풀이할 대로는 되풀이하고야 말았다.

"달밤에는 그런 이야기가 격에 맞거든."

조 선달 편을 바라는 보았으나 물론 미안해서가 아니라 달빛에 감동하여서였다. 이지러는 졌으나 보름을 갓 지난달은 부드러운 빛을 흐뭇이 흘리고 있다. 대화까지는 80리의 밤길, 고개를 둘이나 넘고 개울을 하나 건너고 벌판과 산길을 걸어야 된다. 길은 지금 긴 산허리에 걸려 있다. 밤중을 지난 무렵인지 죽은 듯이 고요한 속에서 짐승 같은 달의 숨소리가 손에 잡힐 듯이 들리며, 콩 포기와 옥수수 잎새가 한층 달에 푸르게 젖었다. 산허리는 온통 메밀밭이어서 피기 시작한 꽃이 소금을 뿌린 듯이 흐뭇한 달빛에 숨이 막힐 지경이다. 붉은 대궁이 향기같이 애잔하고 나귀들의 걸음도 시원하다. 길이 좁은 까닭에 세 사람은 나귀를 타고 외줄로 늘어섰다. 방울 소리가 시원스럽게 딸랑딸랑 메밀밭께로 흘러간다. 앞장선 허 생원의 이야기 소리는 꽁무니에 선 동이에게는 확적히는 안 들렸으나, 그는 그대로 개운한 제멋에 적적하지는 않았다.

"장선 꼭 이런 날 밤이었네. 객줏집 토방이란 무더워서 잠이 들어야지. 밤중은 돼서 혼자 일어나 개울가에 목욕하러 나갔지. 봉평은 지금이나 그제나 마찬가지나 보이는 곳마다 메밀밭이어서 개울가가 어디 없이 하얀 꽃이야. 돌밭에 벗어도 좋을 것을 달이 너무도 밝은 까닭에 옷을 벗으러 물방앗간으로 들어가지 않았나. 이상한 일도 많지. 거기서 난데없는 성 서방네 처녀와 마주쳤단 말이네. 봉평서야 제일 가는 일색이었지.”

“……팔자에 있었나 부지.”

아무렴 하고 응답하면서 말머리를 아끼는 듯이 한참이나 담배를 빨 뿐이었다. 구수한 자줏빛 연기가 밤기운 속에 흘러서는 녹았다.

“날 기다린 것은 아니었으나 그렇다고 달리 기다리는 놈팽이가 있는 것두 아니었네. 처녀는 울고 있단 말야. 짐작은 대고 있었으나 성 서방네는 한창 어려워서 들고날 판인 때였지? 한집안 일이니 딸에겐들 걱정이 없을 리 있겠나? 좋은 데만 있으면 시집도 보내련만 시집은 죽어도 싫다지……. 그러나 처녀란 울 때같이 정을 끄는 때가 있을까. 처음에는 놀라기도 한 눈치였으나 걱정 있을 때는 누그러지기도 쉬운 듯해서 이럭저럭 이야기가 되었네……. 생각하면 무섭고도 기막힌 밤이었어.”

“제천 연지로 줄행랑을 놓은 건 그 다음날이렷다.”

“다음 장도막(편집자 주: 장날과 다음 장날 사이를 말한다.)에는 벌써 왼 집안이

사라진 뒤였네. 장판은 소문에 발끈 뒤집혀 오죽해야 술집에 팔려 가기가 상

수라고 처녀의 뒷공론이 자자들 하단 말야. 제천 장판을 몇 번이나 뒤졌겠나. 하나 처녀의 꼴은 핑 귀먹은 자리야. 첫날밤이 마지막 밤이었지. 그때부터 봉평이 마음에 든 것이 반평생을 두고 다니게 되었네. 평생인들 잊을 수 있겠나.”

“수 좋았지. 그렇게 신통한 일이란 쉽지 않어. 항용 못난 것 얻어 새끼 낳고 걱정 늘고 생각만 해두 진저리나지……. 그러나 늘그막바지까지 장돌뱅이로 지내기도 힘드는 노릇 아닌가. 난 가을까지만 하구 이 생애와도 하직하려네. 대화쯤에 조그만 전방이나 하나 벌이구 식구들을 부르겠어. 사시장천 뚜벅뚜벅 걷기란 여간이래야지.”

“옛 처녀나 만나면 같이나 살까……. 난 거꾸러질 때까지 이 길 걷고 저 달 볼 테야.”

산길을 벗어나니 큰길로 틔어졌다. 꽁무니의 동이도 앞으로 나서 나귀들은 가로 늘어섰다.

“총각두 젊겠다 지금이 한창 시절이렷다. 충주집에서는 그만 실수를 해서 그 꼴이 되었으나 섧게 생각 말게.”

“처 천만예요, 되려 부끄러워요. 계집이란 지금 웬 제격인가요. 자나깨나 어머니 생각뿐인데요.”

허 생원의 이야기로 실심해한 끝이라 동이의 어조는 한풀 수그러진 것이었다.

“애비 어미란 말에 가슴이 터지는 것도 같았으나 제겐 아버지가 없어요. 피붙이라고는 어머니 하나뿐인걸요.”

"돌아가셨나?"

"당초부터 없어요."

"그런 법이 세상에……."

생원과 선달이 야단스럽게 껄껄들 웃으니 동이는 정색하고 우길 수밖에는 없었다.

"부끄러워서 말하지 않으려 했으나 정말예요. 제천 촌에서 달도 차지 않은 아이를 낳고 어머니는 집을 쫓겨났죠. 우스운 이야기나 그러기 때문에 지금까지 아버지 얼굴도 본 적 없고, 있는 고장도 모르고 지내 와요."

고개가 앞에 놓인 까닭에 세 사람은 나귀를 내렸다. 둔덕은 험하고 입을 벌리기도 대근하여 이야기는 한동안 끊겼다. 나귀는 건듯하면 미끄러졌다. 허 생원은 숨이 차 몇 번이고 다리를 쉬지 않으면 안 되었다. 고개를 넘을 때마다 나이가 알렸다. 동이 같은 젊은 축이 끝이 없이 부러웠다. 땀이 등을 한바탕 쭉 씻어 내렸다.

고개 너머는 바로 개울이었다. 장마에 흘러버린 널다리가 아직도 걸리지 않은 채로 있는 까닭에 벗고 건너야 되었다. 고의를 벗어 띠로 등에 얽어매고 반벌거숭이의 우스꽝스런 꼴로 물 속에 뛰어들었다. 금방 땀을 흘린 뒤였으나 밤 물은 뼈를 찔렀다.

"그래 대체 기르긴 누가 기르구?"

"어머니는 하는 수 없이 의부를 얻어 가서 술장수를 시작했

죠. 술이 고주래서 의부라고 전 망나니예요. 철들어서부터 맞기 시작한 것이 하룬들 편할 날 있었을까. 어머니는 말리다가 채고 맞고 칼부림을 당하곤 하니 집 꼴이 무어겠소. 열여덟 살 때 집을 뛰쳐나와서부터 이 짓이죠.”

“총각 낫세론 동이 무던하다고 생각했더니 듣고 보니 딱한 신세로군.”

물은 깊어 허리까지 채었다. 속 물살도 어지간히 센데다가 발에 차이는 돌멩이도 미끄러워 금시에 훌칠 듯하였다. 나귀와 조 선달은 재빨리 거의 건넜으나 동이는 허 생원을 붙드느라고 두 사람은 훨씬 떨어졌다.

“모친의 친정은 원래부터 제천이었던가?”

“웬걸요, 시원스리 말은 안 해 주나 봉평이라는 것은 들었죠.”

“봉평? 그래 그 아비 성은 무엇이구?”

“알 수 있나요. 도무지 듣지를 못했으니까.”

“그 그렇겠지.”

하고 중얼거리며 흐려지는 눈을 까물까물하다가 허 생원은 경망하게도 발을 빗디뎠다. 앞으로 고꾸라지

기가 바쁘게 몸째 풍덩 빠져 버렸다. 허우적거릴수록 몸을 걷잡을 수 없어 동이가 소리를 치며 가까이 왔을 때는 벌써 퍽으나 흘렀었다. 옷째 쫄딱 젖으니 물에 젖은 개보다도 더 참혹한 꼴이었다. 동이는 물 속에서 어른을 해깝게 업을 수 있었다. 젖었다고는 하여도 여윈 몸이라 장정 등에는 오히려 가벼웠다.

"이렇게까지 해서 안됐네. 내 오늘은 정신이 빠진 모양이야."

"염려하실 것 없어요."

"그래 모친은 아비를 찾지 않는 눈치지?"

"늘 한번 만나고 싶다고는 하는데요."

"지금 어디 계신가?"

"의부와도 갈라져서 제천에 있죠. 가을에는 봉평에 모셔 오려고 생각중인데요. 이를 물고 벌면 이럭저럭 살아갈 수 있겠죠."

"아무렴 기특한 생각이야. 가을이랬나?"

동지의 탐탁한 등허리가 뼈에 사무쳐 따뜻하다. 물을 다 건넜을 때에는 도리어 서글픈 생각에 좀더 업혔으면서도 하였다.

"진종일 실수만 하니 웬일이요, 생원."

조 선달은 바라보며 기어이 웃음이 터졌다.

"나귀야. 나귀 생각하다 실족을 했어. 말 안 했던가. 저 꼴에 제법 새끼를 얻었단 말이지, 읍내 강릉집 피마에게 말일세. 귀

를 쫑긋 세우고 달랑달랑 뛰는 것이 나귀 새끼같이 귀여운 것
이 있을까, 그것 보러 나는 일부러 읍내를 도는 때가 있다네.”

“사람을 물에 빠치울 젠 딴은 대단한 나귀 새끼군.”

허 생원은 젖은 옷을 웬만큼 짜서 입었다. 이가 덜덜 갈리고
가슴이 떨리며 몹시도 추웠으나 마음은 알 수 없이 둥실둥실
가벼웠다.

“주막까지 부지런히들 가세나. 뜰에 불을 피우고 훗훗이
쉬어. 나귀에겐 더운물 끓여 주고, 내일 대화장 보고는 제천
이다.”

“생원도 제천으로…….”

“오래간만에 가 보고 싶어. 동행하려나, 동이?”

나귀가 걷기 시작하였을 때 동이의 채찍은 왼손에 있었다.
오랫동안 아둑시니같이 눈이 어둡던 허 생원도 요번만은 동이
의 왼손잡이가 눈에 띄지 않을 수 없었다.

걸음도 해깝고 방울 소리가 밤 벌판에 한층 청청하게 울렸다.

달이 어지간히 기울어졌다.

정비석(鄭飛石, 1911-1991)

평북 의주 출생. 일본 니혼대학 문과를 중퇴.
1935년 《동아일보》에 시 《여인의 상》·《저 언덕길》 등을 발표했으나,
1936년 소설로 전향해 단편 《졸곡제(卒哭祭)》가 《동아일보》 신춘문예에 입선하고,
1937년 단편 《성황당(城隍堂)》이 《조선일보》 신춘문예에 당선되어 데뷔했다.
이후 《애증도》·《자매》·《제신제》 등을 발표했다.
그는 광복 후 연재소설 《파계승》·《호색가의 고백》 등 일련의 애욕세계를 거쳐
1954년 《자유부인》에 이르러 대중소설 작가의 위치를 굳혔다.
1984년에는 《소설 손자병법》을 발간해 베스트셀러가 되기도 했다.
주요 작품으로는 《홍길동전》·《산유화》·《야래향》·《여성의 적》 등이 있다.

성황당

성황당

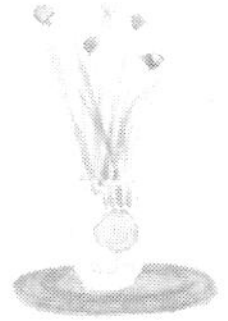

"**저에길,** 뭘 허구 송구 안 와!"

순이는 저녁밥 짓는 불을 다 때고 나서, 부지깽이로 닫힌 부엌문을 탕 열어 젖히며, 눈 아래 언덕길을 내려다보았다. 그러나 아래로 뻗은 길에는 사람은커녕 개새끼 하나 얼씬하는 것 없었다.

한참 멍하니 내려다보고 있던 순이는 다시 아까와 같이 중얼거리면서 부엌 바닥을 대강대강 쓸어, 검부러기를 아궁이에 지펴 넣는다. 그리고 나서 이번에는 빗자루를 든 채 뜰 아래로 나서더니, 천마령(天摩嶺) 위에 걸린 해를 쳐다본다. 산골의 해는 저물기 쉬웠다. 아침해가 앞산 위에 떴나 보다 하면, 벌써 뒷산에서는 해가 저물기 시작하였다.

그러기로 신새벽에 집을 나갈 때에 그렇게나 신신당부를 했으니 여느 장날보다는 좀 일찍 돌아와야 할 것이고, 그러니까 이맘때에는 으레 돌아왔어야 할 텐데. 하여간 순이는 기다리기가 몹시도 안타까웠다.

하긴 여느 때 마련하면 아직도 돌아올 무렵이 멀긴 했지만, 순이는 공연히 마음이 초조했다. 그도 그럴 것이, 붉은 고사 댕기 한 감과 흰 고무신 한 켤레를 가져 볼 생각을 하면 금방도 어깨춤이 덩실덩실 나왔고, 이제 보름만 있으면 붉은 댕기에 흰 고무신을 신고 오 리 밖에 있는 큰 마을에 그네 뛰러 갈 것을 생각하면 금시로 엉덩이가 절로 들썩거려졌다.

어느덧 밥이 바지직바지직 잦는다. 순이는 솥뚜껑을 열어 보고 나서는 또 밖으로 나와 언덕아래를 내려다보았다.

아직도 아무 것도 보이지 않았다. 순이는 이맛살을 찌푸렸다.

순이는 아까 집을 나갈 때의 남편의 말을 생각해 보지 않을 수 없었던 것이다.

"올 수리(단오)날이 송구 보름이 남았는데, 벌써부터 댕긴 사다 뭘 해? 그럴 돈이 있으문 술이나 사먹지! 참, 오늘은 강냉이 한 말 사구 남은 돈은 술이나 한잔 사 먹어야겠군!"

하던 현보(賢甫)의 말에 순이는,

"흥! 그래만 보갔디! 난 아예 달아나구 말걸!"

하고 대꾸를 하며 남편을 따라 웃고 말았지마는, 아직도 돌아오지 않는 것을 보면 그때 현보의 말이 노상 농담만도 아니었던 것 같다.

정말 현보는 남은 돈으로 술을 사먹는 것이나 아닐까? 술을 그렇게 좋아하는 현보의 일이니, 사실 그럴는지도 모른다고 순이는 점점 불안스러워서, 이제는 집 뒤 언덕으로 기어올라 더 멀리를 바라보았다. 아무래도 아무 것도 보이지 않는다. 그래 순이는 집 앞에 있는 느티나무 아래[城隍堂]에 돌을 던져서, 제발 남편이 신발과 댕기를 사오기를 축수하고 나서 짜장(과연 정말로) 댕기와 고무신을 사오지 않으면 사생 결단으로 싸워 보리라 마음먹었다.

그래도 마음은 놓이지 않았다. 가만있자, 현보가 술 먹어 본 지가 한 달…… 아니 허좌상네 제사 때 먹은 것이 마지막이었으니, 장근(거의) 두 달이나 되었다. 정말 오늘은 댕기 살 돈으로 술을 사먹을는지 모른다. 그러기에 아직도 안 오는 게지, 숯 두 섬 팔아서 강냉이 한 말하고 댕기 한 감에 신 한 켤레 사기는 잠깐일 것이 아니냐? 술만 안 먹는다면 벌써 돌아온 지 오래였을 것이다.

저녁 해가 천마령 너머로 잠기고 말았다. 산골짜기에는 산들바람이 불었다. 나뭇잎이 설렁설렁 갈리고 그런 저녁이면 으레 뒷산 숲에서는 부엉이가 운다. 순이는 차차 불안스러웠다.

밥을 담아 놓기까지 부엌 문턱이 닳도록 드나들었건만 아무런 소용도 없었다.

밥을 담아 놓고는 가만히 서 기다릴 수가 없어, 힁 하니 언덕길을 내려갔다. 언덕길을 다 내려가면 다시 이번에는 맞은편 언덕길을 추어 올라야 한다.

이 언덕이라는 것이 이른바 삼 천마—귀성천마(舊城天奈), 삭주(朔州)천마, 의주(義州)천마라는 큰 재(齋)였다. '이 재를 경계로 하고 귀성, 삭주, 의주의 세 고을로 나누어진 것이다. 이 재의 꼭대기까지 오르자면 시오 리는 넉넉히 되었다.

순이는 가쁜 숨을 쉬일 새도 없이 두 활개를 치면서 올랐고, 꾸부러진 굽이를 돌 때마다 고개를 들어 머리 위에 보이는 길을 쳐다보곤 한다. 장꾼도 이제는 거근(뿌리를 없애는 것)해서 간혹 한두 사람씩 보일 뿐이었고, 멀리서 두런거리며 걸어오는 발소리가 들릴 때마다 행여 현보가 아닌가 하고 가슴을 죄었으나, 막상 마주치고 보면 생면부지의 남들이었다. 그런 때면 순이는 가만히 한숨을 쉬면서 맥 풀리는 다리를 가누며 언덕을 올랐다. 언덕을 오르기만 하면 내림길 시오 리는 한눈에 바라볼 수 있었다. 순이는 점점 골이 났다. 제길! 만나기만 하면 댓바람에 멱살을 부여잡고 악다구니를 치리라 하였다.

어느덧 황혼이 짙었다. 깊은 산골짜기에서 피어나기 시작한 황혼은 나무를 에워싸고 개울을 덮고 산허리로 해서 야금야금 산마루로 뻗기 시작하였다. 바람이 어느 때보다 차갑게 불었

다. 갓 나온 떡갈나뭇잎이 바람을 맞아 사르륵사
르륵 소리를 내고 있었다. 길 옆 숲 속에서는
금방 범이나 산돼지가 튀어나오지 않을까 싶
게 굴속같이 캄캄하였다.

그러나 순이는 그런 것은 조금도 무섭
지 않았다. 산에서 나서 산에서 자란 순이였다. 순이는 현보가
붉은 고사 댕기와 흰 고무신을 사가지고 올 것을 생각하면 아
무것도 두렵지 않았다. 그는 다시 발을 빨리 놀렸다.

순이가 시오 리 고개를 다 올랐을 때, 저편에서 흥어리 타령
을 하며 오는 사람이 있었다.

그 음성은 틀림없는 현보였다.

그것이 현보인 것을 알자, 대뜸 순이의 가슴은 덜컥 내려앉
았다.

산골에 귀물은 머루나 다래,
인간의 귀물은 우리 님 허리……

이것은 현보가 아는 단 하나의 노래였고, 그
리고 현보는 으레 술이 얼근히 취해야만 이 노
래를 부르는 것이 아니었던가?

순이는 그 노래를 듣자, 댕기도 고무신도
'허얄낭창' 이로구나 생각하니, 가슴 밑바닥

에서부터 끓어오르는 분노를 참을 수 없어 길가에 딱 버티고
서며 주먹을 불끈 쥐고 어둠 속에서 가까이 오는 현보를 노려
보았다. 현보는 등에 짐을 걸머진 채 흥얼거리며 그대로 지나
가려다가 다시 한 번 쳐다보더니, 그제야 순이를 알아보고 깜
짝 놀라며,

"순인가? 너 어떻게 여기까지 왔네? 옳지—, 내 마중 왔구
나, 응?"

하고 얼근히 취한 혀를 굴리며 순이의
어깨를 붙잡으려 하였다.

"그래 신은 사오는 거요?"

순이는 현보의 팔을 뿌리치며 독기
있는 말로 톡 쏘았다.

"뭐? 그럼 날 마중 나온 게 아니
구, 신 사오는가 해서 여기꺼정 왔

구나, 응? 허허, 신 사오구 말구! 쌔헌 고무신, 순이 신을 고무
신, 말쑥헌 하이컬러 신, 사오구 말구!"

하며 현보는 다시 순이의 치맛자락을 붙잡았다.

순이는 천만뜻밖에도 신을 사온다는 바람에 담박 감정이 풀
리며 반갑기만 해서 아무 반항도 하지 않았다

"정말 사오우?"

"그럼 안 사올까, 원! 순이 고무신을 내래 안 사다 주문 누구
래 사다 준다구!"

“어디 좀 봅수다.”

순이가 채근하기 전에 현보는 진작 부스럭부스럭하더니, 고무신 한 켤레를 등짐에서 끄집어내어 순이에게 주면서,

“여기서 한번 신어 보련?”

하는 현보의 말에,

“글쎄, 좀 쉬어 갑수다.”

둘은 길 저문 줄도 모르고 길섶 풀밭 위에 나란히 주저앉았다.

순이는 얼른 종이를 풀고 어둠 속에서도 눈처럼 흰 고무신을 보자, 입이 헤작해지며 다 해어진 짚신을 벗고 새 고무신을 신어 본다,

“맞디?”

“응! 아니, 좀 크우다래! 겨냥보다 큰 것 사왔수다래.”

“좀 큰 편이 날 것 같아서…….”

“그래두 과히 큰가 봐.”

“좀 큰 편이 낫대두 그래! 올 한 해만 신을 것두 아니구— 발은 크지 않나 원!

“크문 돈두 더 허지 않갔소?”

“돈은 같애! 아따 같은 값이면 처녀라구, 돈이 같기에 큰 걸 사왔디.”

“돈은 같아요? 그름 큰 거 낫디 뭐……. 참 댕긴?”

순이는 그제야 생각난 듯이 댕기 독촉을 하였다.

"댕기 생각두 났지만, 댕긴 시집올 때 디리구 온 거 있잖은가?"

"아구만나! 시집올 때 웬 댕기래 있었나, 뭐? 시집오던 날 디리구 온 컨 놈(남) 해래 돼서 사흘만에 도루 돌려주디 않았소!"

"아. 그랬던가? 난 또 시집올 때 디리구 온 댕기 생각이 나기에 옳다 잘됐다, 오늘은 댕기 값이 남았으니, 술 먹을 돈이 생겼다구 막걸리 몇 잔 걸티구 왔디! 난 참 그런 줄은 깜빡 잊었드랬구먼, 허! 그러니 헐 수 있나, 다음 당(장)에는 꼭 사다 주디."

"여보, 그렇게야 남의 생각을 못해 주갔소?"

"아니! 생각을 못헌 게 아니라, 있는 댕기야 또 사올 거 없갔기 그랬디. 내가 님자 댕기 사오는 거 아까워 그랬간나? 그렇지 않어? 응, 순이!"

하며 현보는 순이의 허리를 껴안았다. 순간 술 냄새가 물씬 얼굴에 끼쳤다.

"아이구 망칙해라!"

"망칙은 무슨 망칙, 아무두 보는 사람 없는데!"

하고 현보는 성난 범처럼 덤벼들었다.

순이는 고무신 사다 준 것만도 다행으로 여겨, 아무 반항도 하지 않았다.

어느덧 열여드렛 달이 천마재 위에 비죽이 솟았다. 산 속은

괴괴하다. 나무 사이로 세차게 흐르는 달빛이 더욱 적막을 돋우었다. 숲 위에서 반짝이는 별들만이 순이와 현보를 지키고 있었다.

어디선가 간혹 접동새 울음이 들려왔고. 그것이 그치면 알지 못할 산짐승이 짝을 찾는 듯 구슬프게 우는 소리뿐이었다.

순이는 밤새도록 자지 않고 신만 신었다 벗었다 하였다. 신코가 뾰족 한 것도 신기롭거니와 휘어잡으면 한 움큼 되었다가도 손을 놓으면 팔딱 제 모양대로 돌아지는 것이 퍽은 재미스럽다. 순이는 버선 위에도 신어 보고 맨발에도 신어 보았다.

그는 참말 별안간에 하늘에 올라간 것만치나 기뻤다. 이런 신은 아무리 돈 많은 사람이라도 함부로 신을 것이 못 되어 보였다. 아랫마을에도 흰 고무신 신은 여편네라고는 구장댁 한 사람뿐인 것만 보아도 알 것이라고, 순이는 등잔을 끄고 그만 자리라고 자리에 누웠다가도 다시 불을 켜고는 고무신을 어루만져 본다. 그리고 이런 모든 것이 성황당님의 은덕이라고 믿는 것이었다. 순이는 시집올 때에 성황당 앞에서 배례하고 배필이 되기로 맹세한 것을 새삼스러이 행복되게 생각하는 것이었다.

순이는 이 세상 모든 재앙과 영광은 성황님께서 주장하는 줄로만 믿는다. 순이가 처음 시집 왔을 때 시어머니는,

“우리 집 일은 무엇이나 앞에 계신 성황님께 빌면 순순히 되는 줄만 알아라.”

하고 타이르던 것과 시중조부모 때에 한 번 성황님께 불공 안 했다가, 집이 도깨비불에 타고 말았다는 말까지도 잊혀지지 않았다.

순이는 지금 고무신을 신게 된 것도 틀림없는 성황님의 은덕이라고 믿는다.

이튿날 아침 순이는 먼동이 트기 전에 일어나서 신을 또 한 번 신어 보고는 밖으로 나와 이리저리 돌아가며, 돌을 주워 들고 성황당 앞으로 가 공손히 던졌다.

순이는 성황당에 돌을 던질 때가 가장 행복스러웠다. 돌을 여남은 개 던지고 나서는 고개를 수그려 합장 배례하고 잠깐 섰다가 집으로 돌아왔다. 그러자 현보도 잠이 깨어 옷을 걸치며 마당으로 나왔다. 숯가마에 일하러 가는 것이었다.

“곤허갔는데, 좀더 자구 가구래.”

순이는 고무신 사다 준 것이 생각할수록 고마워서 현보를 보고 발쭉 웃었다.

“괜찮어! 어서 가 보야디.”

현보도 순이를 보고 히쭉 마주 웃고 나서, 눈을 비비며 집 뒤 등마루로 올라간다.

숯가마는 고개 너머 산골짜기에 있었다. 현보가 한창 고개

를 올라가노라니까 순이는 생각난 듯이 큰소리로,

"여보! 여보!"

하고 급히 쫓아오며 현보를 불렀다.

"와 그래?"

"좀 왔다 가우! 왔다 가라구요!"

하고 순이는 소리를 질렀다. 이윽고 현보는,

"와 그루? 와 그래?"

하며 순이에게로 되돌아왔다.

"인자 갈 때 성황님께 비는 것 잊어버렸이요?"

"난 또 큰변 났다구!"

"그럼, 큰변 아니구요! 성황님께 불공 안 했다간 큰변 나는 줄 모르우?"

하면서 순이는 벌써 돌을 열 개나 남짓 모아다가 현보에게 주면서 던지라고 하였다.

현보는 돌을 받아서 공손히 던졌다. 그리고 나서 합장하였다. 현보는 다시 순이를 쳐다보며 웃고 나서 집을 떠날 때에 퍽 행복스러웠다. 나이 스물여덟이 되어서야 겨우 색시랍시고 코를 질질 흘리는 열네 살짜리 순이를 데려온 것이 어제 일 같은데, 순이는 벌써 열여덟이 되어서 이제는 제법 아내 꼴이 미였고, 게다가 기특하게도 남편에게 재앙이 없도록 성황님께 축수하기를 잊어버리지 않는 것을 보고는, 현보는 그지없이 마음이 흐뭇하였다.

현보에게는 이 천마령과 순이만 온 천하의 모든 것이었다. 순이만 있으면 현보는 조금도 외로울 것이 없었다. 그리고 또, 이 천마령에 있는 동안에는, 잡나무[雜木]도 끝이 없을 것이요, 그리고 보면 숯구이도 끝이 없을 것이니, 먹기 걱정은 영 없었다. 세상이야 어떻게 변동되건, 어떤 풍파가 일어나건, 그런 것은 현보에게 아무런 상관도 없었다. 세상 일로서 현보와 관계되는 것이 있다면, 그것은 오직 숯값 내리는 것뿐이었다. 그러나 그것도?

"제길! 제아무리 뭣하기로니 제놈들이 숯이야 안 쓰구 배겨날 수 있나 원!"

하고 생각하면 그것조차 걱정할 것이 없었다. 현보는 그저 행복스러웠다.

전나무, 잣나무, 박달나무, 물푸레나무, 떡갈나무, 소용나무……아름드리 나무, 나무들이 기운차게 활기를 쭉쭉 뻗고 별 겯듯 서 있는 숲 속을 거닐면서 현보는 다시 빙그레 웃었다.

무성한 나무 나무! 그것은 얼마나 친근한 현보의 벗이었으리요!

순이도 떼어버리고는 살 수 없을 만큼 사랑스럽다. 그러나 현보에게는 이 나무들도 순이보다 조금도 못하지 않게 사랑스러웠다.

봄이 오면 나뭇잎이 싱싱하게 생겨나고, 그래야만 현보의

마음에도 봄이 오는 것이었다. 친근하기로 말하자면 산은 말할 필요조차 없다. 온갖 나무를 키워주고 온갖 풀을 키워 주는 것이 산이 아니더냐?

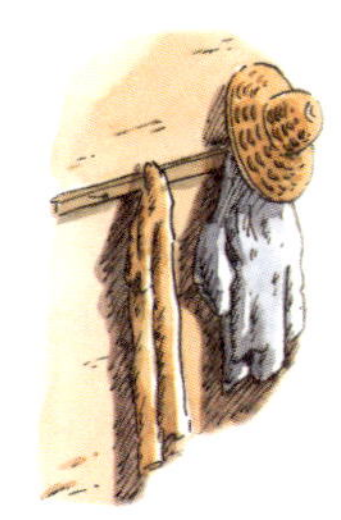

현보를 낳아 준 것도 산이었고, 현보를 먹여 살리는 것도 산이었고, 현보의 어머니가 마지막으로 돌아간 곳도 역시 산이 아니더냐?

현보는 산 없는 곳에서는 하루도 살지 못할 것 같았다. 이런 생각을 하는 사이에 어느 덧 현보는 숯가마에 다다랐다.

숯가마 속에는 그저께 차곡차곡이 모아 넣은 나무들이 그대로 있었다. 현보는 옆에 쌓여 있는 불나무[火木]를 도끼로 패기 시작했다. 도끼를 번쩍 들어 뒤로 견줄 때마다 턱 버그러진 구릿빛 앞가슴의 근육이 불끈 내솟았다가는, 도끼를 탁 내리갈기면 어깻죽지가 불쑥 부풀어오르고, 그와 동시에 장작이 땅 하고 두 갈래로 갈라지는 것이었다. 이렇게 한번 한번 내리갈길 때마다 도끼 소리는 쩌르렁 산에 울리고, 조금 있으면 또 저르렁 하고 맞은편 산에서 메아리가 들려오는 것이었다.

그리하여 현보는 혼자이면서도 장단 맞추어 둘이 일하는 때와 똑같이 조금도 힘이 들지 않았다.

한참 패고 나서는 하늘을 우러러본다. 해는 조반 때가 훨씬 겨웠다. 아침해는 벌써 천마령 꼭대기를 벗어났다. 현보는 이번에는 언덕길을 올려다보았다. 아직도 순이가 조반을 가져오는 것이 보이지 않는다.

패던 장작을 마저 패고 허리를 펴며 일어서니 이제껏 안 보이던 순이가 어느 틈에 눈앞에 나타났다.

"아아니, 금방 안 보이더니 어느 틈에 왔어?"

"쳐다보기에 나무 그늘에 숨었드랬디, 히히!"

"요, 앙큼한 것이……."

하고 현보는 때려갈길 듯이 을렀다메며 싱글 웃는다.

"힝!"

순이는 입술을 배쭉 내밀어 보이고 나서 현보를 따라 풀밭에 주저앉더니 바구니를 연다. 바구니 속에서는 강낭밥 두 그릇과 산나물이 나왔다.

그리고 맨 마지막으로, 삶은 감자 다섯 개가 나왔다.

"응! 웬 감잔구?"

"궐 자시라구 삶아 왔디, 히히헝!"

하고 순이는 연방 싱글벙글하였다.

"감자가 송구 남아 있었던가?"

"요것뿐야! 궐 생일날 쓰려던 걸 오늘 삶아 왔어!"

하고 순이는 수줍은 듯이 고개를 비꼰다.

현보는 눈물이 핑 돌도록 고마웠다.

조반을 마치자 현보는 지게를 지고 나무하러 산 속으로 들어가고, 순이는 숯가마에 불을 때기 시작하였다. 순이는 불나

무를 한 아궁이 그득히 지펴 넣고는 바구니를 끼고 나물하러
나섰다.

겨울이 어제 같더니 어느덧 산에는 맛나물이 두 치나 자랐
다. 이윽고 고사리도 돋아나리라고 생각하면서. 순이는 눈에
뜨이는 대로 맛나물, 알바꾸기, 소리채, 민들레…… 이런 것을
캐어서는 바구니에 넣고 한다. 그러다가는 다시 숯가마에 와
서 불이 스러지지 않도록 나무를 지펴 넣었다.

해는 중낮이 되었다.

별 결듯 빽빽이 서 있는 나무숲 속도 훤히 밝았다. 겹겹이
쌓인 숲 속에서는 졸졸졸 얼음 녹는 물이 흐르고 있다.

온 산은 적막 속에 잠겼다. 산새도 울지 않았다. 다만 보이
지 않는 곳에서 종달새 소리가 들려올 뿐이었고. 그것마저 구
름 속에 잠겨지자, 생각난 듯이 미라부리가 한 곡조 부르면서
멀리로 날아갈 뿐이었다. 순이는 나물을 캐다 말고 미라부리
사라진 먼 하늘을 고요히 우러러보고 있었다. 그런 때에는 순
이도 자연의 한 부분에 지나지 않았다.

산 속의 봄은 유난히 짧다. 뻐꾹새가 울어서 봄이 왔나 보다
하고, 한 겨울의 칩거(蟄居)에서 해방되어 산으로 오르기 시작
하면 벌써 두견새와 꾀꼬리가 노래를 부르고, 뒤이어 매미가
'맴맴맴 맴맴맴' 하고 한가로운 산 속의 여름날을 돕는다.

그러기에 산사람들에게는 봄보다도 여름이 더욱 친근하였

다. 하루하루 산은 무성하는 나뭇잎으로 무거워 가고 각색 새들의 노래에 산사람의 마음은 흐드러져 간다.

할미꽃, 앉은뱅이, 진달래가 한물 지나고, 도라지꽃, 제비꽃, 학이꽃, 범부채, 물구지, 소리채……가 먼저들 다투어 필 무렵이면 스러졌던 잔디밭에서도 새싹이 머리를 들고, 그러노라면 풀밭에서는 민충이, 식세리, 귀뚜라미가 노래를 부른다. 토끼가 춤을 추고, 여우, 노루가 양지쪽에서 낮잠을 자는 것도 그런 때이다.

한나절이 되자 날은 점점 무더워졌다. 사방이 병풍으로 휘두른 듯 산으로 감싸여 있었고 게다가 나무가 들어차서 바람 한 점을 얻을 수 없었다. 순이는 아궁이 속을 한참 휘저어 불을 되살리고 나니, 얼굴이 활활 달아오르고 전신에 땀이 물 흐르듯 하였다.

벌거벗은 위통에서도 젖가슴 사이로 땀방울이 줄줄 흘렀다.

순이는 나무를 듬뿍 지피고 나서는 저고리를 벗어 든 채 개울가로 내려왔다. 그래서 그는 치마와 베바지마저 훨훨 벗어 돌 위에 내던지고 첨벙 물 속으로 뛰어들었다. 산골 물은 옥구슬처럼 맑고 얼음처럼 차가웠다. 순이는 젖통까지 물 속에 잠가서 두 손으로 물을 앙구어 세수를 하고 나서는 어깨와 목덜미에 물을 끼얹고 그리고는 앞가슴을 씻었다. 한참 멱을 감고 나니 몸은 날 듯이 가벼워졌다.

순이는 물에서 나와 몸을 말리고 나서 옷을 입으려고 바위에 앉으려니, 바위가 몹시도 따가워 찬물을 두어 번 끼얹고 앉았다.

이제껏 맑던 하늘에 어느새 검은 구름이 한두 점 나타났다. 소나기가 오려는가 하고 고개를 드니 천마령 위에서는 먹장 갈아부은 듯한 구름이 자꾸 솟아올랐다. 순이는 어서 소나기 내리기 전에 숯가마에 나무를 듬뿍 지펴 넣어야겠다고 생각하면서 부산히 옷 둔 곳으로 달려와 보니 분명히 돌 위에 놓아둔 옷이 없어졌다. 혹시 딴 데 놓지 않았나 하고 벌거숭이 채로 이리저리 아무리 찾아도 보이지 않는다.

"숯가마에 벗어 놓구 왔나?"

하면서도 분명히 숯가마에는 벗어두지 않아서 아래위로 샅샅이 찾아보아도 보이지 않았다. 순이는 '귀신이 곡을 할 노릇' 이라고 혼자 안타까워 돌아가노라니까 저편 숲 속에서,

"하하하하하!"

별안간 커다란 웃음소리가 들려왔다. 순이는 깜짝 놀라 본능적으로 아래를 가리며 맞은편 언덕을 쳐다보니 숲 속에서는 당꼬바지 입은 산림 간수 김주사가 자지러지게 웃으면서 순이의 옷을 쳐들어 보이고 있었다.

"제길! 망할 쌍놈어 새끼!"

순이는 속으로 이렇게 욕하며

"입성 갖다 달라요 거!"

하고 커다란 소리로 고함쳤다.

"이거 입성 아니가! 갯다 입갔디! 누구래 입딜 말래나?"

하고 김주사는 여전히 빙글빙글 웃었다.

"놈으 입성은 와 개갔소, 와 개가시오?"

"내래 개왔나, 뭐?"

"고롬 누구래 개가구? 날래 갯다 달라구요, 여보!"

"갯다 입갔디, 누구래 갯다꺼정 줄꼬?"

"글디 말구, 갯다 주구래, 여보!"

"자, 이놈어 송화(성화)야 받아 주나?"

하고 김주사는 순이의 옷을 들고 개울가로 내려온다,

"싫어요! 오디 말아요! 아이구 망칙해 죽갔다!"

김주사가 가까이 오자 순이는 돌아서며 발을 동동 굴렀다.

"자, 이런 송화가 있나! 입성 갯다 달라기 개져가문 또 오디 말라구? 그럼, 난 몰루."

하고 김주사는 풀밭에 옷을 던진다.

거기 놔 두구, 더어기 멀리루 가라구요!"

"가구 안 가구야 내 맘이디 머!"

"글디 말구, 어서 더어기 가라구요. 점단은(젊잖은) 양반이 거 뭘 그루."

"허, 이거 참!"

하며 김주사는 숯가마 쪽으로 몇 걸음 걸어간다. 김주사가 옷 있는 곳에서 멀리 간 다음에 순이는 얼른 옷을 입으려고 뛰어갔다. 그러자 그와 동시에 김주사는 순이에게로 달려오면서,

"뛰어 뛰어 이놈의 멧돼지 봐라! 뛰어 뒤!"

하고 무슨 산짐승이라도 몰아 쫓듯이 두 팔로 훠얼훨 활개를 치며 달려왔다.

순이가 재빠르게 바지를 주워 입자, 달려온 김주사는 순이의 저고리를 빼앗아 들었다.

"글디 말라요, 여보! 점단은 양반이 거 뭘 그루?"

"난 점단티 못해!"

"조고리 날래 달라요, 여보!"

"멀 줘! 길에서 얻은 조고릴 내래 와 줄꼬?"

"어서 달라구요!"

하고 순이는 짜증을 내면서 위통을 벗은 채 김주사에게 덤벼들었다.

"글쎄, 못 준대두"

하고 김주사는 저고리를 등뒤로 돌리면서 연적처럼 토실토실하고 고무공처럼 탄력 있는 순이의 젖통을 검칙스러운 눈으로 바라본다.

"어서 달래는데 그래요!"

"그럼, 줄 테니, 내 말 듣갔나?"

“말은 무슨 말이라구 그루, 어서 달라요!”

“글쎄, 내 말 듣갔어?”

“응! 들을 거니 조고린 주구래!”

“정말 듣디?”

“응! 들어.”

“거짓부리 아니디?”

“정말 들을 거니 조고린 달라요!”

김주사는 그제야 만족한 듯이 빙그레 웃으면서 순이에게 저고리를 건네주었다. 순이는 저고리를 다 입고 나서,

“흥! 개떡 겉다. 누구래 말을 들을 줄 알구!”

하고 획 돌아서더니 숯가마께로 힝하니 달아난다.

“순이! 정말 이러기야?”

하고 김주사는 잠깐 멍하니 선 채 순이의 뒷모양을 바라보다가 별안간 순이 뒤를 따라온다.

순이는 숯가마에 다 닿자 씁쓸하니 시치미를 떼고 아궁이에 장작을 몰아 넣는다.

아까부터 퍼지기 시작한 검은 구름이 이제는 하늘을 휘덮고 서늘한 바람이 획 지나간다. 굵은 빗방울이 드문드문 떨어진다. 산에서는 별안간 나뭇잎 갈리는 소리가 소란하였다.

덮눌러 온 김주사는 순이에게로 와락 달겨들더니 가쁜 숨으로,

“순이! 정말 말 안 들을 테야!”

“누구래 말을 듣잤다기 추근추근이래?”

“분홍 갑사저고리 사줄 테니, 말 들어 응!”

“싫어 글쎄! 분홍 갑사저고리 누구래 입잤대기! 흥!”

하면서도 아닌게 아니라, 순이는 분홍 갑사저고리가 입고 싶지 않은 것은 아니었다.

그러나 순이는 김주사의 행실머리가 아니꼬웠다.

현보네 집에 늘 놀러오는 사람 중에 순이를 눈에 걸고 있는 사람이 둘이 있었다. 하나는 김주사이고, 또 한 사람은 산 너머 광산에서 일하는 칠성이었다.

칠성이는 동벌이는 김주사만 못해도 생긴 품은 김주사 열 곱 잘생겼다. 그러기에 순이는 마음을 허하자면 김주사보다는 오히려 칠성이 편이었다. 칠성이가 오늘처럼 이런 곳에서 시달린다면— 하고 생각하다가, 순이는 속으로 고개를 설레설레 흔들었다.

‘칠성인 다 뭐래. 현보가 있는데.’

김주사는 잠깐 궁리하다가,

“정말 싫으니?”

“정말 싫어요!”

소나기는 내리붓기 시작하였다. 거기 따라 순이의 마음도 점점 굳세어 갔다. 순이와 김주사는 숲 속으로 들어가서 비를 그었다.

“너 나허구 틀렸다가는 큰일날 줄 모르니?”

“흥! 난 그까짓 큰일 무섭디 않아!”

“정말? 너의 현보가 오늘두 소나무 찍는 것을 내 눈으루 보구 왔는데두?”

“그래, 소나무 찍었으문 와 어때?”

“너, 올봄부터 허가 없이 소나무를 찍었다가는 징역 가는 법이 생긴 줄 모르니?”

“알문 어때? 빌어먹을! 다 성황님이면 고만이지 뭘 그래.”

순이는 순이대로 김주사가 엄포할수록 저도 뻗대었다. 법이라는 것이 은근히 무섭지 않은 것도 아니지만 그렇다고 김주사 따위에게 슬슬 기고 싶지는 않았다.

그까짓것 성황당에 축수만 하면 그만이 아니냐 싶었던 것이다.

“순이! 그러지 말어! 내가 모르는 체하구 눈감아 줄 테니 내 말 한번만 들어!”

“난 싫대두 그래!”

“그럼, 현보 징역 가두 좋은가?”

“징역을 와 가? 뭣 때문에 힝!”

순이는 입술을 비쭉 내밀어 보였다. 그러자 김주사는 하도 예뻐 못 참겠다는 듯이 순이에게로 달려들어 허리를 휘어감으려 하였다. 순이는 그 순간 날쌔게 몸을 비키었다.

비는 체굽으로 받듯 내리쏟았다. 숲 속에도 빗방울이 떨어지기 시작하였다. 김주사는 또 잠깐 겸연쩍은 듯이 가만히 서

있다가,

"정말 안 들을 테냐? 똑똑히 말해 봐!"

그렇게 다지는 두 눈은 쌍심지를 켠 듯 몹시 충혈되었다. 음성은 왁살스럽고도 거칠었다. 그러나 순이는 범을 보고도 놀라지 않고 자라난 탓으로 아무렇지도 않은 듯이,

"글쎄 백번 그래야 소용없대두."

하고 도리질을 하였다.

그 말을 듣자 김주사는 성난 표범처럼 순이에게로 덤벼들어 순이를 휘어 넘기려 하였다. 순이는 휘끈 뒤로 자빠지려던 다리에 힘을 주어 떡 버티고 서며, 붙잡힌 저고리 소매를 낚아채려 하는 순간에, 벌써 사내의 뜨거운 입술이 이마로 와 닿았다. 순이는 더 참을 수 없어,

"쌍 개 같은 놈어……."

하면서 눈알이 빠져라고 사내의 면판을 휘갈기고, 제비같이 날쌔게 숲 속으로 뛰어나와 채굽 받듯 하는 비를 맞으며 언덕 길을 휙휙 달리어 집으로 돌아온다. 숲 속에서는 뺨 맞은 사내가 달아나는 순이의 뒷모양을 노려보면서,

"이년, 두고 보자!"

할 뿐이었다.

비는 좍좍 내리쏟았다. 비안개에 싸여 산도 하늘도 보이지 않았다. 만산이 한참 흐드러지게 웃는 것처럼 나뭇잎 와슬렁거리는 소리뿐이었다.

한참 언덕을 오르던 순이는 사내가 따라오지 않는 것을 알자, 발을 멈추고 코로 입으로 흐르는 빗물을 씻었다. 그리고 나서 상그레 웃으며 뒤를 돌아보고는 다시 언덕을 추어 오른다.

순이는 비가 좀더 억수로 퍼부었으면 싶었다. 비가 퍼부으면 퍼부을수록 마음이 튼튼해질 것 같았다. 고개를 다 올랐을 때에는 순이는 모든 것을 깡그리 잊어버리고, 집에 가면 흰 고무신 신어 볼 생각에 마음은 날뛰었다. 발부리에서 메추리가 포드드드 날아갔다.

비는 자꾸만 자꾸만 퍼부었다.

이틀이 지나자 산림간수 김주사가 읍내 순경과 함께 현보를 잡으러 왔다. 현보는 아무 말도 못하고 얼빠진 사람처럼 한참을 발부리만 내려다보고 있었고 따라온 김주사만이 뜻 있는 웃음을 빙글빙글 순이에게 건네고 있었다.

순이는 어안이 벙벙하였다.

"날래 가! 빨리 빨리!"

하는 순경의 재촉에 마지못하여 현보는 무거운 발길을 옮겨 놓으면서, 글썽글썽 눈물 괸 눈으로 순이를 돌아다본다. 순이는 현보와 눈이 마주치자 울음이 복받쳐올랐다. 그럴 줄 알았더라면 김주사 말을 들어 주었던 편이 더 좋았을 걸 하고 후회하였다. 그러나 그보다 더 큰 후회는 그저께 그 길로 돌아오면서 성황님께 빌기를 잊어버린 것이었다. 그때 성황님께 한번만이라도 빌었다면 오늘 같은 일은 일어나지 않았을 것이 아니냐?

현보는 도수장으로 끌려가는 늙은 소 모양으로 고개를 수그리고 앞서서 읍으로 걸어간다.

순이는 참다 못해서,

"언제쯤 돌아올까요?"

하고 순경에게 간신히 물었다.

"한 십 년 있다 올 줄 알아!"

하고 순경은 혼자 씩 웃는다.

순경이 웃을 적에는 대단한 죄는 아니라고 짐작은 하면서도, 십 년이라는 말에 눈앞이 아뜩하였다.

"너 이전 또 시집가야 갔구나!"

김주사는 몹시 비꼬는 웃음을 보내며 지껄인다. 순이는 아무 대꾸도 하지 않고 입 속으로,

"이놈, 두고 보아라! 내래 성황당님께 빌어서 네 놈을 망덕을 허게 헐적을……."

하고 중얼거렸다.

순이는 현보가 보이지 않을 때까지 집 앞에서 있었다. 마침내 현보의 뒷모양이 안계에서 사라지자, 순이는 참았던 울음보가 탁 터져서 목을 놓아 통곡하였다.

단둘이 살던 살림에 현보가 잡혀갔으니 누구를 믿고 살 것이랴, 순이는 맘껏맘껏 울었다. 이런 때에는 아이라도 있었으면 하고 생각하니 새삼스러이 현보가 잡혀간 것이 슬펐다.

그러나 잡혀간 것은 하는 수 없는 일이고, 이제부터는 몇 해만에 나오든지 나오는 날까지 혼자서 벌어먹어야 할 것을 생각하고, 순이는 한낮이 겨우자 숯가마로 갔다. 순이는 전에 현보가 하던 모양대로 도끼를 들어 장작을 패고, 틈틈이 겨울 준비로 도라지, 고사리 같은 산나물도 캐 모았다. 순이는 여느 날보다 퍽 늦어서야 집에 돌아왔다. 집에 와 보니 김주사가 능청맞게 아랫목에 자빠져서 기다리고 있었다.

"순이 인제 오는 게야? 오늘은 늦었구먼!"

하고 사내는 현보를 잡아갈 때와는 딴판으로 다정한 태도를 보인다.

순이는 속으로,

"이 자식이 왜 왔어?"

하면서도 행여 현보의 소식을 알 수 있을까 싶어서,

"벌써 읍내까지 갔던 거요?"

하고 공손히 물었다.

“아니, 난 읍엔 안 갔어!”

“그럼 우리 쥔은 어떻게 됐소?”

“경찰서까지 가게 되었디.”

“언제쯤 나오게 될까요?”

“그야 내 말에 달렸디!”

하고 김주사는 순이를 빤히 쳐다본다.

순이는 속살로 ‘네 까짓거!’ 하고 아니꼽게 생각하면서도 잠자코 있었다.

김주사는 몇 날 전에 산에서 한 짓을 사죄하라는 것과, 그리고 이제라도 제 말을 들으라는 것쯤은 순이로서는 눈치챌 수 있었지마는, 행차 뒤에 나팔 격으로 이제는 일이 글러지고 말았으므로, 순이는 자꾸 엇나가고 싶었다.

“정말 순이가 안타깝다면 현보를 내일루래두 내보내줄까?”

김주사는 순이가 저만 보면 슬슬 길 줄 알았는데 뜻밖에도 쓴 도라지 보듯 하니까, 적잖이 실망하는 모양이었다. 그래 제 편에서 먼저 수작을 붙이는 것이었다.

“난 괜찮아요. 근심 말구, 거저 십 년이고 이십 년이구 맘대로 둬둬주.”

“허! 말룬 그래두, 속에서는 불이 날 터이지?”

"불커녕 화두 안 납무다."

"순이! 그러디 말어 응! 내가 말 잘
해서 니어 내보내 주게 하디."

"……."

그 말엔 순이도 대꾸를 않았다.

한참 침묵이 계속되었다. 바깥은
차차 캄캄해 왔다. 하늘에는 별이 총
총 떠서 열어 놓은 문으로 북두칠성이 마주 보였다. 바로 집
뒤에서 는 접동새가,

"접동 접동 해오래비 접동!"

하고 처량히 울었다.

순이는 김주사가 현보를 고자질한 것을 생각하면 이에 신물
이 돌아서 공알 주먹으로 목덜미를 한 개 쥐어박고 싶었지마
는, 열도깨비 복은 못 주어도 화는 준다고, 그러다가 또 어떤
작패를 부릴는지 몰라 어름어름해 두었다. 그랬더니 사내는
좀처럼 돌아갈 생각은 아니하고 진기를 쓰고 있어 순이는 점
점 울화가 치밀었다. 그까짓 김주사 같은 사내 하나쯤 덤벼든
대야 조금도 겁날 것은 없지마는, 저편에서 덤벼드는 판이면
순이도 가만 있을 수 없으니, 그것이 성가시었다.

"현보가 나오구 못 나오구는 내 말 한마디면 그만인데. 순인
와 그리 고집을 부리누?"

김주사는 다시 수작을 붙였으나 순이는 건으로 잠자코 있

255

었다.

“순이! 현볼 내일 놔주도록 해줄까?”

하며 김주사는 순이의 치마폭을 슬며시 잡아당겼다.

“인 놔요!”

순이는 치마를 낚아채었다.

“흥! 내 말 안 들어야 순이에게 손해 될 것밖에 있나?”

사내는 멋쩍게 싱글 웃고 나서 담배를 피워 문다. 순이는 움도 쿰도 없이 덤덤히 앉아 있었다. 여름밤은 덧없이 깊어갔다. 순이는 사내가 어서 가 주었으면 싶었다. 현보가 없기 때문에 이런 작자가 염치없게도 밤중에 와서 지근덕대는구나 생각하니 새삼스러이 현보가 그리워지며 울화가 치밀었다.

“인전 잘래요! 어서 가라우요?”

순이는 사내에게 톡 쏘아붙였다.

“이 오밤중에 가긴 어딜 가란 말야?”

“못 가면 어쩔 테요?”

“여기서 순이허구 자구 가야겠는걸!”

“흥, 비위탁이 삼백은 살겠다. 어서 가요!”

“이 캄캄한 밤에 어딜 가란 말야, 글쎄?”

“궐네네 집으루 가라요!”

“그럼, 순이 데려다주겠나?”

“흥! 별꼴 다 보갔다.”

순이는 사내에게 눈을 흘겨 보이고는 밖으로 달아나왔다.

순이는 어둠 속에서 돌을 주워 가지고 또 성황당 앞으로 가, 성황님께 현보가 속히 나오게 해달라고 빌었다. 그는 몇 번이고 허리를 굽신거리며 큰절을 하였다.

그러는 동안에 어둠 속에서 발자국 소리가 나더니 문득 ‘에헴!’ 하는 기침 소리가 들려왔다.

칠성이가 현보 잡혀갔다는 소리를 듣고 산 너머에서 찾아온 것이었다. 순이는 김주사의 농락을 받고 있는 지금에 칠성이가 찾아와 준 것을 퍽 다행하게 여겨서 이내 방으로 데리고 들어왔다.

김주사는 순이가 이제나 들어올까 저제나 들어올까 하고 눈이 감도록 기다리던 판에 웬 낯선 사내를 데리고 들어오니까, 일변 실망하고 일변 겁을 집어먹으며 눈만 껌벅이고 있었다.

“혹깨(퍽) 어둡디요?”

하고 순이는 김주사 보란 듯이 칠성이에게 상냥히 말을 걸었다.

그러나 칠성이는 칠성이대로 알지 못하는 사내가 방에 혼자 앉아 있는데 놀라 얼른 대답을 못하고 멍하니 앉아 있었다. 허나 다음 순간 칠성이는 즉각적으로 눈치를 채자 모진 눈으로 김주사를 노려보았다.

칠성이가 들어오자, 김주사는 침 먹은 지네가 되는 것을 보고 순이는 웃음을 참지 못하였다.

산속의 밤은 접동새의 울음 속에 깊어 갔다. 무한한 적막이

깃들어 있는 깊은 산이건마는, 그러나 순이를 에워싸고 희미한 등잔 밑에 마주 앉아 있는 두 사내 사이에 오고 가는 시선은 각일각으로 일촉즉발의 위기를 띠어 갔다. 아연같이 무거운 공기 속에서 칠성이와 김주사는 제각기 눈앞에 폭풍을 깨달으면서 호흡까지 죽이고 있었다.

"웬 사람이오?"

드디어 김주사는 질식할 긴장을 이겨낼 수가 없어 혼잣말 비슷이 중얼거리며, 순이와 칠성이를 번갈아 보았다.

"산 너머 있는 칠성이네야요."

하고 순이는 칠성이를 쳐다보면서 대답을 가로맡았다. 김주사는 칠성이가 쭈그리고 겁먹은 듯이 앉아 있는 것을 보자 한층 깔보았는지,

"무슨 일이 있어 왔나? 이 밤중에……?"

하고 제법 위엄있게 반말로 대들었다.

"일은 무슨 일이갔소? 거저 마을돌이 왔디요."

이번에도 순이가 가로맡아 대답해 주었다.

"일두 없이 밤중에 남으 여편네 혼자 있는 데를 와?"

하고 김주사 어조는 더한층 높았다.

"대관절 당신은 어떤 사람인데?"

마침내 잠자코 있던 칠성이가 약간 떨리는 소리로 침착히 반문하였다. 싸움을 사려는 말투였다. 칠성의 주먹은 어느덧 굳게 쥐어져 있었다.

칠성이가 별안간 큰소리를 치고 나서는 바람에 김주사는 잠시 찔끔 해 있다가,

"나? 난 산림간수야! 현보가 산림법칙을 위반해서 조사할 것이 있어 왔어."

"산림간수는 남의 여편네 혼자 있는 밤중에 조사를 해야 맛인가?"

칠성이는 가슴을 약간 앞으로 솟구며 따지고 들었다.

"그야 조사할 필요만 있으면 언제든지 조사하는 규칙이지……."

"세상에 그런 빌어먹을 규칙이 어디 있단 말이냐?"

이번에는 칠성이가 정면으로 김주사를 노려본다. 순이는 꼼짝 않고 앉아 있었다.

"예끼, 고약한 놈! 그런 말버르장머리가 어딨니? 아무리 불학무식한 놈이기로니!"

"이 자식아! 뭐 어째? 유식헌 놈은 똥이 관을 쓰구 나오니?"

칠성이는 상반신을 일으켜 김주사 앞으로 다가갔다.

"이놈아!"

김주사는 고함을 치며 칠성의 따귀를 번개같이 때려갈겼다.
그와 동시에,

"이 간나새끼 어디 보자!"

하기가 무섭게 칠성이도 김주사 멱살을 추켜잡았다. 김주사
도 칠성이를 맞잡았다.

다음 순간 둘은 서로 엎치락뒤치락 뒤채었다. 그 바람에 등
잔불이 휙 꺼졌다. 별안간에 방안은 수라장이 되었다.

"아이구머니!"

순이는 외마디 소리를 부르짖으면서 밖으로 뛰어나왔다.

"아코!"

"에이 쌍!"

"아코 아고고……."

하는 비명이 방안에서 연방 들려 나왔지만 순이는 그 목소
리가 누구인지도 분간하지 못하였다. 순이는 어쩔 줄을 몰라
발만 동동 구르며,

"아이구테나! 아이구테나!"

하다가, 문득 성황당 생각이 나서 느티나무 밑으로 부리나
케 달려오더니,

"성황님! 성황님! 데 쌈을 좀 말려 주십사!"

하고 두 손을 싹싹 비비었다.

방안에서는 아직도 '에이 쌍, 에이 쌍!' 하는 소리가 연방 들
려나왔다.

이틀이 지나도 사흘이 지나도 현보는 돌아오지 않았다.

칠성이는 저번날 밤 김주사와 싸우고 가서는 나흘째 오지 않았다. 떠도는 말에 의하면 칠성이는 김주사 머리에 상처를 입혔기 때문에 그날 밤으로 어디론지 도망을 치고 말았다 한다.

순이는 낮이면 산나물을 하였고, 밤이면 성황당에 치성을 드리면서 그날 그날을 보내었다. 현보가 잡혀간 뒤로는 숯은 한 가마를 구웠을 뿐이었다.

순이는 저녁에 집에 돌아올 때처럼 쓸쓸한 적이 없었다. 여느 때 같으면 현보와 함께 돌아와서 저녁도 마주 앉아 먹을 터인데, 이제는 혼자 오도카니 앉아 먹자니 밥이 목구멍을 넘어가지 않았다.

순이는 나물을 하다가도 숲 속에서 장끼와 까투리가 서로 꾸둑거리며 희롱하는 것을 보고는, 문득 현보 생각이 머리에 떠올라 한참은 우두커니 서서 지나간 일을 회고해 보는 것이었다.

그러나 숲 속에서 꾀꼬리가 울고 뻐꾸기가 울고, 미라부리가 울고 할 때에는 순이의 마음은 평화스러웠고, 도끼를 드는 팔에도 힘이 넘쳤다.

산에만 오면 순이는 어머니 품속에 안긴 것처럼 마음이 듬뿍하여 온갖 새들과 함께 노래 부르고 싶었다. 새들의 노래를 들을 때에는 순이의 마음에는 슬픔이라고는 손톱만치도 없었다. 나무가 무성히 자라고 새들이 노래 부르는데, 순이의 가슴

에 검은 구름이 있을 턱 없었다. 그런 때에는 순이는 현보도 성황님 덕택에 이내 나올 것을 굳게 믿는 것이었다.

그러나 해가 저물고 산골짜기가 어두움에 잠기면 순이의 마음도 어두워졌다.

제 둥지로 돌아가 는 까마귀가 어쩌다가 순이네 집 위에서,

"까우! 까우!"

하고 울 때면, 순이의 마음은 납덩이같이 무거워졌다, 옛날부터 저녁 까마귀가 울면 집안이 불길하다는 것을 순이도 알기 때문이다. 순이는 현보가 내일도 돌아오지 못하려는가, 정말 십 년씩이나 갇혀 있게 될 것인가 하고 머리를 쥐어짜며 생각하다가, 마침내는 벌떡 일어나서 성황당으로 달려간다.

그런 때면 순이는 성황당 앞에 엎드려 오래오래 치성을 드리는 것이었다. 순이는 모제기(샛별)가 서편 하늘에 퍽 기울어진 때에야 잠자리에 누웠다. 허나 어쩐지 잠이 오지 않았다. 눈을 감고 있노라니 현보와 칠성이와 김주사의 얼굴이 제각기 나타났다. 순이는 아까 산에서 장끼와 까투리가 장난치던 것을 생각하고 이내 언젠가 현보가 장에서 고무신 사오던 날 저녁 일이 기억에 떠올랐다. 그래서,

'이번에 나오면, 현보하구 둘이서 성황님께 아들 낳게 해달

라구 빌어야지'

하고 혼자 궁리하다가 씩 웃었다.

괴괴한 밤이었다. 순이는 낑 하고 돌아눕다가 문득 귓결에,

"응응응응응......"

하는 소리를 듣고 머리를 번쩍 들었다.

'여우가 울어?'

순이는 가슴이 또 철렁 내려앉았다. 여우가 울 때에, 그 입을 향한 곳에는 반드시 흉사가 있다기에, 순이는 벌떡 일어나서 문 밖으로 뛰어나와 어딜 향해 우는지 알아보려 하였다. 그러나 토방에 서서 귀를 기울였지마는, 울음소리만 듣고는 어딜 향하고 우는지 알 수가 없었다. 그저 꼭 순이네를 향하고 우는 것만 같았다.

'현보가 영 못 나오려나?'

순이의 가슴은 점점 미어져 왔다. 순이는 성황님께 무슨 죄를 지었던가 스스로 생각해 보았다. 그리고, 역시 성황님께 정성이 부족한 탓에 까마귀가 울고 여우가 방정을 떠는 것이라고 믿었다. 까마귀나 여우나 모두가 성황님의 마음대로 되는 것이라고 순이는 믿었던 것이다.

그래 순이는 다시 성황님으로 모신 느티나무 아래에 와서 무릎을 꿇고 앉아 손을 비비었다. 순이는 참된 마음으로 성황님께 사죄를 하였다. 한 시간이 지나고, 두 시간 세 시간이 지났건만 순이의 마음에는 오히려 부족하여, 그는 하룻밤을 치

성으로 꼬박이 밝혔다. 그랬더니 이튿날 아침 순이의 마음은 도로 명랑하여졌다.

아침 볕에 무르녹은 녹음을 보면 순이의 마음은 옥구슬같이 맑아진다. 순이가 막 집을 나서 숯가마로 가려는데 난데없던 까치 두 마리가 순이네 지붕 위에 날아와 앉더니,

"까까까까까……."

하고 열성스럽게 짖었다.

"옳다. 됐다!"

순이의 눈은 기쁨에 이글이글 빛났다. 아침 까치가 짖으면 손님이 온다는데, 아마 오늘은 현보가 돌아오려나 보다 싶었다.

현보가 오면 무엇부터 이야기할까? 김주사 이야기, 까마귀 이야기, 여우 이야기, 장끼와 까투리가 놀던 이야기…… 모두 신기스러운 이야기 재료 같았다. 아니 그보다도 성황님이 얼마나 신령하시다는 것을 말해서 둘이서 아이를 점지해 주도록 축수를 하리라 하였다.

순이는 기쁨에 일이 손에 붙지 않았다. 개금아리가 갈갈갈갈 하기만 하여도 고개를 들고 멍하니 섰곤 한다. 그러다가는 현보가 오지 않나 하고 언덕길을 내려다보곤 한다.

한낮이 겨우자 더위는 찌는 듯하였다.

순이는 위통을 벗은 채 나물을 하다 말고, 그늘 진 풀밭에 펄썩 주저앉았다. 바로 머리 위에서 산비둘기가 '구우구우' 하

고 울었다. 순이는 고개를 들어 비둘기를 찾았다.

소나무 가지에서는 두 마리의 비둘기가 서로 주둥이를 맞대 보기도 하고 머리를 비비기도 한다. 순이는 멀거니 그것을 쳐다보고 있노라니, 가슴은 공연히 쓸쓸하였다. 오늘도 현보가 돌아오지 않으려는가 싶어 한숨을 쉬면서 먼 하늘을 우러러보았다. 바로 그때,

“순이!”

하고 어디선가 부르는 소리가 들렸다.

순이는 꿈인가 놀라며 성큼 일어서니, 맞은편 숲 속에 칠성이가 서 있었다.

“아! 칠성이네! 어디로 도망을 갔다더니?”

순이는 반가웠다.

그렇지 않아도 저 때문에 칠성이가 죄를 짓고 도망을 갔대서 미안히 여기던 판이었는데, 뜻밖에 만나니 참말 반가웠던 것이다.

“나 말이야, 순이! 그 동안 한 삼백 리 되는 곳에 도망을 갔드랬어! 그 자식 대가리를 깨뜨려 주었거든! 그래서 도망을 가기는 갔지만, 암만 해도 순이 생각을 잊을 수가 있어야지. 그래 순이를 데리러 왔어!”

하고, 사내는 순이에게로 가까이 다가왔다.

순이는 저고리를 입으면서,

“아이구 망칙해라! 내래 와 칠성이닐 따라갈꼬!”

말은 그러나, 저를 생각
해 주는 마음씨가 노상 싫 
지는 않았다.

"안 가믄 어쩌누? 현보는 언제 나올지도 모르는걸……."

"와 몰라! 오늘은 나올 텐데!"

"오늘 …… 흥! 적어두 삼 년은 있어야 해!"

"삼 년?"

이번에는 순이가 놀란다.

"그러티! 삼 년은! 그러니 그동안 순이 혼자 어떻게 사누?
그러기 현보 나올 동안 나허구 같이 가 있자구."

"……."

"그뿐인가. 인제 현보가 나온대두 다른 벌이를 해야지, 숯구
이는 못하거든!"

"와, 어드래서요?"

"숯두 말야, 이제부터는 검사를 하거든. 법에 가서 검사를
하지 않고는 못 팔아먹는대. 그 검사가 오줄기 어렵다구!"

"누구래 그릅더까?"

"누군 누구야! 다 그러는데! 발쎄 신문에두 났다는걸."

순이는 점점 안타까워서,

"그까짓 법이 뭐기! 성황님께 빌면 그만이지."

하고 혼자 짜증을 내었다.

"성황님? 흥, 어디 잘 빌어 봐. 되나 안 되나!"

순이는 어찌할 도리를 몰랐다.

"순이! 내래 발쎄 순이 입성 다 해가지구 왔어. 이것 좀 봐!"

하고 칠성이는 손에 들었던 보퉁이를 풀기 시작한다.

순이는 잠자코 보퉁이만 쳐다본다. 보퉁이 속에서 분홍 항라적삼과 수박색 목 메린스 치마가 나오는 것을 보고 순이는 눈이 휘둥그레진다.

"이거 다 순이 입을 거야!"

하고 칠성이가 순이 앞에 옷을 내미는 순간, 순이는 기쁨을 참을 수 없어 빙그레 웃으면서 집에 있는 흰 고무신을 생각해 보았다. 그것을 다 갖추어 입고 나서면 그까짓 장끼 지치쯤 어림도 없어 보였다.

"어서 입어 보라구!"

그 말에 순이는 치마 저고리를 입었다. 순이는 기쁨에 날뛰었다. 산 속이 갑자기 환해지는 것 같았다.

"순인 참 절색이야!"

하고 감탄하며 칠성이는 순이의 손을 끌어당겼다. 순이는 가만히 생글생글 웃기만 하였다.

"구우구우구우."

산비둘기가 또 울었다. 지금 순이에게는 칠성이가 현보와 똑같이 정답게 보였다.

"구우구우구우."

산비둘기가 울 때마다 순이의 가슴은 화로 위에 눈덩이처럼

슬슬 녹아내렸다.

그날 저물녘 순이는 칠성이를 따라 먼 길을 떠났다. 머리에는 붉은 댕기를 드리고, 게다가 분홍 항라적삼과 수박색 치마를 떨쳐 입고, 흰 고무신까지 받쳐 신고 나서니, 순이는 세상에 부러울 것이 없었다.

발을 옮겨 놓을 때마다 걸음걸음에 치마폭 너풀거리는 것이 제가 보기에도 무지개보다도 고왔다.

"빨리 가자구! 어둡기 전에 백 리는 내대어야겠는데……."

칠성이는 걸음을 재촉하였다. 순이와 칠성이는 다 저녁 때에야 삼백 리 길을 떠나게 되었던 것이다.

밤길이 불편은 하지만, 낮에는 아차 잘못하여 김주사 눈에 띄면 큰일이기 때문에 일부러 밤을 택하였다.

순이는 가벼운 걸음으로 삼십 리는 언뜻 걸었다. 그러나 천마령 고개를 다 넘고 들길로 접어들자, 순이의 마음은 점점 불안스러워졌다.

"엉야! 좀 쉬어 가자구요!"

순이는 애원하듯 말하였다.

"다리가 아픈가 머?"

"아니! 그래두……."

"쉬어 가디! 순인 그래두 풀밭에 마구 앉진 말어! 입성에 풀물 오르면 안 돼!"

"그럼 어떡하노?"

"그래두 서서 쉬어야디."

한참 순이는 말이 없었다.

"칠성이를 따라가는 것이 옳을까?"

순이는 풀밭에 주저앉고 싶었다. 그러나 풀밭에 주저앉으면 안 된다고? 순이는 불안스러웠다. 장차 알지도 못하는 지방으로 가는 것이 더더구나 불안스러웠다.

"이제 가는 데두 산이 많은가요?"

하고 순이는 물었다.

"산이 머야! 들판이디! 그까짓 산 댈까!"

"그럼 노루나 꿩 같은 건 없갔구만요?"

"없구말구!"

"부엉이랑 뻐꾸기 같은 것두?"

"그 따우두 다 없어! 그래두 사람은 많디! 살기 좋은 곳인 줄만 알갔디!"

"고사리, 도라지 같은 산나물은 있나?"

"산이 없는데 그런 게 어떻게 있누! 글쎄 근심 말어! 썩 좋은 데 데리구 갈 터이니."

그러나 순이는 기분이 내키지 않았다. 가는 곳이 아무리 좋다 해도 산이 없고 나무가 없다면, 그 허허벌판에서 무엇에 마음을 의탁하고 살아간단 말인가? 더구나 공연히 사람만 많이 모여서 복작복작 들끓는다는 그런 곳에 가서……

사람만 많은 곳에서 가서 지금처럼 고운 저고리에 고운 치마를 입고 마음대로 주저앉지도 못하고 새색시처럼 곱시란히 앉아 있어야만 한다면 무슨 재미로 살아간다는 말인가?

순이는 문득 천마령 산골짜기 자기 집이 그리웠다. 오막살이일망정 고대광실 부럽지 않게 정다운 그 집이었다. 지금쯤은 앞산 뒷산에서 부엉이 접동새가 울고 있으리라 생각하니 삼십 리밖에 떨어지지 않은 여기부터가 싫었다. 순이는 고운 옷 입은 기쁨도 사라졌다.

그는 불현듯 현보가 그리웠다. 성황님께 어젯밤 그만큼이나 치성을 올렸고 또 오늘 아침에 까치도 지저귀었으니 지금쯤은 현보가 집에 돌아왔을지도 모르리라 싶었다.

"현보가 왔다면 나를 얼마나 기다릴까?"

현보와 둘이서 나무하고 숯 굽던 장면이 문득 떠올랐다.

아무리 생각해도 순이는 천마령과 현보를 떠나서는 살아갈 재미도 없거니와 살지도 못할 것 같았다. 더구나 죄를 지으면 성황님이 벌을 준다는데, 삼백 리가 멀다고 벌 못 주랴 싶어, 순이는 고대 집으로 돌아가지 않고서는 안 될 것 같았다.

“자아 또 떠나 보자구!”

하고 칠성이가 성큼 일어섰다.

“나 나, 뒤 좀 보구 갈 거니 슬근슬근 먼저 가라요.”

순이는 간신히 입을 열었다.

“뒤? 그럼, 저기서 기대릴 거니, 이내 오라구!”

“응.”

순이는 선대답을 하고 숲 속으로 들어갔다. 숲 속으로 들어
가자 순이는 얼른 치마와 저고리를 벗어 나뭇가지에 걸었다.
그까짓 입고 주저앉지도 못하는 옷이라고 생각하니 조금도 애
착이 없었다.

고무신은 벗어 들었다. 순이는 옷을 나무에 걸어 놓고 고무
신을 든 채 아까 오던 길을 되돌아서서 힝하니 달음질을 치기
시작하였다.

캄캄한 산길이건만 순이는 익숙하게 달렸다. 얼마를 달려오
니까 그제야,

“접동접동 접접동…….”

하고 접동새 우는 소리가 들렸다. 순이의 마음은 가벼워졌
다. 이제야 제가 살 곳을 옳게 찾아온 것 같았다. 고개에 올라
서서 굽어보니 마주 건너다보이는 순이네 집에서 빨간 불이
비치었다.

“아, 현보가 왔구나!”

순이는 기쁨에 설레는 가슴을 안고 쏜살같이 고개를 달음

질쳐 내려왔다. 다시 언덕을 추어서 집을 향해 올라올 때 순이는,

"성황님! 성황님!"

하고 부르짖었다. 모든 것이 성황님의 덕택 같았다. 집 앞에까지 다다랐을 때에 문득,

"에헴"

하는 귀에 익은 현보의 기침 소리가 들려왔다.

"아! 성황님! 성황님!"

순이는 저도 모르게 그렇게 부르짖으며 느티나무 밑으로 달려왔다.

접동새가 울었다.

부엉이도 울었다.

늘 듣던 울음소리였다.

그러나 오늘 밤따라 새소리는 순이의 가슴을 파고드는 듯이 정다웠다.

주요섭(朱耀燮, 1902~1972)

호 여심(餘心). 평안남도 평양 출생.
상하이 후장대학과 미국 스탠퍼드 대학원을 졸업했다.
1921년 단편 《깨어진 항아리》로 문단에 데뷔한 후 《인력거꾼》·《살인》 등
하층계급의 생활을 리얼하게 그려 신경향파 작가로 불렸다.
초기에는 휴머니즘을 바탕으로 한 리얼리즘,
중기에는 인간의 내면세계를 추구한 예술적 향취를 풍기는 자연주의적 경향,
말기에는 사회 고발적인 현실의식을 짙게 풍겼으나
대표작은 중기에 쓴 작품들이다.
주요 작품으로는 《인력거꾼》·《살인》·《사랑 손님과 어머니》·
《아네모네의 마담》·《눈은 눈으로》·《대학교수와 모리배》·《잡초》 등이 있다.

사랑 손님과 어머니

사랑 손님과 어머니

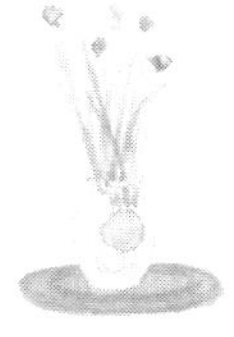

1

나는 금년 여섯 살 난 처녀애입니다. 내 이름은 박 옥희구요. 우리 집 식구라고는 세상에서 제일 이쁜 우리 어머니와 단 두 식구뿐이랍니다. 아차 큰일났군. 외삼촌을 빼놓을 뻔했으니.

지금 중학교에 다니는 외삼촌은 어디를 그렇게 싸돌아다니는지 집에는 끼니때나 외에는 별로 붙어 있지를 않으니까 어떤 때는 한 주일씩 가도 외삼촌 코빼끼도 못 보는 때가 많으니까요, 깜빡 잊어버리기도 예사지요, 무얼.

우리 어머니는, 그야말로 세상에서 둘도 없이 곱게 생긴 우

리 어머니는, 금년 나이 스물네 살인데 과
부랍니다. 과부가 무엇인지 나는 잘 몰라
도 하여튼 동리 사람들이 날더러 '과부딸'
이라고들 부르니까 우리 어머니가 과부인
줄을 알지요. 남들은 다 아버지가 있는데
나만은 아버지가 없지요. 아버지가 없다고
아마 '과부딸' 이라나 봐요.

2

외할머니 말씀을 들으면 우리 아버지는 내가 이 세
상에 나오기 한 달 전에 돌아가셨대요. 우리 어머니하고 결혼
한 지는 일 년 만이고요. 우리 아버지의 본집은 어디 멀리 있
는데 마침 이 동리 학교에 교사로 오게 되기 때문에 결혼 후에
도 우리 어머니는 시집으로 가지 않고 여기 이 집을 사고 (바로
이 집은 우리 외할머니댁 옆집이지요) 여기서 살다가 일 년이 못
되어 갑자기 돌아가셨대요. 내가 세상에 나오기도 전에 아버
지는 돌아가셨다니까 나는 아버지 얼굴도 못 뵈었지요. 그러
기에 아무리 생각해 보아도 아버지 생각은 안 나요. 아버지 사
진이라는 사진은 나두 한두 번 보았지요. 참말로 훌륭한 얼굴
이야요. 아버지가 살아 계시다면 참말로 이 세상에서 제일가

는 잘난 아버지일 거야요. 그런 아버지를 보지도 못한 것은 참
으로 분한 일이야요. 그 사진도 본 지가 퍽 오래 되었는데, 이
전에는 그 사진을 늘 어머니 책상 위에 놓아두시더니 외할머
니가 오시면 오실 때마다 그 사진을 치우라고 늘 말씀하셨는
데, 지금은 그 사진이 어디 있는지 없어졌어요. 언젠가 한번
어머니가 나 없는 동안에 몰래 장롱 속에서 무엇을 꺼내 보시
다가 내가 들어오니까 얼른 장롱 속에 감추는 것을 내가 보았
는데 그게 아마 아버지 사진인 것 같았어요.

　아버지가 돌아가시기 전에 우리가 먹고 살 것을 남겨 놓고
가셨대요. 작년 여름에, 아니로군, 가을이 다 되어서군요. 하
루는 어머니를 따라서 저 여기서 한 십 리나 가서 조그만 산이
있는 데를 가서 거기서 밤도 따먹고 또 그 산 밑에 초가집에
가서 닭고깃국을 먹고 왔는데, 거기 있는 땅이 우리 땅이래요.
거기서 나는 추수로 밥이나 굶지 않게 된다고요. 그래도 반찬
사고 과자 사고 할 돈은 없대요. 그래서 어머니가 다른 사람의
바느질을 맡아서 해 주지요. 바느질을 해서 돈을 벌어서 그걸
로 청어도 사고 달걀도 사고 내가 먹을 사탕도 사고 한다고요.

　그리고 우리 집 정말 식구는 어머니
와 나와 단둘뿐인데 아버지가 계시
던 사랑방이 비어 있으니까 그 방
도 쓸 겸 또 어머니의 잔심부름도
좀 해줄 겸 해서 우리 외삼촌이

사랑방에 와 있게 되었대요.

3

금년 봄에는 나를 유치원에 보내 준다고 해서 나는
너무나 좋아서 동무 아이들한테 실컷 자랑을 하고 나서 집으
로 돌아오노라니까 사랑에서 큰외삼촌이 (우리 집 사랑에 와 있
는 외삼촌의 형님 말이야요) 웬 한 낯선 사람 하나와 앉아서 이야
기를 하고 있었습니다. 큰외삼촌이 나를 보더니 '옥희야' 하고
부르겠지요.

"옥희야, 이리 온. 와서 이 아저씨께 인사드려라."

나는 어째 부끄러워서 비슬비슬하니까, 그 낯선 손님이,

"아, 그 애기 참 곱다. 자네 조카딸인가?"

하고 큰외삼촌더러 묻겠지요. 그러니까 큰외삼촌은,

"응, 내 누이의 딸 …… 경선 군의 유복녀 외딸일세."

하고 대답합니다.

"옥희야, 이리 온, 응! 그 눈은 꼭 아버지를 닮았네그려."

하고 낯선 손님이 말합니다.

"자, 옥희야, 커단 처녀가 왜 저 모양이야. 어서 어서 이 아
저씨께 인사해여. 너의 아버지의 옛날 친구신데 오늘부터 이
사랑에 계실 텐데 인사 여쭙고 친해 두어야지."

나는 이 낯선 손님이 사랑방에 계시게 된다는 말을 듣고 갑자기 즐거워졌습니다. 그래서 그 아저씨 앞에 가서 사붓이 절을 하고는 그만 안마당으로 뛰어들어왔지요. 그 낯선 아저씨와 큰외삼촌은 소리를 내서 크게 웃더군요.

나는 안방으로 들어오는 나름으로 어머니를 붙들고,

"엄마, 사랑방에 큰외삼촌이 아저씨를 하나 데리구 왔는데에, 그 아저씨가아, 이제 사랑에 있는대."

하고 법석을 하니까,

"응, 그래."

하고 어머니는 벌써 안다는 듯이 대수롭잖게 대답을 하더군요. 그래서 나는,

"언제부터 와 있나?"

하고 물으니까,

"오늘부텀."

"애구 좋아."

하고 내가 손뼉을 치니까 어머니는 내 손을 꼭 붙잡으면서,

"왜 이리 수선이야."

"그럼 작은외삼촌은 어디루 가나?"

"외삼촌도 사랑에 계시지."

"그럼 둘이 있나?"

"응."

"한방에 둘이 있어?"

"왜 장지문 닫고 외삼촌은 아랫방에 계시구 그 아저씨는 윗
방에 계시구, 그러지."

4

나는 그 아저씨가 어떠한 사람인지는 몰랐으나 첫
날부터 내게는 퍽 고맙게 굴고 나도 그 아저씨가 꼭 마음에 들
었어요. 어른들이 저희끼리 말하는 것을 들
으니까 그 아저씨는 돌아가신 우리 아버지
와 어렸을 적 친구라고요. 어디 먼 데 가서
공부를 하다가 요새 돌아왔는데 우리 동
리 학교 교사로 오게 되었대요. 또 우리
큰외삼촌과도 동무인데, 이 동리에는 하숙도 별로
깨끗한 곳이 없고 해서 우리 사랑으로 와 계시게 되었다고요.
또 우리도 그 아저씨한테서 밥값을 받으면 살림에 보탬도 좀
되고 한다고요.

그 아저씨는 그림책들이 얼마든지 있어요. 내가 사랑방으로
나가면 그 아저씨는 나를 무릎에 앉히고 그림책들을 보여 줍
니다. 또 가끔 과자도 주고요.

어느 날은 점심을 먹고 이내 살그머니 사랑에 나가 보니까
아저씨는 그때에야 점심을 잡수셔요. 그래 가만히 앉아서 점

심 잡숫는 걸 구경하고 있노라니까, 아저씨가,

"옥희는 어떤 반찬을 제일 좋아하누?"

하고 묻겠지요. 그래 삶은 달걀을 좋아한다고 했더니 마침 상에 놓인 삶은 달걀을 한 알 집어 주면서 나더러 먹으라고 합니다. 나는 그 달걀을 벗겨 먹으면서,

"아저씨는 무슨 반찬이 제일 맛나우?"

하고 물으니까 그는 한참이나 빙그레 웃고 있더니,

"나두 삶은 달걀."

하겠지요. 나는 좋아서 손뼉을 짤깍짤깍 치고,

"아, 나와 같네. 그럼, 가서 어머니한테 알려 야지."

하면서 일어서니까 아저씨가 꼭 붙들면서,

"그러지 말어."

그러시겠지요. 그래도 나는 한번 맘을 먹은 다음엔 꼭 그대로 하고야 마는 성미지요. 그래 안마 당으로 뛰쳐 들어가면서,

"엄마, 엄마, 사랑 아저씨두 나처럼 삶은 달걀을 좋아한대."

하고 소리를 질렀지요.

"떠들지 말어."

하고 어머니는 눈을 흘기십니다.

그러나 사랑 아저씨가 달걀을 좋아하는 것이 내게는 썩 좋게 되었어요. 그것은 그 다음부터는 어머니가 달걀을 많이씩

사게 되었으니까요. 달걀 장수 노파가 오면 한꺼번에 열 알도
사고 스무 알도 사고 그래선 두고두고 삶아서 아저씨 상에도
놓고 으레 나도 한 알씩 주고 그래요. 그뿐만 아니라 아저씨한
테 놀러 나가면 가끔 아저씨가 책상 서랍 속에서 달걀을 한두
알 꺼내서 먹으라고 주지요. 그래 그 담부터는 나는 아주 실컷
달걀을 많이 먹었어요.

나는 아저씨가 아주 좋았어요. 마는 외삼촌은 가끔 툴툴하
는 때가 있었어요. 아마 아저씨가 마음에 안 드나 봐요. 아니,
그것보다도 아저씨 상 심부름을 꼭 외삼촌이 하게 되니까 그
것이 싫어서 그러나 봐요. 한번은 어머니와 외삼촌이 말다툼
하는 것까지 내가 들었어요. 어머니가,

"야, 또 어디 나가지 말구 사랑에 있다가 선생님 들어오시거
든 상 내가야지."

하고 말씀하시니까, 외삼촌은 얼굴을 찡그리면서,

"제길, 남 어디 좀 볼일이 있는 날은 으레 끼니때에 안 들어
오고 늦어지니……."

하고 툴툴하겠지요. 그러니까 어머니는,

"그러니 어짜갔니? 너밖에 사랑 출입할 사람이 어디 있니?"

"누님이 좀 상 들고 나가구려. 요새 세상에 내외합니까!"

어머니는 갑자기 얼굴이 발개지시고 아무 대답도 없이 그냥
외삼촌에게 향하여 눈을 흘기셨습니다. 그러니까 외삼촌은 흥
흥 웃으면서 사랑으로 나갔지요.

5

　나는 유치원에 가서 창가도 배우고 댄스도 배우고 하였습니다. 유치원 여자 선생님이 풍금을 아주 썩 잘 타요. 그런데 우리 유치원에 있는 풍금은 우리 예배당에 있는 풍금과는 아주 다른데 퍽 조그마한 것이지마는 소리는 썩 좋아요. 그런데 우리 집 윗간에도 유치원 풍금과 똑 같이 생긴 것이 놓여 있는 것이 갑자기 생각났어요. 그래 그날 나는 집으로 오는 길로 어머니를 끌고 윗간으로 가서,

　“엄마, 이거 풍금 아니우?”

　하고 물으니까 어머니는 빙그레 웃으시면서,

　“그렇단다. 그건 어찌 알았니?”

　“우리 유치원에 있는 풍금이 이것과 똑 같은데 무얼. 그럼 엄마두 풍금 탈 줄 아우?”

　하고 나는 다시 물었습니다. 그것은 내가 이때껏 한 번도 어머니가 이 풍금 앞에 앉은 것을 본 일이 없기 때문입니다.

　어머니는 아무 대답도 아니하십니다.

　“엄마, 이 풍금 좀 타 봐!”

　하고 재촉하니까, 어머니 얼굴은 약간 흐려지면서,

　“그 풍금은 너의 아버지가 날 사다 주신 거란다. 너의 아버지 돌아가신 후에는 그 풍금은 이때까지 뚜껑두 한번 안 열어 보았다……”

이렇게 말씀하시는 어머니 얼굴을 보니까 금방 또 울
음보가 터질 것만 같이 보여서 나는 그만,

"엄마, 나 사탕 주어."

하면서 아랫방으로 끌고 내려왔습니다.

6

아저씨가 사랑방에 와 계신 지 벌써 여러 밤을 잔
뒤입니다. 아마 한 달이나 되었지요. 나는 거의 매일 아저씨
방에 놀러 갔습니다. 어머니는 나더러 그렇게 가서 귀찮게 굴
면 못쓴다고 가끔 꾸지람을 하시지만 정말인즉 나는 조금도
아저씨를 귀찮게 굴지는 않았습니다. 도리어 아저씨가 나를
귀찮게 굴었지요.

"옥희 눈은 아버지를 닮았다. 그 고운 코는 아마 어머니를
닮았지, 고 입하고! 응, 그러냐, 안 그러냐? 어머니도 옥희처럼
곱지, 응?"

이렇게 여러 가지로 물을 적도 있었습니다. 그래서 나는,

"아저씨, 입때 우리 엄마 못 봤수?"

하고 물었더니 아저씨는 잠잠합니다. 그래 나는,

"우리 엄마 보러 들어갈까?"

하면서 아저씨 소매를 잡아당겼더니, 아저씨는 펄쩍 뛰면

서,

"아니, 아니 안 돼. 난 지금 분주해서."

하면서 나를 잡아끌었습니다. 그러나 정말로는 무슨 그리 분주하지도 않은 모양이었어요. 그러기에 나더러 가란 말도 않고 그냥 나를 붙들고 앉아서 머리도 쓰다듬어 주고 뺨에 입도 맞추고 하면서,

"요 저고리 누가 해 주지……? 밤에 엄마하구 한자리에서 자니?"

하는 둥 쓸데없는 말을 자꾸만 물었지요!

그러나 웬일인지 나를 그렇게도 귀애해 주던 아저씨도 아랫방에 외삼촌이 들어오면 갑자기 태도가 달라지지요. 이것저것 묻지도 않고 나를 꼭 껴안지도 않고 점잖게 앉아서 그림책이나 보여 주고 그러지요. 아마 아저씨가 우리 외삼촌을 무서워하나 봐요.

하여튼 어머니는 나더러 너무 아저씨를 귀찮게 한다고 어떤 때는 저녁 먹고 나서 나를 방 안에 가두어 두고 못 나가게 하는 때도 더러 있었습니다. 그러나 조금 있다가 어머니가 바느질에 정신이 팔리어서 골몰하고 있을 때 몰래 가만히 일어나서 나오지요. 그런 때에는 어머니는 내가 문 여는 소리를 듣고서야 퍼뜩 정신을 차려서 쫓아와 나를 붙들지요. 그러나 그런 때는 어머니는 골은 아니 내시고,

"이리 온, 이리 와서 머리 빗고……"

하고 끌어다가 머리를 다시 곱게 땋아 주시지요.

"머리를 곱게 땋고 가야지. 그렇게 되는 대루 하구 가문 아저씨가 숭 보시지 않니?"

하시면서, 또 어떤 때에는 머리를 다 땋아 주시고는,

"응, 저고리가 이게 무어야?"

하시면서 새 저고리를 내어주시는 때도 있습니다.

7

어떤 토요일 오후였습니다. 아저씨는 나더러 뒷동산에 올라가자고 하셨습니다. 나는 너무나 좋아서 가자고 그러니까 아저씨가,

"들어가서 어머니께 허락 맡고 온."

하십니다. 참 그렇습니다. 나는 뛰쳐 들어가서 어머니께 허락을 맡았습니다. 어머니는 내 얼굴을 다시 세수시켜 주고 머리도 다시 땋고 그리고 나서는 나를 아스러지도록 한번 몹시 껴안았다가 놓아주었습니다.

"너무 오래 있지 말고, 응."

하고 어머니는 크게 소리치셨습니다. 아마 사랑 아저씨도 그 소리를 들었을 거야요.

뒷동산에 올라가서는 정거장을 한참 내려다보았으나 기차

는 안 지나갔습니다. 나는 풀잎을 쑥쑥 뽑아 보기도 하고 땅에 누운 아저씨의 다리를 꼬집어보기도 하면서 놀았습니다. 한참 후에 아저씨가 손목을 잡고 내려오는데 유치원 동무들을 만났습니다.

"옥희가 아빠하구 어디 갔다 온다, 응."

하고 한 동무가 말하였습니다. 그 아이는 우리 아버지가 돌아가신 줄을 모르는 아이였습니다. 나는 얼굴이 빨개졌습니다. 그때 나는 얼마나 이 아저씨가 정말 우리 아버지였더라면 하고 생각했는지 모릅니다. 나는 정말로 한 번만이라도, '아빠!' 하고 불러 보고 싶었습니다. 그러고 그날 그렇게 아저씨하고 손목을 잡고 골목골목을 지나오는 것이 어찌도 재미가 좋았는지요.

나는 대문까지 와서,

"난 아저씨가 우리 아빠래문 좋겠다."

하고 불쑥 말해 버렸습니다. 그랬더니 아저씨는 얼굴이 홍당무처럼 빨개져서 나를 몹시 흔들면서,

"그런 소리 하문 못써."

하고 말하는데, 그 목소리가 몹시도 떨렸습니다. 나는 아저씨가 몹시 성이 난 것처럼 보여서 아무 말도 못하고 안으로 뛰어들어갔습니다. 어머니가,

"어디까지 갔던?"

하고 나와 안으며 묻는데, 나는 대답도 못하고 그만 훌쩍훌쩍 울었습니다. 어머니는 놀라서,

"옥희야, 왜 그러니? 응?"

하고 자꾸만 물었으나 나는 아무 대답도 못하고 울기만 했습니다.

8

이틀날은 일요일인 고로 나는 어머니와 함께 예배당에를 가려고 차리고 나서 어머니가 옷을 갈아입는 동안 잠깐 사랑에를 나가 보았습니다. '아저씨가 아직도 성이 났나?' 하고 가만히 방안을 들여다보았더니 책상에 앉아서 무엇을 쓰고 있던 아저씨가 내다보면서 빙그레 웃었습니다. 그 웃음을 보고 나는 마음을 놓았습니다. 아저씨가 지금은 성이 풀린 것이 확실하니까요. 아저씨는 나를 이리 보고 저리 보고 훑어보더니,

"옥희, 오늘 어디 가노? 저렇게 곱게 채리구."

하고 물었습니다.

"엄마하구 예배당에 가."

“예배당에?”

하고 나서 아저씨는 잠시 나를 멍하니 바라보더니,

“어느 예배당에?”

하고 물었습니다.

“요 앞에 예배당에 가지 뭐.”

“응? 요 앞이라니?”

이때 안에서,

“옥희야.”

하고 부드럽게 부르는 어머니의 목소리가 들리었습니다. 나는 얼른 방으로 뛰어들어오면서 돌아다보니까 아저씨는 또 얼굴이 빨갛게 성이 났겠지요. 내 원, 참으로 무슨 일로 요새는 아저씨가 그렇게 성을 잘 내는지 알 수 없었습니다.

예배당에 가서 찬미하고 기도하다가 기도하는 중간 갑자기 나는, ‘혹시 아저씨두 예배당에 오지 않았나?’ 하는 생각이 나서 눈을 뜨고 고개를 들어 남자석을 바라다보았습니다. 그랬더니 하, 바로 거기에 아저씨가 와 앉아 있겠지요. 그런데 아저씨는 어른이면서도 눈 감고 기도하지 않고 우리 아이들처럼 눈을 번히 뜨고 여기저기 두리번두리번 바라봅니다. 나는 얼른 아저씨를 알아보았는데 아저씨는 나를 못 알아보았는지 내가 빙그레 웃어 보여도 웃지도 않고 멀거니 보고만 있겠지요. 그래 나는 손을 흔들었지요. 그러니까 아저씨는 얼른 고개를 숙이고 말더군요. 그때에 어머니가 내가 팔 흔드는 것을 깨닫

고 두 손으로 나를 붙들고 끌어당기더군요. 나는 어머니 귀에다 입을 대고,

"저기 아저씨도 왔어."

하고 속삭이니까 어머니는 흠칫하면서 내 입을 손으로 막고 막 끌어잡아다가 앞에 앉히고 고개를 누르더군요. 보니까 어머니도 얼굴이 홍당무처럼 빨개졌더군요.

그날 예배는 아주 젬병이었어요. 웬일인지 예배 다 끝날 때까지 어머니는 성이 나서 강대만 향하여 앞으로 바라보고 앉았고 이전 모양으로 가끔 나를 내려다보고 웃는 일이 없었어요. 그리고 아저씨를 보려고 남자석을 바라다보아도 아저씨도 한번도 바라다보아 주지도 않고 성이 나서 앉아 있고, 어머니는 나를 보지도 않고 공연히 꽉꽉 잡아당기지요. 왜 모두들 그리 성이 났는지……. 나는 그만 으아 하고 한번 울고 싶었어요. 그러나 바로 멀지 않은 곳에 우리 유치원 선생님이 앉아 있는 고로 울고 싶은 것을 아주 억지로 참았답니다.

9

내가 유치원에 입학한 후 처음 얼마 동안은 유치원에 갈 때나 올 때나 외삼촌이 바래다주었습니다. 그러나 여러 밤을 자고 난 뒤에는 나 혼자서도 넉넉히 다니게 되었어요. 그

러나 언제나 내가 유치원에서 돌아오는 때이면 어머니가 옆대문(우리 집에는 대문이 사랑대문과 옆대문 둘이 있어서 어머니는 늘 이 옆대문으로만 출입하시는 것이었습니다.) 밖에 기다리고 섰다가 내가 달음질쳐 가면, 안고 집 안으로 들어가곤 하는 것이었습니다.

그런데 하루는 어쩐 일인지 어머니가 대문간에 보이지를 않겠지요.

어떻게도 화가 나던지요. 물론 머리 속으로는, '아마 외할머니 댁에 가셨나 부다' 하고 생각했지마는 하여튼 내가 돌아왔는데 문간에서 기다리지 않고 집을 떠났다는 것이 몹시 나쁘게 생각되더군요. 그래서 속으로, '오늘 엄마를 좀 곯려야겠다' 하고 생각하고 있는데 옆대문 밖에서,

"아이고, 애가 원 벌써 왔나?"

하는 어머니 목소리가 들리더군요. 그 순간 나는 얼른 신을 벗어 들고 안방으로 뛰어들어가서 벽장문을 열고 그 속에 들어가서 숨어 버렸습니다.

"옥희야, 옥희 너 여태 안 왔니?"

하는 어머니 목소리가 바로 뜰에서 나더니,

"여태 안 왔군."

하면서 밖으로 나가는 모양이었습니다. 나는 재미가 나서 혼자 흐흥흐흥 웃었습니다.

한참을 있더니 집에서는 온통 야단이 났습니다. 어머니 목소리도 들리고 외할머니 목소리도 들리고 외삼촌 목소리도 들리고……

"글쎄, 하루 종일 집이라군 안 떠났다가 옥희 유치원 파하구 오문 멕일 과자가 없기에 어머님댁에 잠깐 갔다 왔는데 고 동안에 이런 변이 생긴걸……"

하는 것은 어머니 목소리.

"글쎄 유치원에서 벌써 이십 분 전에 떠났다는데 원 중간에서……"

하는 것은 외할머니 목소리.

"여하튼 내 나가서 돌아댕겨 볼 테다.
원 고것이 어델 갔담?"

하는 것은 외삼촌의 목소리.

이윽고 어머니의 울음소리가 가늘게 들렸습니다. 외할머니는 무어라고 중얼중얼 이야기하는 모양이었습니다. '이젠 그만하고 나갈까?' 하고도 생각했으나 '지난 주일날 예배당에서 성내었던 앙갚음을 해야지' 하는 생각이 나서 나는 그냥 벽장 안에 누워 있었습니다. 벽장 안은 답답하고 더웠습니다. 그래서 이윽고 부지중에 나는 슬며시 잠이 들고 말았습니다.

얼마 동안이나 잤는지요? 이윽고 잠을 깨어 보니 아까 내가 벽장 안으로 들어왔던 것은 잊어버리고 참 이상스러운 데에 내가 누워 있거든요. 어두컴컴하고 좁고 덥고…… 나는 갑자기 무서운 생각이 나서 엉엉 울기 시작했지요. 그러자 갑자기 어디 가까운 데서 어머니의 외마디 소리가 나더니 벽장문이 벌컥 열리고 어머니가 달려들어서 나를 안아 내렸습니다.

"요 망할 것아."

하면서 어머니는 내 엉덩이를 댓 번 때렸습니다. 나는 더욱 더 소리를 내서 울었습니다. 그때 어머니는 나를 끌어안고 어머니도 따라 울었습니다.

"옥희야, 옥희야, 응, 이젠 괜찮다. 엄마 여기 있지 않니, 응. 울지 마라 옥희야, 엄마는 옥희 하나문 그뿐이다. 옥희 하나만 바라구 산다. 난 너 하나문 그뿐이야. 세상 다 일이 없다. 옥희만 있으문 바라고 산다. 옥희야 응, 울지 마라. 응, 울지 마라."

이렇게 어머니는 나더러 자꾸 울지 말라고 하면서도 어머니는 그치지 않고 그냥 자꾸자꾸 울었습니다. 외할머니는,

"원 고것이 도깨비가 들렸단 말인가, 벽장 속엔 왜 숨는담."

하고 앉아 있고 외삼촌은,

"에, 재수, 메유다."

하면서 밖으로 나갔습니다.

10

이튿날 유치원을 파하고 집으로 오게 된 때 나는 갑

자기 어제 벽장 속에 숨었다가 어머니를 몹시 울게 했던 생각이 나서 집으로 돌아가기가 어쩐지 부끄러워졌습니다. '오늘은 어머니를 좀 기쁘게 해 드려얄 텐데……. 무엇을 갖다 드리면 기뻐할까?' 하고 생각하였습니다. 그러자 문득 유치원 안에 선생님 책상 위에 놓여 있던 꽃병 생각이 났습니다. 그 꽃병에는 나는 이름도 모르나 곱고 빨간 꽃이 꽂히어 있었습니다. 그 꽃은 개나리도 아니고 진달래도 아니었습니다. 그런 꽃은 나도 잘 알고 또 그런 꽃은 벌써 피었다가 져 버린 후였습니다. 무슨 서양꽃이려니 하고 나는 생각하였습니다. 나는 우리 어머니가 꽃을 사랑하는 줄을 잘 압니다. 그래서 그 꽃을 갖다가 드리면 어머니가 몹시 기뻐하려니 하고 생각하였습니다.

그래서 나는 도로 유치원 방 안으로 들어갔습니다. 마침 방 안에는 아무도 없었습니다. 선생님도 잠깐 어디를 가셨는지 보이지 않았습니다. 그래 나는 그 꽃을 두어 개 얼른 빼들고 달음질쳐 나왔지요.

집에 오니 어머니는 문간에서 기다리고 있다가 나를 안고 들어왔습니다.

"그 꽃은 어디서 났니? 퍽 곱구나."

하고 어머니가 말씀하셨습니다. 그러나 나는 갑자기 말문이 막혔습니다. '이걸 엄마 드릴라구 유치원에서 가져 왔어' 하고 말하기가 어째 몹시 부끄러운 생각이 들었습니다. 그래 잠깐

망설이다가,

　“응, 이 꽃! 저, 사랑 아저씨가 엄마 갖다 주라고 줘.”

　하고 불쑥 말했습니다. 그런 거짓말이 어디서 그렇게 툭 튀어나왔는지 나도 모르지요.

　꽃을 들고 냄새를 맡고 있던 어머니는 내 말이 끝나기가 무섭게 무엇에 몹시 놀란 사람처럼 화닥닥하였습니다. 그러고는 금시에 어머니 얼굴이 그 꽃보다 더 빨갛게 되었습니다. 그 꽃을 든 어머니 손가락이 파르르 떠는 것을 나는 보았습니다. 어머니는 무슨 무서운 것을 생각하는 듯이 방안을 휘 한번 둘러보시더니,

　“옥희야, 그런 걸 받아 오문 안 돼.”

　하고 말하는 목소리는 몹시 떨렸습니다. 나는 꽃을 그렇게도 좋아하는 어머니가 이 꽃을 받고 그처럼 성을 낼 줄은 참으로 뜻밖이었습니다. 어머니가 그렇게도 성을 내는 것을 보니까 그 꽃을 내가 가져왔다고 그러지 않고 아저씨가 주더라고 거짓말을 한 것이 참 잘되었다고 나는 속으로 생각했습니다. 어머니가 성을 내는 까닭을 나는 모르지만 하여튼 성을 낼 바에는 내게 내는 것보다 아저씨에게 내는 것이 내게는 나았기 때문입니다. 한참 있더니 어머니는 나를 방 안으로 데리고 들어와서,

　“옥희야, 너 이 꽃 이얘기 아무 보구두 하지 말아라, 응.”

하고 타일러 주었습니다. 나는,

"응."

하고 대답하면서 고개를 여러 번 까닥까닥했습니다.

어머니가 그 꽃을 곧 내버릴 줄로 나는 생각했습니다마는 내버리지 않고 꽃병에 꽂아서 풍금 위에 놓아두었습니다. 아마 퍽 여러 밤 자도록 그 꽃은 거기 놓여 있어서 마지막에는 시들었습니다. 꽃이 다 시들자 어머니는 가위로 그 대는 잘라 내버리고 꽃만은 찬송가 갈피에 곱게 끼워 두었습니다.

내가 어머니께 꽃을 갖다 주던 날 밤에 나는 또 사랑에 놀러 나가서 아저씨 무릎에 앉아서 그림책을 보고 있었습니다. 갑자기 아저씨 몸이 흠칫 하였습니다. 그러고는 귀를 기울입니다. 나도 귀를 기울였습니다.

풍금 소리!

그 풍금 소리는 분명 안방에서 흘러나오는 것이었습니다.

"엄마가 풍금 타나 부다."

하고 나는 벌떡 일어나 안으로 뛰어들어갔습니다. 안방에는 불을 켜지 않았었습니다. 그러나 그때는 음력으로 보름께나 되어서 달이 낮같이 밝은데 은빛 같은 흰 달빛이 방 안 절반 가득히 차 있었습니다. 나는 그 흰옷을 입은 어머니가 풍금 앞에 앉아서 고요히 풍금을 타는 것을 보았습니다.

나는 나이 지금 여섯 살밖에 안 되었지마는 하여튼 어머니가 풍금을 타시는 것을 보는 것은 오늘이 처음이었습니다. 어머니는 유치원 선생님보다도 풍금을 더 잘 타시는 것이었습니다. 나는 어머니 곁으로 갔습니다마는 어머니는 내가 곁에 온 것도 깨닫지 못하는지 그냥 까딱 아니하고 앉아서 풍금을 탔습니다. 조금 있더니 어머니는 풍금 곡조에 맞추어서 노래를 부르기 시작하였습니다. 어머니의 목소리가 그렇게 아름다운 것도 나는 이때까지 모르고 있었습니다. 어머니는 참으로 우리 유치원 선생님보다도 목소리가 훨씬 더 곱고 또 노래도 훨씬 더 잘 부르시는 것이었습니다. 나는 가만히 서서 어머님 노래를 들었습니다. 그 노래는 마치도 은실을 타고 별나라에서 내려오는 노래처럼 아름다웠습니다. 그러나 얼마 오래지 않아 목소리는 약간 떨리기 시작하였습니다. 가늘게 떨리는 노랫소리, 그에 따라 풍금의 가는 소리도 바르르 떠는 듯했습니다. 노랫소리는 차차 가늘어지더니 마지막에는 사르르 없어져 버렸습니다. 풍금 소리도 사르르 없어졌습니다. 어머니는 고요히 일어나시더니 옆에 섰는 내 머리를 쓰다듬었습니다. 그 다음 순간 어머니는 나를 안고 마루로 나오셨습니다. 어머니는 아무 말씀도 없이 그냥 꼭꼭 껴안는 것이었습니다. 달빛을 함빡 받은 내 어머니 얼굴은 몹시도 새하얗다고 생각되었습니다. 우리 어머니는 참으로 천사 같다고 생각하였습니다. 우리 어머니의 새하얀 두 뺨 위로는 쉴 새 없이 두 줄기 눈물이 줄줄 흘러내리고 있는 것을 난 보았습니다. 그것을 보니 나도 갑자기 울고 싶어졌습니다.

"엄마, 왜 울어?"

하고 나도 훌쩍거리면서 물었습니다.

"옥희야."

"응?"

한참 동안 어머니는 아무 말씀도 없었습니다. 그러나 한참 후에,

"옥희야, 너 하나문 그뿐이다."

"엄마."

어머니는 다시 대답이 없으셨습니다.

11

하루는 밤에 아저씨 방에서 놀다가 졸려서 안방으로 들어오려고 일어서니까 아저씨가 하아얀 봉투를 서랍에서 꺼내어 내게 주었습니다.

"옥희, 이것 갖다 엄마 드리고 지나간 달 밥값이라구, 응."

나는 그 봉투를 갖다가 어머니께 드렸습니다. 어머니는 그 봉투를 받아들자 갑자기 얼굴이 파랗게 질렸습니다. 그 전날 달밤에 마루에 앉았을 때보다 더 새하얗다고 생각되었습니다. 어머니는 그 봉투를 들고 어쩔 줄을 모르는 듯이 초조한 빛이 나타났습니다. 나는,

"그거 지나간 달 밥값이래."

하고 말을 하니까 어머니는 갑자기 잠자다 깨나는 사람처럼 '응?' 하고 놀라더니 또 금시에 백짓장같이 새하얗던 얼굴이 발갛게 물들었습니다. 봉투 속으로 들어 갔던 어머니의 파들파들 떨리는 손가락이 지전을 몇 장 끌고 나왔습니다. 어머니는 입술에 약간 웃음을 띠면서 후 하고 한숨을 내쉬었습니다. 그러나 그것도 잠깐, 다시 어머니는 무엇에 놀랐는지 흠칫하더니 금시에 얼굴이 다시 새하얘지고 입술이 바르르 떨렸습니다. 어머니의 손을 바라다보니 거기에는 지전 몇 장 외에 네모로 접은 하얀 종이가 한 장 접혀 있는 것이었습니다.

어머니는 한참을 망설이는 모양이었습니다. 그러더니 무슨 결심을 한 듯이 입술을 악물고 그 종이를 차근차근 펴들고 그 안에 쓰인 글을 읽었습니다. 나는 그 안에 무슨 글이 씌어 있는지 알 도리가 없었으나 어머니는 그 글을 읽으면서 금시에 얼굴이 파랬다 발갰다 하고 그 종이를 든 손은 이제는 바들바들이 아니라 와들와들 떨리어서 그 종이가 부석부석 소리를 내게 되었습니다.

한참 후에 어머니는 그 종이를 아까 모양으로 네모지게 접어서 돈과 함께 봉투에 도로 넣어 반짇고리에 던졌습니다. 그러고는 정신나간 사람처럼 멀거니 앉아서 전등만 치어다보는데 어머니 가슴이 불룩불룩합니다. 나는 어머니가 혹시 병이 나지 않았나 하고 염려가 되어서 얼른 가서 무릎에 안기면서,

"엄마, 잘까?"

하고 말했습니다.

엄마는 내 뺨에 입을 맞추어 주었습니다. 그런데 어머니의 입술이 어쩌면 그리도 뜨거운지요. 마치 불에 달군 돌이 볼에 와닿는 것 같았습니다.

한참을 자고 나서 잠이 채 깨지는 않았으나 어렴풋한 정신으로 옆을 쓸어 보니 어머니가 없었습니다. 가끔 가다간 나는 그런 버릇이 있어요. 어렴풋한 정신으로 옆을 쓸면 어머니의 보드라운 살이 만져지지요. 그러면 다시 나는 잠이 들어 버리곤 하는 것이었습니다. 어머니가 자리에 없다는 것을 알게 되자 나는 갑자기 무서워졌습니다. 그래서 잠은 다 달아나고 눈을 번쩍 뜨고 고개를 돌려보았습니다. 방 안에는 불은 껐지만 어슴푸레하게 밝습니다. 뜰로 하나 가득한 달빛이 방 안에서까지 희미한 밝음을 던져 주는 것이었습니다. 윗목을 보니 우리 아버지의 옷을 넣어두고 가끔 어머니가 꺼내서 쓸어 보시는 그 장롱문이 열려 있고, 그 아래 방바닥에는 흰옷이 한 무더기 널려 있습니다.

그리고 그 옆에는 장롱을 반쯤 기대고 자리옷만 입은 어머니가 주춤하고 앉아서 고개를 위로 쳐들고 눈은 감고 무엇이

라고 입술로 소곤소곤 외우고 있는 것이 보였습니다. 아마 기도를 하나 보다 하고 생각했습니다. 나는 자리에서 일어나 기어가서 어머니 무릎을 뻐개고 기어들어갔습니다.

"엄마, 무얼 해?"

어머니는 소곤거리기를 그치고 눈을 떠서 나를 한참이나 물끄러미 들여다보십니다.

"옥희야."

"응?"

"가서 자자."

"엄마두 같이 자."

"응, 그래 엄마두 같이 자."

그 목소리가 어째 싸늘하다고 내게 생각되었습니다.

어머니는 돌아가신 아버지의 옷들을 한 가지씩 들고는 가만히 손바닥으로 쓸어 보고는 장롱 안에 넣었습니다. 하나씩 하나씩 쓸어 보고는 장롱에 넣곤 하여 그 옷을 다 넣은 때 장롱 문을 닫고 쇠를 채우고 그러고 나서 나를 안고 자리로 돌아왔습니다.

"엄마, 우리 기도하고 자?"

하고 나는 물었습니다. 어머니는 나를 밤마다 재워 줄 때마다 반드시 기도를 하는 것이었습니다. 내가 할 줄 아는 기도는 주기도문뿐이었습니다. 그 뜻은 하나도 모르지만 어머니를 따라서 자꾸자꾸 해 보아서 지금에는 나도 주기도문을 잘 외웁

니다. 그런데 웬일인지 어젯밤 잘 때에는 어머니가 기도할 것을 잊어버리고 그냥 잤던 것이 지금 생각이 났기 때문에 나는 그렇게 물었던 것입니다. 어젯밤 자리에 들 때 내가,

"기도할까?"

하고 말하고 싶었으나 어머니가 너무도 슬픈 빛을 띠고 있는 고로 그만 나도 가만히 아무 소리도 없이 잠이 들고 말았던 것입니다.

"응, 기도하자."

하고 어머니가 고요히 대답했습니다.

"엄마가 기도해."

하고 나는 갑자기 어머니의 기도하는 보드라운 음성이 듣고 싶어져서 말했습니다.

"하늘에 계신 우리 아버지시여."

어머니는 고요히 기도를 시작하였습니다.

"이름을 거룩하게 하옵시며 나라이 임하옵시며 뜻이 하늘에서 이루어진 것처럼 땅에서도 이루어지이다. 오늘날 우리에게 일용할 양식을 주옵시고 우리가 우리에게 죄 지은 자를 용서하여 준 것처럼 우리 죄를 사하여 주옵시고, 우리를 시험에 들지 말게 하옵시고…… 우리를 시험에 들지 말게 하옵시고…… 시험에 들지 말게…… 시험에 들지 말게……."

이렇게 어머니는 자꾸 되풀이하였습니다. 나도 지금은 막히지 않고 줄줄 외우는 주기도문을 글쎄 어머니가 막히다니 참으로 우스운 일이었습니다.

"시험에 들지 말게…… 시험에 들지 말게……."

하고 자꾸만 되풀이하는 것을 나는 참다못해서,

"엄마 내 마저 할게."

하고,

"다만 악에서 구하옵소서. 대개 나라와 권세와 영광이 아버지께 영원히 있사옵니다."

하고 내가 끝을 마쳤습니다. 어머니는 한참이나 가만 있다가 오랜 후에야 겨우,

"아멘."

하고 속삭이었습니다.

12

요새 와서 어머니의 하는 일이란 참으로 알 수가 없는 노릇입니다. 어떤 때는 어머니도 퍽 유쾌하셨습니다.

밤에 때로는 풍금도 타고 또 때로는 찬송가도 부르고 그러실 때에는 나도 너무도 좋아서 가만히 어머니 옆에 앉아서 듣습

니다. 그러나 가끔가끔 그 독창은 소리 없는 울음으로 끝을 맺
는 때가 많은데 그런 때면 나도 따라서 울었습니다. 그러면 어
머니는 나를 안고 내 얼굴에 돌아가면서 무수히 입을 맞추어
주면서,

“엄마는 옥희 하나문 그뿐이야, 응, 그렇지……”

하시며 언제까지나 언제까지나 우시는 것이었습니다.

어떤 일요일날, 그렇지요, 그것은 유치원 방학하고 난 그 이
튿날이었요. 그날 어머니는 갑자기 머리가 아프시다고 예배당
에를 그만두었습니다. 사랑에서는 아저씨도 어디 나가고 외삼
촌도 나가고 집에는 어머니와 나와 단둘이 있었는데 머리가
아프다고 누워 계시던 어머니가 갑자기 나를 부르시더니,

“옥희야, 너 아빠가 보고 싶니?”

하고 물으십니다.

“응, 우리두 아빠가 하나 있으문.”

나는 혀를 까불고 어리광을 좀 부려 가면서 대답을 했습니
다. 한참 동안을 어머니는 아무 말씀도 아니하시고 천장만 바
라보시더니,

“옥희야, 옥희 아버지는 옥희가 세상에 나오기도 전에 돌아
가셨단다. 옥희두 아빠가 없는 건 아니지. 그저 일찍 돌아가셨
지. 옥희가 이제 아버지를 새로 또 가지면 세상이 욕을 한단
다. 옥희는 아직 철이 없어서 모르지만 세상이 욕을 한단다.
사람들이 욕을 해. 옥희 어머니는 화냥년(편집자 주: ‘서방질을

하는 여자'를 욕해 이르는 말.)이다, 이러구 세상이 욕을 해. 옥희 아버지는 죽었는데 옥희는 아버지가 또 하나 생겼대, 참 망측두 하지. 이러구 세상이 욕을 한단다. 그리 되문 옥희는 언제나 손가락질받구. 옥희는 커두 시집두 훌륭한 데 못 가구. 옥희가 공부를 해서 훌륭하게 돼두, 에 그까짓 화냥년의 딸이라구 남들이 욕을 한단다."

이렇게 어머니는 혼잣말하시듯 드문드문 말씀하셨습니다. 그러고는 한참 있더니,

"옥희야."

하고 또 부르십니다.

"응?"

"옥희는 언제나 내 곁을 안 떠나지. 옥희는 언제나 언제나 엄마하구 같이 살자. 옥희는 엄마가 늙어서 꼬부랑할미가 되어두 그래두 옥희는 엄마하구 같이 살지. 옥희가 유치원 졸업하구, 또 소학교 졸업하구, 또 중학교 졸업하구, 또 대학교 졸업하구, 옥희가 조선서 제일 훌륭한 사람이 돼두 그래두 옥희는 엄마하구 같이 살지. 응! 옥희는 엄마를 얼만큼 사랑하나?"

"이만큼."

하고 나는 두 팔을 짝 벌리어 보였습니다.

"응? 얼만큼? 응! 그만큼! 언제나 언제나, 옥희는 엄마만 사랑하지. 그리구 공부두 잘하구, 그리구 훌륭한 사람이 되구……."

나는 어머니의 목소리가 떨리는 것으로 보
아 어머니가 또 울까 봐 겁이 나서,

"엄마, 이만큼, 이만큼."

하면서 두 팔을 짝짝 벌리었습니다.

어머니는 울지 않으셨습니다.

"응, 그래. 옥희 엄마는 옥희 하나문 그뿐이
야. 세상 다른 건 다 소용없어. 우리 옥희 하나문 그만이야. 그
렇지, 옥희야."

"응!"

어머니는 나를 당기어서 꼭 껴안고 가슴이 막혀 들어올 때
까지 자꾸만 껴안아 주었습니다.

그날 밤 저녁밥 먹고 나니까 어머니는 나를 불러 앉히고 머
리를 새로 빗겨 주었습니다. 댕기도 새 댕기를 드려 주고, 바
지, 저고리, 치마, 모두 새것을 꺼내 입혀 주었습니다.

"엄마, 어디 가?"

하고 물으니까,

"아니."

하고 웃음을 띠면서 대답합니다. 그러더니 새로 다린 하얀
손수건을 내리어 내 손에 쥐어 주면서,

"이 손수건, 저 사랑 아저씨 손수건인데, 이것 아저씨 갖
다 드리구 와 응. 오래 있지 말구 손수건만 갖다 드리구 이내
와 응."

하고 말씀하셨습니다.

손수건을 들고 사랑으로 나가면서 나는 접어진 손수건 속에 무슨 발각발각하는 종이가 들어 있는 것처럼 생각되었습니다마는 그것을 펴 보지 않고 그냥 갖다가 아저씨에게 주었습니다.

아저씨는 방에 누워 있다가 벌떡 일어나서 손수건을 받는데 웬일인지 아저씨는 이전처럼 나보고 빙그레 웃지도 않고 얼굴이 몹시 파래졌습니다. 그리고는 입술을 질근질근 깨물면서 말 한마디 아니하고 그 수건을 받더군요.

나는 어째 이상한 기분이 들어서 아저씨 방에 들어가 앉지도 못하고 그냥 되돌아서 안방으로 도로 왔지요. 어머니는 풍금 앞에 앉아서 무엇을 그리 생각하는지 가만히 있더군요. 나는 풍금 옆으로 가서 가만히 그 옆에 앉아 있었습니다. 이윽고 어머니는 조용조용히 풍금을 타십니다. 무슨 곡조인지를 몰라도 어째 구슬프고 고즈넉한 곡조야요.

밤이 늦도록 어머니는 풍금을 타셨습니다. 그 구슬프고 고즈넉한 곡조를 계속하고 또 계속하면서.

13

여러 밤을 자고 난 어떤 날 오후에 나는 오래간만에

아저씨 방엘 나가 보았더니 아저씨가 짐을 싸느라고 분주하 겠지요. 내가 아저씨에게 손수건을 갖다 드린 다음부터는 웬 일인지 아저씨가 나를 보아도 언제나 퍽 슬픈 사람, 무슨 근 심이 있는 사람처럼 아무 말도 없이 나를 물끄러미 바라다만 보고 있는 고로 나도 그리 자주 놀러 나오지 않았던 것입니 다. 그랬었는데 이렇게 갑자기 짐을 꾸리는 것을 보고 나는 놀랐습니다.

"아저씨 어데 가우?"

"응, 멀리루 간다."

"언제?"

"오늘."

"기차 타구?"

"응, 기차 타구."

"갔다가 언제 또 오우?"

아저씨는 아무 대답도 없이 서랍에서 이쁜 인형을 하나 꺼 내서 내게 주었습니다.

"옥희, 이것 가져, 응. 옥희는 아저씨 가구 나문 아저씨 이내 잊어버리구 말겠지!"

"아니."

하고 얼른 대답하고 인형을 안고 안으로 들어왔습니다.

"엄마 이것 봐. 아저씨가 이것 나 줬다우. 아저씨가 오늘 기 차 타구 먼데루 간대."

하고 내가 말했으나 어머니는 대답이 없으십니다.

"엄마, 아저씨 왜 가우?"

"학교 방학했으니깐 가지."

"어디루 가우?"

"아저씨 집으로 가지 어디루 가."

"갔다가 또 오우?"

어머니는 대답이 없으십니다.

"난 아저씨 가는 거 나쁘다."

하고 입을 쫑긋했으나 어머니는 그 말에 대답 않고,

"옥희야, 벽장에 가서 달걀 몇 알 남았나 보아라."

하고 말씀하셨습니다.

나는 깡충깡충 방 안으로 들어갔습니다. 달걀은 여섯 알이 있었습니다.

"여스 알."

하고 나는 소리쳤습니다.

"응, 다 가지고 이리 나오너라."

어머니는 그 달걀 여섯 알을 다 삶았습니다. 그 삶은 달걀 여섯 알을 손수건에 싸놓고 또 반지(편집자 주: 일본 종이의 일종

으로 얇다.)에 소금을 조금 싸서 한 귀퉁이에 넣었습니다.

"옥희야, 너 이것 갖다 아저씨 드리구, 가시다가 찻간에서
잡수시랜다구, 응."

14

그날 오후에 아저씨가 떠나간 다음 나는 방에서 아
저씨가 준 인형을 업고 자장자장 잠을 재우고 있었습니다. 어
머니가 부엌에서 들어오시더니,

"옥희야, 우리 뒷동산에 바람이나 쐬러 올라갈까?"
하십니다.

"응, 가, 가."
하면서 나는 좋아 덤비었습니다.

잠깐 다녀올 터이니 집을 보고 있으라고 외삼촌에게 이르고
어머니는 내 손목을 잡고 나섰습니다.

"엄마, 나 저, 아저씨가 준 인형 가지
고 가?"

"그러렴."

나는 인형을 안고 어머니 손목을 잡
고 뒷동산으로 올라갔습니다. 뒷동산
에 올라가면 정거장이 뻔히 내려다보

입니다.

"엄마, 저 정거장 봐. 기차는 없군."

어머니는 아무 말씀도 없이 가만히 서 계십니다. 사르르 바람이 와서 어머니 모시 치맛자락을 산들산들 흔들어 주었습니다. 그렇게 산 위에 가만히 서 있는 어머니는 다른 때보다도 더 한층 이쁘게 보였습니다.

저편 산모퉁이에서 기차가 나타났습니다.

"아, 저기 기차 온다."

하고 나는 좋아서 소리쳤습니다.

기차는 정거장에서 잠시 머물더니 금시에 삑 하고 소리를 지르면서 움직였습니다.

"기차 떠난다."

하면서 나는 손뼉을 쳤습니다. 기차가 저편 산모퉁이 뒤로 사라질 때까지, 그리고 그 굴뚝에서 나는 연기가 하늘 위로 모두 흩어져 없어질 때까지, 어머니는 가만히 서서 그것을 바라다보았습니다.

뒷동산에서 내려오자 어머니는 방으로 들어가시더니 이때까지 뚜껑을 늘 열어 두었던 풍금 뚜껑을 닫으십니다. 그러고는 거기 쇠를 채우고 그 위에다가 이전 모양으로 반짇고리를 얹어 놓으십니다. 그러고는 그 옆에 있는 찬송가를 맥없이 들고 뒤적뒤적하시더니 빼빼 마른 꽃송이를 그 갈피에서 집어내시더니,

"옥희야, 이것 내다버려라."

하고 그 마른 꽃을 내게 주었습니다. 그 꽃은 내가 유치원에서 갖다가 어머니께 드렸던 그 꽃입니다. 그러자 옆 대문이 삐걱하더니,

"달걀 사소."

하고 매일 오는 달걀장사 노파가 달걀 광주리를 이고 들어왔습니다.

"이젠 우리 달걀 안 사요. 달걀 먹는 이가 없어요."

하시는 어머니 목소리는 맥이 한푼 어치도 없었습니다.

나는 어머니의 이 말씀에 놀라서 떼를 좀 써 보려 했으나 석양에 빤히 비치는 어머니 얼굴을 볼 때 그 용기가 없어지고 말았습니다. 그래서 아저씨가 주신 인형 귀에다가 내 입을 갖다 대고 가만히 속삭이었습니다.

"얘, 우리 엄마가 거짓부리 썩 잘하누나. 내가 달걀 좋아하는 줄 잘 알문서 생 먹을 사람이 없대누나. 떼를 좀 쓰구 싶다만 저 우리 엄마 얼굴을 좀 봐라. 어쩌문 저리두 새파래졌을까? 아마 어데가 아픈가 보다."

라고요.

현진건(玄鎭健, 1900~1943)

호는 빙허(憑虛). 대구 출생.
도쿄 독일어학교와 상하이 외국어학교에서 수학했다.
1920년 《개벽》지에 단편소설 《희생자》를 발표함으로써 문단에 나왔다.
이어 1921년 발표한 《빈처》로 인정받기 시작했으며,
《백조》의 동인으로 《타락자》·《운수 좋은 날》·《불》 등을 발표함으로써
염상섭과 함께 사실주의를 개척한 작가가 되었고
김동인과 더불어 한국 근대 단편소설의 선구자가 되었다.
주요 작품으로는 《술 권하는 사회》·《할머니의 죽음》·《지새는 안개》·
《까막잡기》·《B사감과 러브레터》·《사립 정신병원장》·《적도》·
《무영탑》·《흑치상지》 등이 있다.

희생화

희생화

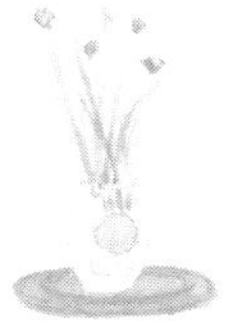

1

어머님은 우리 남매를 데리고 사직골 막바지에서 쓸쓸한 가정을 이루었다.

우리 아버지는 내가 세 살 먹던 가을에 돌아가셨다 한다. 어머님께서 때때로 눈물을 머금고 아버지께서 목사(牧師)로 계시던 것이며, 그 열렬한 웅변이 죄 많은 사람을 감동시켜 하느님을 믿게 하던 것이며, 자기 몸은 조금도 돌보지 않고 교회일에 진심갈력(盡心竭力)하던 것을 이야기하신다. 나보다 4년 맏이인 누님은 이 말을 들을 적마다 그 맑고 고운 눈에 눈물이 어리었다. 철모르는 나는 그 이야기보다 어머님과 누님이 우

는 게 슬퍼서 눈물을 흘리었다.

집안은 넉넉지는 아니하나마 많지 않은 식구라 아버지 생전에 장만하여 주신 몇 섬지기나 추수하는 것으로 기한(飢寒)은 면할 수 있었다. 아버지의 감화인지는 모르나 어머님은 우리 남매를 학교에 다니게 하였다. 벌써 십여 년 전 일이라 누님 공부시키는 데 대하여 별별 비평이 다 많았다. 그러나 어머님은 무슨 까닭에 여자 교육이 필요한 건지는 모르셨겠지마는 아마 여자도 교육시키시는 것이 좋은 줄로 아신 것 같다.

2

누님은 십팔 세의 꽃다운 처녀로 ○○학교 여자부 4년급에 우등 성적으로 진급되고, 나도 그 학교 2년급에 진급되던 봄의 일이다.

나의 손을 붉게 하고 내 얼굴을 푸르게 하던 추위는 없어진 지 오래이다. 햇빛은 따뜻하고 바람 끝은 부드럽다. 잔디밭에는 새싹이 돋아나고 개나리와 진달래는 벌써 산야를 붉고 누르게 수놓았다.

어느덧 버드나무 얽힌 곳에 꾀꼬리는 벗을 찾고 아지랑이 희미한 하늘에 종달새는 높이 떴다.

우리 집 앞뜰에 심어 둔 두어 나무 월계화도 춘군(春君)의 고운 빛을 나도 받았노라 하는 듯이 난만(爛漫)히 피었었다.

하룻날 떠오르는 선명한 햇빛이 어렴풋이 조으는 듯한 아침 안개에 위황(煒煌)한 금색을 흩을 족에 누님은 가늘게 숨쉬는 춘풍에 머리카락을 날리며 어리인 듯이 월계화를 바라보고 섰다. 쏘아 오는 햇발이 그의 눈을 비치니 고개를 갸웃하며 한 손을 이마 위에 얹고 눈을 스르르 감더니 아직도 어슴푸레하게 조으는 월계화 그늘에 몸을 숨기매 이슬 젖은 꽃송이가 누나의 뺨을 스친다. 손으로 가벼이 이 화판을 만지며 고개를 숙여 꽃을 들여다본다.

나도 한참을 누님과 월계화를 바라보다가 학교에 갈 시간이 나 아니 되었나 하고 방에 걸린 시계를 보니 아니나 다를까 벌써 시간이 다되어 간다. 급히 건너방에 들어가 책보를 싸가지고 나오며

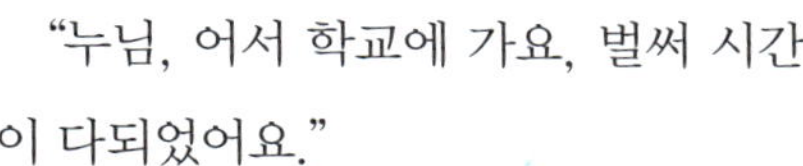

"누님, 어서 학교에 가요, 벌써 시간이 다되었어요."

"응, 벌써!"

하고 누님은 내 말에 놀라 돌아서더니 허둥허둥 건넌방에
들어가 책보를 싸더니 또 망연히 앉아 있다.

"어서 가요!"

나는 조급히 부르짖었다. 누님은 또 한번 놀라 몸을 일으
켰다.

요사이 누님의 하는 일이 매우 이상하였다. 그 열심히 하던
공부도 책을 보다가 말고 망연히 자실하여 먼 산만 머얼거니
바라보고 있을 때가 많았다—누님이 잠은 어머니를 모시고 큰
방에서 자되 공부는 나를 데리고 건넌방에서 하였으므로 누님
이 정신을 잃고 앉은 것을 여러 번 보았다.

그날 밤 새로 한시나 되어 잠을 깨니 갑자기 뒤가 보고 싶었
다. 나는 급히 일어나 뒷간에 갔었다. 뒤를 보고 나오니 이미
이지러진 어스름 반달이 중천에 걸리어 있다. 나는 달을 치어
다보며 한 걸음 두 걸음 마당 가운데로 나왔다. 뜰 앞 월계화
는 희미한 달빛에 어슴푸레하게 비치는데 꽃 사이로 하야스럼
한 무엇이 보인다. 자세히 보니 누님이 꽃에다 머리를 파묻고
서 있다. 그의 흰 목양목 겹저고리가 내 눈에 띄임이라, 왜 누
님이 저기 저러고 서 있나? 온 세상이 따뜻한 봄의 환희에 싸
이어 고요히 잠든 이 밤중에 무슨 까닭으로 나와 섰나? 나는
어린 가슴을 두근거리며

"누님, 거기서 무엇 해요?"

내 소리에 깜짝 놀랐는지 몸을 흠칫하더니 아무 대답이 없

다. 가만가만 가까이 가서 어깨를 흔들었다. 숨을 급히 쉬는지 등이 들먹들먹한다. 나오는 울음을 물어 멈추는지 가늘고 떨리는 오열성(嗚咽聲)이 들린다. 나는 바싹 대들어 누님의 얼굴을 보았다.

분결 같은 두 손 사이로 보이는 얼굴은 발그레하였다. 나는 웬일인가 하고 얼굴 가린 두 손을 힘써 떼었다. 두 손은 적셔 있었다. 누님의 두 눈으로 눈물이 흘러내린다. 구슬 같은 눈물이 점점 월계화에 떨어진다. 월계화는 그 눈물을 머금어 엷은 명주(明紬)로 가린 듯한 달빛이 어렴풋이 우는 것 같다. 누님의 머리는 불덩이같이 더웠다.

"왜 안 자고 나왔니……."

하며 내 손을 밀치는 손은 떠는 듯하였다. 나는 목멘 소리로

"누님 왜 우셔요? 네?"

하고 내 눈에도 눈물이 핑 돌았다.

이슬에 젖은 꽃향기는 사랑의 노래와 같이 살근살근 가슴을 여위고 따뜻한 미풍은 연애에 타는 피처럼 부드럽게 뺨을 스쳐 지나간다. 이런 밤에 부드러운 창자에 느낌이 없으랴! 꽃다운 나이에 수심(愁心)이 없으랴!

철모르는 나는

"누님, 어서 들어가셔요."

하고 누님의 손목을 이끌었다. 맥이 종작없이 뛰는 것을 감각하였다. 누님은 눈물을 씻으며

"먼저 들어가거라, 나도 곧 들어갈 것이니……."

하였다.

"대관절 웬일이야요? 어디가 편찮으셔요?"

"아니, 공연히 마음이 뒤숭숭하구나."

하더니 한 손으로 월계화 가지를 부여잡고 이마를 팔에다 대며 흑흑 느끼어 운다.

어스름 달빛은 쓰린 이별에 우는 시선같이 몽매하게 월계화 나무 위에 흘러 있다.

3

이틀 후 공일날 누님과 나는 창경원 구경을 갔었다. 창경원 벚꽃이 한창이란 기사가 수일 전부터 게재되고 일기도 화창하므로 구경꾼이 구름같이 모여들어 넓으나 넓은 어원(御苑)이 희도록 덮여 있다. 과연 벚꽃은 필 대로 피어 동물원에서 식물원 가는 길 양편에는 만단홍금(萬段紅錦)을 펼친 듯하다.

"국주(國柱)야, 우리는 동물원은 그만두고 저 잔디밭에 앉아

꽃구경이나 실컷 하자.”

누님은 찬성을 구하는 듯이 나를 바라보며 묻는다. 나도 짐 승 곁에 가니 야릇한 무슨 냄새가 나던 것을 생각하고

“그럽시다.”

하고 곧 찬성하였다.

우리는 길 옆 잔디밭 은근한 편(便) 소나무 밑에 좌정(坐定) 하였다. 붉은 놀 같은 꽃 다리 밑으로 지나가는 흰 옷 입은 유 객(遊客)들을 꽃빛에 비치어 불그스름해 보이는 것이 말할 수 없는 춘흥을 자아낸다. 어린 나도 따뜻한 듯한, 부드러운 듯 한, 봄의 기운을 깨달아 웃는 낯으로 누님을 돌아보니 누님은 나직이 한숨을 쉬며 고개를 숙이더니 푸른 풀 사이에 핀 누른 꽃을 하나 꺾어 뺨에다 대인다. 무슨 걱정이나 있는 듯이 눈살 을 찌푸렸다. 나는 그날 밤에 누님이 월계화 사이에서 울던 광 경을 가슴에 그리면서 유심히 누님의 행동을 살피었다.

누님이 얼굴에 수색(愁色)을 띤 것이 퍽 애처로워서 무슨 이 야기를 하여 누님의 흥미를 끌까 하고 곰곰이 생각하면서 이 리저리 살피었다.

우연히 식물원 편을 바라보다가 그곳을 가리키고 누님을 흔 들며

“저기를 좀 보셔요.”

하였다. 웬일인지 누님은 깜짝 놀란다. 곤한 잠을 깬 사람에 게 흔히 있는 표정으로 내가 가리키는 곳을 바라본다. 거기서

우리 학교 교복을 입은 학생 하나가 이리로 내려온다. 그는 우리 학교 4년급 급장이었다. 누님이 한참 멍하니 바라보다가 두 추파가 마주친 것 같다. 누님은 고개를 숙이었다. 나는 누님의 귀밑이 발그레해진 것을 보았다. 누님이 내 무릎을 꼭 잡으며

"거기 무엇이 있다고 날더러 보라니."

간신히 귀에 들릴 만큼 말하였다.

"아야! 아이고 아파요. 왜 저이를 모르셔요. 그이가요 이번에 첫째로 4년급에 진급한 이야요. 공부를 잘하고 또 재조가 비범하대요. 게다가 얼굴이 저렇게 잘났겠지요."

나는 바로 내나 그런 듯이 기뻐하면서 입에 침이 없이 칭찬하였다. 누님은 부끄럽게 웃으며

"왜 내가 그를 모른다니, 4년이나 한 학교에 다녔는데……. 그래 그 사람 보라고 사람을 흔들고 야단을 했니?"

"그럼은요…… 그런데요, 어저께 내가 누님보다 좀 일찍 나왔지요? 집에 오니까 어머니 친구 몇 분이 오셨는데, 누님 칭찬이 야단입디다 '어쩌면 인물도 그다지 잘나고 재조도 그렇게 좋을꼬. 참 복 많이 받았습니다.' 라고요. 나는 그 말을 듣고 춤이라도 출 듯 기뻐하였어요. 저 사람도 장하지만 누님은 더 장해요."

나는 그 사람을 너무 칭찬하여 행여나 누님이 그에게 질까 보아서 또 한참 누님을 추어올렸다. 누님은 또 얼굴을 붉히며

“너는 별소리를 다하는구나, 누가 네게 칭찬 듣고 싶다디.”

우리가 이런 수작을 하는 틈에 그가 어느새 우리 앞을 지나면서 슬쩍 누님을 엿보았다. 두 시선은 또 한 번 마주쳤다. 누님의 얼굴은 갑자기 다홍빛을 띠었다. 그가 중인총중(衆人總中)에 섞이어 점점 멀어 가는 양을 누님이 물끄러미 바라본다. 그는 나가 버렸다. 누님의 눈이 이리로 도는 바람에 그 사람의 뒤꼴을 보는 누님을 도적해 보던 내 눈이 이리로 잡히었다.

“너는 남의 얼굴을 왜 빤히 들여다보니.”

하고 누님의 얼굴은 또다시 붉어졌다.

“보기는 누가 보아요.”

하고 나는 빙그레 웃었다.

4

그 이튿날 아침에 누님은 좀처럼 바르지 않던 분을 약간 바르며 더럽지 않은 옷을 벗고 새 옷을 갈아입었다.

“네가 오늘은 웬일이냐?”

하고 어머님이 의아해하신다. 누님이 머뭇머뭇하더니 어린
애 모양으로 어머님의 가슴에 안기며

"제가 오늘은 퍽 잘나 보이지요."

하고 웃는다. 그 웃음과 함께 누님의 얼굴에 홍조가 퍼진다.
과연 오늘은 누님이 더 어여뻐 보이었다. 두 손으로 기운 없이
뒤로 큰 방문을 집고 비스듬히 문에다 몸을 반만 실려 웃는 양
이 말할 수 없이 어여뻤다. 어리인 우유에 분홍물을 들인 듯한
두 뺨은 부풀어오른 듯하고 장미꽃빛 같은 입술이 방실 벌어
지며 보일 듯 말 듯이 흰 이빨이 번쩍거린다. 춘산(春山)을 그
린 듯한 눈썹은 살짝 위로 치어오른 듯하여 그 밑에서 추수(秋
水)가 맑은 눈이 웃음의 가는 물결을 친다.

어머님이 누님을 보고 웃으시며

"언제는 못났디."

"그런데 오늘은요?"

누님이 되질러 묻는다.

"오냐, 오늘은 더 이뻐 보인다."

"어머님, 정말이야요?"

하고 누님은 또 방긋 웃는다. 수색
(羞色)에 싸인 희색(喜色)이 드러난다.

"오늘은 정말 더 이뻐 보인다. 너
의 부친이 보셨던들 작히 기뻐하시
겠니."

하시며 어머님의 눈에서 눈물이 스르르 어리었다. 곱게 빛
나던 누님의 얼굴에도 구름이 끼인 것 같다. 그러나 얼마 아니
되어 그 구름이 스러지고 또다시 기쁨과 희망의 빛이 번쩍거
린다.

우시는 어머님을 민망히 바라보던 누님이 지은 듯한 슬픈
어조로

"어머님, 마음 상하지 마세요."

하였다.

"애. 시간이 다 되었겠다. 내 걱정을랑 말고 어서 학교에나
가거라."

하고 어머님은 눈물을 삼키었다.

우리는 책보를 끼고 나섰다.

학교 문턱에 들어서니 종소리가 들린다. 우리는 달음박질하
여 들어갔다. 전교 생도가 다 모였다. 모두 행렬과 번호를 마
치자

"기착(氣着), 경례, 출석원 도합 ○○명."

이라 하는 카랑카랑한 소리가 들리었다. 그는 4년급 급장의
소리다. 이 소리가 끝나자 여자부 편에서도 이와 같은 호령과
보고를 하는 소리가 들리었다. 그는 옥을 빻는 듯한 날카로운
소리었다. 그는 우리 누님의 소리다. 오늘은 웬 셈인지 이 두
소리가 나의 어린 가슴을 뛰게 하였다.

그 다음 토요일 하학한 후에 교우회가 모인다고 4년급 생도

들이 학교문을 걸고 파수를 보며 철없는 1, 2년급들이 나가는 것을 막아 섰다. 우리가 늘 모이는 강당에 들어가니 벌써 이편에는 남학생, 저편에는 여학생이 빽빽이 앉아 있었다. 나도 거기 앉았노라니 무엇이니 무엇이니 하고 한참 야단들이더니 얼마 아니 되어 4년급생이 흰 종이 조각을 돌리며

"지육부 간사 투표권이요, 한 장에 한 명씩 쓰시오."

하며 외친다. 내 곁에 앉은 녀석이 똑똑한 체로

"유기명 투표야요, 무기명 투표야요?"

묻는다.

"물론 무기명 투표지요."

아까 외치던 4년급생이 대답한다. 저편에서

"무기명 투표란 무엇이오?"

하는 녀석이 있다.

"그것도 모르면서 회(會)할 적마다 집에만 가려고 하지! 무기명 투표란 것은 선거자의 이름을 쓰지 않는 것이오."

꾸짖는 듯이 그 4년급생이 말하고 기색이 엄숙하다. 나는 무의식적으로 담박 4년급 급장 이름을 썼다. 필경 남자부에는 최다점으로 그가 선거되고 여자부에서는 최다점으로 우리 누님이 선거되었다.

그 후부터 누님이 간사회 한다 지육부 한다 하고 저녁 먹고 나가면 밤 아홉시 열점이나 되어 돌아오는 일이 번번이 있었다. 그 회에 갈 적마다 안 보던 거울도 보고 늘어진 머리카락

도 쓰담아 올리며 옷고름도 고쳐 매었다.

하루 밤은 누님이 지육부 간사회 한다고 저녁 먹고 나가더니 열점 반이 되어도 돌아오지 않는다. 어머님은 별별 염려를 다하시다가,

"너 누이가 여태껏 돌아오지를 않으니, 회는 벌써 끝났을 것인데 너 좀 가 보아라."

나는 두루마기를 입고 집을 나와 사직골 막바지로부터 광화문통에 가는 길을 터벅터벅 걸어간다. 달도 없는 5월 그믐밤이었다. 전등도 별로 없고 행인도 희소한 어둠침침한 길을 걸어가려니 무시무시한 생각이 난다. 나는 무서운 생각을 쫓느라고 발을 쾅쾅 구르며

"하나 둘."

하고 달음박질하였다. 한참 뛰어가니 숨이 헐떡거리고 진땀이 흐른다. 모자를 벗어 부채질하면서 천천히 걸어간다. 내 앞 멀지 않은 곳에 이리로 향하여 젊은 남녀가 짝을 지어 올라온다. 그는 남학생과 여학생이었다. 그와 누님이었다. 나는 가슴이 설렁하며 일종의 호기심이 일어났다. 살짝 남의 집 담 모퉁이에 은신하였다. 둘은 내가 거기 숨어 있는 줄은 모르고 영어로 무어라가 소곤소곤거리며 지나간다. 그 중에 이 말이 제일

똑똑히 들리었다. (그때는 몰랐지만 지금 생각하니 아마 이 말인 것 같다.) 그가

"Love is blind(사랑은 맹목적이라지요.)"

라니까 누님은 소리를 죽여 웃으며,

"But our love has eyes!(그런데 우리의 사랑은 보는 사랑이 지요.)"

하였다. 그들이 지나가자 나도 가만가만 뒤를 따랐다. 어두운 속이라 누님의 흰 적삼이 퍽 눈에 뜨인다. 전등 켠 뒤 집 대문 앞을 지날 때에 나는 그의 바른손이 누님의 왼손을 꼭 쥔 것을 보았다. 나는 웬일인지 싱긋이 웃었다. 그들이 행여나 나를 돌아볼까 보아서 발자취를 죽이고 남의 담에 몸을 비비대며 꽤 멀리 떨어져 갔었다. 우리 집 가까이 와서 둘이 걸음을 멈추더니 서로 악수를 하고 또 악수를 하는 것 같았다. 연연히 서로 떠나기를 싫어하는 것 같다. 한참이나 그리하다가 그가 손을 놓고 또 무어라고 한참 수군거리더니 그가 돌아서 온다. 누님은 우리 집 문 앞에 서서 한참 그의 가는 양을 바라보고 서 있다. 그는 또 내 곁을 지나간다. 그의 걸음걸이는 허둥허둥하였다. 그가 지나간 후 나는 달음박질하여 집에 돌아왔다. 대문턱

에 들어서니 어머님과 누님의 문답하는 소리가 들린다.

"왜 그처럼 늦었니, 나는 별별 근심을 다했다."

"오늘은 상의할 일이 좀 많아서……."

누님이 머뭇머뭇한다.

"그애는 어디로 왔기에 같이 오지를 안 하니, 오는 길에 못 봤니?"

어머님이 묻는다.

"그애가 어디로 같을꼬…… 길에서 만났을 것인데."

누님이 걱정한다.

나는 안방문을 열고 시침을 뚝 따고

"누님 인제 왔어요."

하고 빙그레 웃었다. 어머니는 놀라며

"너 뺨에 옷에 맨 흙투성이니 웬일이냐?"

하신다.

"담에 붙어와…… 아니야요, 저저……."

하고 누님을 보고 빙글빙글 웃었다. 누님의 얼굴은 또 빨개졌다.

5

그 후 더운 날 달밤에 누님은 친구하고 어디를 간다, 어

디를 간다 하고 자주 나갔었다. 누님은 늘 나를 따돌리고 혼자 나갔으므로 푸른 풀 잦아진 곳과 달빛 고요한 데에서 그와 누님이 만나 꿀 같은 사랑의 속살거림을 몇 번이나 하였는지 나는 모른다.

누님이 출입이 자조롭고 기색이 수상(殊常)하였던지 어머님이

"인제 네가 어디 나가거든 꼭 네 동생을 데리고 다녀라."

하신 뒤로는 누님이 집에 들며 공연히 짜증을 내며 하염없는 수색(愁色)이 적막한 화용(花容)을 휩싸였다. 그리고 때때로 머리가 아프다 하며 이불을 쓰고 누워 있었다.

하루는 우리가 점심을 마친 후 누님이 날더러

"너 나하고 남산 공원 산보 가련?"

하였다. 그때는 6월 염천이라 더운 기운이 사람을 찌는 듯하였다. 나도 거기 가서 서늘한 공기도 마시고 무성한 초목으로부터 뚝뚝 취색(翠色)에 땀난 몸을 씻으리라 생각하고는 곧

"네."

하였다.

우리는 광화문통에서 전차를 타고 진고개를 거쳐 남산공원을 올라갔었다. 저편 언덕 위에 그가 기다리기가 지루하다는 듯이 앉았다가 일어섰다가 하는 것이 보이었다. 누님이 갑자기 돌아서 나를 보며

"너 이것 가지고 진고개 가서 과자 좀 사와! 응."

하며 돈 이십 전을 주었다. 나는 급히 진고개로 나왔다. 얼른 과자를 사 가지고 가본즉 그와 누님은 그림자도 보이지 않는다. '어디로 갔을까?' 나는 누님이 무슨 위험한 곳에나 간 것같이 가슴이 팔딱거리었다. 이리저리 아무리 살펴도 그들은 없다. 나는 이편으로 기웃기웃 저편으로 기웃기웃 하였다. 한참이나 취색이 어린 남산 정상을 치어보다가 또다시 걸어갔었다. 한동안 걸어가도 보이지 않는다. '아이고, 어디로 또 그만 가버렸어. 이리로는 아마 아니 갔나 보다.' 하고 돌아서 오던 길로 도로 온다.

갔던 길로 도로 오려니 퍽 먼 것 같다. '에이그, 그 동안에 내가 퍽도 걸었네.' 속으로 중얼중얼하였다. 골딱지가 나니까 더 더운 것 같다. 대기는 횃불에 와글와글 끓는 것 같다. 나는 이 대기에 잠기어 몸이 삶아지는, 땀이 줄줄 흘러내리고 숨은 헐떡헐떡 차오른다. 모자를 벗으니 머리에서 김이 무럭무럭 난다. 나는 부글부글 고여 오르는 심술(心術)을 억지로 참으며 아까 그가 섰던 곳까지 돌아왔다.

"어디로 갔을까? 저리로 가 보자."

혼잣말로 두덜거리고 아까 갔던 반대 방향으로 걸어갔었다.

한동안 걸어가도 그들은 또 보이지 않는다. 참고 참았던 짜증이 일시에 폭발이 되었다. 잔디밭에 털썩 주저앉아 엉엉 울었다. 풀들을 쥐어뜯으며 한참 울다가 하도 내가 어린애 같은 것이 부끄럽고 우스웠다. 그렁그렁한 눈물을 씻고 히히 웃은 뒤 이리저리 또 살펴보기 시작하였다.

저편 좀처럼 사람 눈에 띄지 않는 소나무 그늘 밑에 그들이 나란히 앉아 있는 것을 보았다. 나는 잃었던 보배를 발견한 듯이 기뻐하였다.

'누님—거기계세요.'

고함을 지르고 뛰어가려다가 에라 무슨 이야기를 하는지 좀 엿들으리라 하고 어느 밤에 그들의 뒤를 따라가던 모양으로 가만가만 걸어 가까이 갔었다. 한낮이므로 유객(遊客) 하나 없고 바람 한 점 불지 않는다. 더운 공기는 기름 언 것같이 조금도 파동이 없다. 남이 들을까 보아서 가만가만히 하는 이야기도 낱낱이 내 귀에 들리었다.

"물론 그렇게 해야지요. 그런데 요 사이는 어째 볼 수가 없어요?"

하고 그가 말했다.

"어머님께서 어디 나가게 하셔야지요. 나가거든 꼭 동생과 같이 다녀라 하시겠지요. 그래서 오늘도 같이 왔지요."

그리고 누님이 웃으며 말을 이어

"딴 이야기하노라고 잊었구려. 기다리신다고 오죽 지리하셨 겠어요."

"한 시간이나 넘어 기다렸어요. 오늘도 아마 못 오시는가 보다 하고 그만 가 버릴까 하였어요."

"네? 가 버릴까 하였어요? 제가 언제 약속 어긴 일이 있어 요. 저는 어찌 급했던지 점심을 먹는데 밥이 입으로 들어가는 지 코로 들어가는지 몰랐어요."

둘이 웃는다. 나도 웃었다. 나는 어린애가 꽃에 앉은 나비를 잡으러 갈 때에 가는 걸음걸이로 한 걸음 두 걸음 가까이 갔었 다. 사랑하는 이들은 달디단 이야기에 얼이 빠져 사람 오는 줄 도 모른다. 그들 앉은 소나무 뒤에 살짝 붙어 섰다. 두 어깨는 다가 있고 누님의 풀린 머리카락이 그의 뺨을 스친다. 그와 누 님의 눈과 입에는 정이 찬 웃음이 넘친다. 그러다가 두 손길을 마주잡고 실심한 사람 모양으로 멀거니 서로 들여다본다. 누 님의 몸으로부터 발산하는 따뜻하고 향기로운 기운에 나도 싸 인 것 같았다. 나는 와락 달려들어,

"누님, 여기 계세요. 나는 어디 가셨다고…… 아아 사람 애 도 퍽도 먹이시지!"

둘은 깜짝 놀래었다. 누님의 모시적삼이 달싹달싹하는 것을 보고 누님의 가슴이 팔딱거리는구나 하였다. 그는 시치미를 뚝 떼려 하였으나 '부끄럼'이란 원소가 얼굴에 퍼뜨리는 붉은

빛을 감출 길이 없었다.

"에그, 나는 누구라구 퍽도 놀랐다."

누님은 두근거리는 가슴을 한 손으로 어루만지며 말하였다. 누님이 그를 향하여,

"이 애가 제 동생이야요. 아직 철이 안 나서…… 많이 사랑해 주셔요."

한 뒤 나를 보고 그를 눈으로 가리키며,

"너 이이 보고 이훌랑은 형님이라 하여라."

"어째서 형님이라 해요?"

내가 애를 먹이었다. 누님의 얼굴은 새빨개지며 나를 흘겨본다.

"왜 누님 성나셨소? 그러면 형님이라 하지요."

하고 어리광을 부리며

"형님, 누님, 과자 잡수셔요."

하고 쥐었던 과자를 앞에 내놓았다. 누님이 나를 보고 빙그레 웃으며,

"우리는 먹기 싫으니 너 혼자 저쪽에 가서 먹고 있어라. 우리 갈 때 부를 것이니……."

나는 길게 방해놓기가 싫었다. 과자를 쥐고 나와 풀밭에 앉아 먹으면서 혼잣말로

"내 뱃속에 영감쟁이 열둘이나 들어앉았는데 어린애로만 여기지……."

하고 웃었다.

　그 긴긴 해가 벌써 서산에 걸리었다. 낙조에 비치는 녹수와 방초는 불이 붙은 것같이 붉어 보인다.

　나도 이 동안에 퍽도 심심하였다. 풀을 자리삼아 눕기도 하고 기지개도 켜고 몸을 비비틀기도 하며 곡조도 모르는 창가를 함부로 부르기도 하였다. 이제나 올까 저제나 부를까 고대고대하여도 그 둘의 그림자는 얼른도 아니한다. 무슨 이야기가 그렇게 많은고. 아마 사랑하는 사람끼리의 이야기는 끝이 없는가 보다. 벌써 이야기한 것이 수만 마디가 넘건마는 말 몇 마디 못하여 해는 어이 쉬이 가나 하는 것이다.

　남산 밑 풀과 나무에 빛나던 붉은 빛은 점점 걷히고 모색(暮色)이 가물가물 쳐들어온다. 햇빛은 쫓기어 남산 정상을 향하여 자꾸 기어올라가더니 남산 맨 꼭대기에 움츠리고 앉아 있을 뿐이다.

　검푸른 저문 빛이 남산 밑을 에워싸자 정상에 비치는 햇빛조차 스러지고 저편 하늘에 붉은 놀이 흰 구름을 붉고 누렇게 물들인다.

　나는 참다못하여 몸을 일으켜 그곳으로 갔다. 어두운 빛에 놀랐는지 그들도 일어섰다. 나는 걸음을 멈추고 나무로 깎아 세워 놓은 사람 모양으로 주춤 섰다. 누님의 걱정스러운 떨리

는 소리가 나의 귀막을 울림이라.

"K씨! 우리가 목전의 즐거움만 다행히 여겨 그냥 이리 지내다가는 우리의 꿀 같은 행복이 끝에는 소태 같은 고통으로 변할 것 같아요. 우리 각자 꼭 아까 말한 것 같아야 됩니다."

"아무렴요! 꼭 그리 해야 될 터인데…… 아까도 말했지만 우리 집은 워낙 완고라……."

그의 말이 떨리었다.

나는 가슴이 선뜻하였다. 무슨 말을 하였나? 무슨 일을 하려는가? 엿듣지 못한 것이 한이 되었다. 둘은 이리로 걸어온다. 누님의 눈은 약간 발그레하였다. 그 고운 뺨에 눈물 흔적이 보이었다. 나는 또 웬일인가 하고 가슴이 선뜻하였다.

6

그날 밤에 나의 어린 소견에도 별별 생각을 다하고 씩씩이 잠도 잘 자지 못하였다. 내가 어렴풋이 잠을 깰 적마다 큰방에서 어머니와 누님이 무어라고 이야기하는 소리가 간단없이 들리었다.

새로 한참이나 되어 내가 잠을 또 깨니 큰방에서 훌쩍훌쩍 우는 소리가 들린다. 울음 섞인 어머님의 말소리가 난다.

"그래 네가 요사이 늘 탈기를 하고 행동이 수상하더라…….

나는 허락한다 하더래도 만일 그 집에서 안 된다면 네 신세가
어떻게 되니……. 네가 다만 하나 있는 어미 몰래 그 사람과
약혼한 것이 괘씸하다. 아비 없이 너를 금옥같이 길러 내어 이
런 일이 날 줄이야! 남편 없다고 너까지 나를 업수이여기는 게
지…….”

누님은 흑흑 흐느끼며,

“어머님, 잘못하였습니다. 무어라고 말씀을 여쭈어야 좋을
지……. 친한 뒤에는 몇 번이나 말씀을 여쭈려 하였지만 입이
잘 떨어지지를 않았어요……. 들어 주셔요. 암만 어머님이라
도 그때는 부끄러워서요. 인젠 서로 약혼까지 해 놓으니 몸과
마음이 달아 부끄럼도 돌아볼 수 없게 되었어요. 그래서 뻔뻔
스럽게 여쭌 것이야요. 어머님 말씀같이 그가 저를 잊을 리가
없어요. 버릴 리는 없어요. 그다지 다정한 그가 그럴 리가 없
다고요. 어제 공원에서 단단히 맹세하였습니다. 각각 부모님
께 여쭈어 드리시면 이 위에 더 좋은 일이 없거니와 만일 그
렇지 않거든 멀리멀리 달아나겠다고요. 배가 고프고 옷이 차
더라도 부모도 못 보고 형제도 못 보더라도 둘이 같이만 있으
면 행복이라구요. 온갖 곤란과 갖은 고통을 달게 받겠다구요.
정말 그래요. 저도 그 없으면 미칠 것 같아요. 어머님이 허락
을 아니하신다 할 것 같으면 저는 이 세상에 살아 있을 것 같
잖아요.”

밀려오는 물을 막았던 방축을 무너버릴 때에 물밀 듯이 누

님이 말하였다. 흔히 순결한 처녀가 사
랑의 불을 가슴속에 깊이깊이 숨겨
두고 행여나 남이 알까 보아서 전
전긍긍하며 호올로 간장을 태우
다가도 한번 자기 친한 이에게 발
설하기 시작하면 맹렬히 소회를 베
푸는 것이라.

나는 가슴을 울렁거리며 안방에 건너왔다.

누님은 어머님 무릎에 머리를 파묻고 울며 어머님은 누님의
등에다 이마를 대고 운다. 나도 한참 소연히 섰다가 어머님 곁
에 앉았다. 어머님을 흔들며 목멘 소리로

"어머님, 울지 마셔요."

이 말을 마치자 가슴이 찌르르해지며 흐르는 눈물을 금할
길이 없었다. 어머님은 눈물을 삼키고 누님을 흔들며

"이애 이애, 그만 그쳐라."

누님은 더 섧게 운다.

"이애, 남부끄럽다. 그만 두어라. 오냐, 네 원대로 하마. 그
도 한번 데리고 오너라."

어머님은 그만 동곳을 뺐었다. '여자가 수약(雖弱)이나 위모
칙강(爲母則强)'이란 말은 어찌 생각하고 한 소리인고?

이틀 후 누님이 그를 데리고 왔다. 그의 곱상스러운 얼굴과
얌전한 거동이 당장 어머님의 사랑을 이끌었다. 참 내 딸의 짝

이라 하였다. 애녀(愛女)의 평생 이 유탁(有託)하다 하였다. 단
꿈이 꾸이리라 하였다. 기쁜 날이 오리라 하였다. 더구나 맑은
눈과 까만 눈썹이 내 딸과 흡사하다 하였다. 누님과 그가 영어
로 말하는 양을 보고 뜻도 모르면서 웃으셨다. 재미스러운 딸
의 장래 가정을 꿈꾸고 사랑스러운 외손자를 꿈꾸었다.

그 후부터는 남의 이목을 피해 가며 몇 번이나 서로 맞추어
서 길게 기다려 가지고 살짝이 만나던 애인들은 자유로이 우
리 집에서 만나 웃고 즐기게 되었다.

7

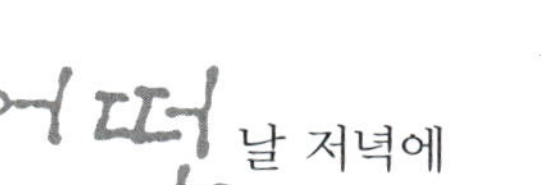

어떤 날 저녁에
그가 우리 집에 왔다. 그때 마침 어머님은 어디 가시고 나와
누님과 단둘이 있었다. 나는 와락 내달으며

"형님, 오셔요."

라고 반갑게 인사하였다. 누님도 반가이 맞으며,

"요사이는 왜 오시지 안 하셔요?"

"아니 내가 언제 왔는데."

하고 그는 지어서 웃는다.

누님은 눈을 스르르 감으며 무엇을 생각하는 듯하더니,

"오늘이 칠월 초열흘이고, 초칠일이 공일이라…… 공일날

오시고 오늘 처음이지요?"

"그래요, 한 사흘밖에 더 되었어요?"

"사흘! 저는 한 삼 년이나 된 듯하였어요. 사흘 만에 한 번씩 만나? 멀어요! 퍽 멀구말구요! 사흘이 그다지 가까운 것 같습니까?"

하고 누님은 무엇을 찾는 듯이 그를 바라본다.

"사흘 만에 한 번씩 와도 장하지요."

하고 그는 또 웃는다.

"장해요! 사흘 동안에 제가 몇 번이나 문 밖을 내다보는지 아셔요? 저는 온갖 걱정을 다했지요. 몸이나 편찮으신가, 꾸중이나 되셨는가……."

하고 목소리는 전성(顫聲)을 띠어 가며 눈에는 눈물이 괴어진다.

"저는 우리 일에 대하여 무슨 큰 걱정이나 생겼나 하고 얼마나 애간장을 태웠는지요!"

하고는 눈물이 그렁그렁 넘쳐흐른다.

"아니야요! 여하간 죄 없이 잘못하였습니다."

하고 그는 눈살을 찌푸리다가 선웃음을 치며

"어린애 모양으로 걸핏하면 울기는 왜 울어요. 저 동생 부끄럽지도 않아요. (갑자기 어조가 야릇하게 변하며) 그런데 내가 어제도 올라카고 아레도 올라캤지마는 올라칼 때마다 동무가 찾아와서 올 수가 있어야지."

울던 누님이 웃음을 띠었다. 나도 웃었다.

그는 대구 사람이다. 그의 부모는 아직도 대구에서 산다. 서울 있는 오촌 당숙집에 그는 유숙하고 있다. 그는 서울에 온 지가 벌써 5, 6년이 지내었으므로 사투리는 거의 안 쓰게 되었으나 때때로 우리를 웃기려고 야릇한 말을 하였다.

"올라카고, 갈라카고."

흉내를 내어 나는 방바닥에 뚤뚤 굴러가며 웃었다. 그는 시치미를 뚝 따고

"남 이야기하는데 웃기는 와, 웃소. 가 참 얄궂다."

하였다. 누님은 어떻게 웃었는지 얼굴이 붉어지고 배를 움켜쥐고 숨찬 소리로,

"그만 두셔요, 그만 웃기셔요."

한참 동안 우리는 이렇게 웃고 즐기다가 나를 누님이 또 무슨 심부름을 시켰다—무슨 심부름이던가 생각이 아니 난다. 그가 오기만 하면 누님이 무엇 좀 사 오너라, 어디 좀 갔다 오너라 하고 늘 나를 따돌렸다.

"에그, 누님도 왜 나를 늘 따돌려."

두덜두덜하면서 집을 나왔다. 반달은 비스듬히 푸른 하늘에 걸려 있었다. 만경창파에 외로이 떠나가는 일엽편주와 같았다.

나 없는 동안에 그들이 무슨 이야기를 하는지를 듣고 싶어서, 급히 오느라고 오는 것이 한 시간이나 넘어 걸리었다. 나

는 벌써 엿듣기에 익숙하여 사뿐 문중에 들어서며 가만히 살펴보니 애인들은 달 비치는 월계화 나무 밑에 평상(平床)을 내어놓고 나란히 앉아서 무어라고 소곤거린다. 나는 숨소리도 크게 아니 쉬고 귀를 기울였다.

"그러면 어째요? 어머님께서는 좀처럼 올라오시지 않을 것이고…… 왜 그러면 상서(上書)로 이 사정을 못 아뢸 것이야 있어요?"

누님의 애타는 소리가 들린다.

"글쎄요. 몇 번이나 상서를 썼지만…… 부치지를 못하겠어요."

"만일 차일피일하다가 딴 데 혼인을 정해 놓으시면 어째요?"

"정해 놓아도 안 가면 그만이지요."

"그런데 오촌 당숙 내외분은 아마 이 눈치를 아시는 것 같아요……. 네? 아마 그런 거 같아요. 그래서 집에 무슨 통지가 있었는지 한아버지께서 일간 올라오신대요."

"올라오시면 죄다 여쭙겠단 말씀이구려."

"글쎄요, 그런데…… 우리 한아버지는 참 오랑이 같은 어른이라…… 완고 완고 참 완고하신데…… 나도 어찌할 줄을 모르겠어요. 그래서 밤에 잠이 오지 않아요.”

하고 머리를 긁적긁적하고 눈살을 찡그리더니 또 말을 이어,

“오늘 또 아버지께서 하서(下書)하셨는데 이번 울산 김 승지 집에서 너를 선보러 간다니 행동을 단정히 하여라 하는 뜻입니다. 참 기막힐 일이야요.”

하고 한숨을 내쉰다.

“부모님께서 하루바삐 이 사정을 여쭙지 않으면 큰일나겠습니다그려.”

누님의 안타까운 소리가 들린다.

“여하한 꾸중을 하시더래도 장가를 못 가겠다 할 터이야요! 조금도 걱정 마셔요.”

그는 결심한 듯이 고개를 들며 단연(斷然)히 말하였다.

밝은 달은 애타는 양인의 가슴을 나는 몰라하는 듯이 저리로저리로 미끄러져 가며 더운 공기에 맑은 빛을 흩날린다. 월계화는 더욱 붉고 더욱 곱다. 진세(塵世)의 우수고뇌를 나는 잊었노라 하는 것 같았다.

그 이튿날 일어난 누님의 얼굴은 해쓱하였다. 머리카락이 흩어질 대로 흩어진 것을 보아도 작야에 잠을 못 이루어 몇 번이나 베개를 고쳐 벤 것을 가히 알리라. 누님이 사랑의 맛이 쓰고 떫은 것을 처음으로 맛보았도다! 행복의 해당화를 꺾으려면 가시가 손 찌르는 줄 비로소 알았도다.

하루 가고 이틀 가고 어느덧 일주일이 지내었건만, 누님이 오늘이나 와서 호음(好音)을 전해 줄까 내일이나 와서 희식(喜息)을 알려 줄까 고대고대하는 그는 코끝도 보이지 않는다. (내가 학교에를 가도 그를 볼 수 없었고, 누님도 이때부터 심사가 산란하여 학교에 못 갔었다.)

이 동안에 누님은 어찌 애를 태웠던지 양협(兩頰)에 고운 빛이 사라져가고 눈언저리는 푸른 기를 띠고 들어갔다. 입술은 까뭇까뭇 타들어가고 두 팔은 맥없이 늘어졌다.

일주일 되던 날 누님은 생각다 못하여 편지 한 장을 주며

"너 이 편지 가지고 그 댁에 그가 있거든 전하고 못 보거든 도로 가지고 오너라."

하였다.

전일에 그를 따라 한번 그 집에 갔던 일이 있으므로 그 집을 자세히 알아두었다. 그 집 대문에 들어서니 행랑 사람도 없고 그가 있던 사랑문도 닫히어 있다.

안에서 기운찬 노인의 성난 말소리가 나의 귀를 울린다.

"이놈, 아직 학생이니 장가를 못 가겠다. 핑계야 좋지. 이놈, 괘씸한 놈, 들으니 네가 어떤 여학생을 얻어 가지고 미쳐 날뛴다는구나! 아니야요란 다 무엇이야. 부모가 들이는 장가는 학생이라 못 가겠고, 학생 신분으로 계집은 해도 관계찮으냐. 이놈, 고약한 놈! 네 원대로 그 학교나 마치고 장가들일 것이로되 벌써 어린 놈이 못 견뎌서 여학생을 얻느니 무엇을 얻느니 하니 그냥 두다간 네 신세를 망치고 가문을 더럽힐 터이야! 그래서 하루바삐 정혼하고 혼수까지 보내었는데 지금 와서 가느니 마느니 하면 어찌하잔 말이냐. 암만 어린 놈의 소견이기로…… 그 집은 울산 일판에 유명한 집안이라 재산도 있고 양반도 좋고…… 다 된 혼인을 이편에서 퇴혼하면 그 신부는 생과부로 늙으란 말이냐! 일부함원(一婦含怨)에 오월비상(五月飛霜)이란 말도 못 들었어! 죽어도 못 가겠다, 허허, 이놈, 박살할 놈! 조부모도 끊고 부모도 끊고 일가 친척도 끊으랴거든 네 마음대로 좀 해 보아라."

나는 이 말을 들으니 소름이 쭉 끼치었다. 한편으로는 분하기 짝이 없었다. 깨끗한 누님이 이다지 모욕을 당한 것이 절절히 분하였다. 곧 들어가 분풀이나 할 듯이 작은 눈을 흡뜨고 고사리 같은 손을 불끈 쥐었다.

"허허, 이놈, 괘씸한 놈! 에이 화나. 거기 내 두루막 내."

하는 그 노인의 우렁찬 소리가 또 들린다. 나는 간담이 서늘

하였다. 그 노인이 신을 찍찍 끌고 이리로 나오는 것 같다. 나는 무서운 증이 나서 급히 달음박질하여 그 집을 나왔다.

9

그날 밤 어머님 잠드신 후 누님이 살짝 내게로 건너와서

"이애, 너 본대로 좀 이야기하여 다고, 응?"

이 말을 하는 누님의 얼굴은 고뇌와 수괴(羞愧)의 빛이 보인다. 어린 동생에게 애인의 말을 물어도 부끄러워하였다! 나는 입을 다물고 묵묵히 앉았었다. 차마 그 이야기를 할 수가 없었다.

"왜 심술이 났니, 어서 이야기를 좀 하려무나. 편지를 도로 가지고 온 것을 보니 형님을 못 만났니? 만나도 못 전했니? 혹은 무슨 일이 났더냐? 남의 속 고만 태우고, 어서 좀 이야기하여 다고. 가련한 네 누이의 청이 아니냐."

이 말소리는 애완처량(哀婉凄凉)하였다. 나의 어린 가슴이 지르는 듯하며 눈물이 넘쳐나온다. 이다지 나에게 정답게 구는 누님이 가슴에 그리던 꿈 같은 장래가 물거품으로 돌아가

고 만 것이 슬펐음이라. 그리고 순결한 우리 누님이 그 노인에게 '어떻다' 든가 '계집을 했다' 든가 하는 더러운 소리를 들은 것이 이가 떨리었다.

나는 비분한 어조로 그 집에서 들은 것을 이야기하였다. 정신 없이 듣고 있던 누님은 내 말이 끝나자 기운 없이 쓰러지며 이 이야기를 들을 적부터 괴었던 눈물이 불덩이 같은 뺨을 쉴 새 없이 줄줄 흘러내린다.

"누님! 누님!"

하고 나도 누님의 가슴에 안기며 울었다.

이럴 즈음에 누가 대문을 가볍게 흔들며 떨리는 소리로,

"S씨! S씨! 주무셔요?"

한다. 누님은 이 소리를 듣고 얼른 일어났다. 애인의 음성은 이럴 때라도 잘 들리는 것이다. 나올 듯 나올 듯하는 울음을 입술로 꼭 다물어 막으며 급히 나갔다.

대문 소리가 나더니

"K씨! 오셔요."

하며 우는 소리가 들린다. 나도 나갔다. 둘은 서로 붙들고 눈물비가 요란히 떨어진다. 누님이 울음 반 말 반으로

"저는 또다시……못……뵈올 줄……알았지요."

하였다. 그도 흑흑 느끼며,

"다 내 잘못이야요."

하였다.

"저 까닭에 오늘 매우 꾸중을 뫼셨지요?"

"어떻게 알았어요?"

누님이 내가 편지를 가지고 그 집에 갔다가 내가 들은 이야기를 하였다. 그리고 우는 소리로

"좀 들어가셔요."

하였다.

"아니야요, 명일은 한아버지께서 꼭 데리고 가실 모양이야요. 지금 곧 멀리멀리 달아나려고 합니다. 그래서 이런 말이나 몇 마디 할 양으로 왔어요."

누님은 자기의 귀를 의심하는 듯이,

"네? 멀리멀리 가셔요? 부모도 버리시고 형제도 버리시고 멀리 가셔요! 제 신세는 벌써 불쌍하게 되었습니다. 불쌍한 저 때문에 전정(前程)이 구만 리 같은 당신을 또 불행하게 만들 것이야 무엇 있습니까? 절랑 영영 잊으시고 부모님 말씀대로 장가 드셔요. 장가 드시는 이하고나 백년이 다 진토록 정다운 짝이 되어 주셔요. 아들 낳고 딸 낳고…… 저의 모든 것을 다 바쳐도 당신이 행복되신다면 그만이 아니야요? 한숨 쉬고 눈물을 흘리면서도 당신의 행복의 그늘에서 웃어 볼까 합니다."

열정에 찬 눈으로부터 하염없이 흘러내리는 눈물에 적막한

화용(花容)이 아롱진다.

"아아, S씨를 내 손으로 불행하게 만들고 나 혼자 행복을…… 사랑을 떠나 행복이 있을까요? 나에게 행복을 줄 S씨가 눈물바다에 허우적거릴 때 나 혼자 행복의 정상에서 내려다보며 웃을 수가 있을까요? 없어요! S씨 없고는 나 혼자 행복을 누릴 수가 없어요!"

"제 불행은 제 손으로 만든 것입니다. 그러나 우리가 오늘날 이렇게 된 것이 당신의 잘못도 아니고 저의 잘못도 아니야요. 그 묵고 썩은 관습이 우리를 이렇게 만든 것입니다! 그리하지만 저 때문에 당신의 마음을 수란(愁亂)하게 만든 것 같아서 어떻게 가엾고 애달픈지 몰라요! 그런데 이 위에 더 당신을 영영 불행하게 하겠어요? 당신이 행복되신다면 저는 오늘 죽어도 아깝잖아요."

"안 될 말씀입니다. 그런 말씀을 들을수록…… 기가 막혀요! 해야 늘 그 말이니까, 길게 말할 것 없이 나는 가겠어요, S씨! 부디 안녕히!"

그는 흐르는 눈물을 씻으며 결심한 듯이 돌아서 가려 한다.

"K씨!"

안타까운 떠는 소리로 부르더니 북받쳐 나오는 울음이 말을 막는다. 그는 또 한 번 돌아다보고

"S씨 부디 안녕히……."

말을 마치자 그는 떨어지지 않는 발길을 돌려 마음은 이리

로 몸은 저리로 멀어 간다……

나는 심장을 누가 칼로 싹싹 에는 것 같았다.

그 후 그는 어디로 갔는지 영영 소식을 들을 수가 없고 누님은 시름시름 병들기 시작하여 날이 가고 달이 갈수록 병은 점점 깊어 온다.

이슬 젖은 연화(蓮花)같이 불그스름하던 얼굴이 청색 창경(窓鏡)에 비치는 이화(梨花)처럼 해쓱하였다. 익어 가는 능금같이 혈색이 좋던 살이 서리맞은 황엽(黃葉)처럼 빼빼 말라 간다. 거슴츠레한 눈은 흰 눈물에 붉어졌다.

그러다가 차마 볼 수 없이 바싹 말라 버렸다. 마치 백골을 엷은 백지로 덮어두고 물을 흠씬 뿜어 놓은 것같이 되고 말았다. 마침내 한강 얼음 얼고 남산에 눈 쌓일 제 누님은 그에게 한숨을 주고 눈물을 주던 이 세상을 떠나 버렸다. 아아 사랑, 아 사랑의 불아! 네가 부드럽고 따뜻한 듯하므로 철없는 청춘들은 그의 연하고 부드러운 심장에 너를 보배

로만 여겨 강징난다. 잔인한 너는 그만 그 심장
에다 불을 붙인다. 돌기둥 같은 불길이
종작없이 오른다. 옥기(玉肌)도
타 버리고 홍안도 타 버리고 금심
(琴心)도 타 버리고 수장도 타 버리다!
방 안에 켰던 촛불 홀연히 꺼지거늘 웬일인가 살펴보니 초가
벌써 다 탔더라! 양협(兩頰)이 젖던 눈물 갑자기 마르거늘 무
슨 연유 묻쟀더니 숨이 벌써 끊쳤더라!